Dados Internacionais de Catalogação na Publicação (CIP)
(Câmara Brasileira do Livro, SP, Brasil)

Patativa do Assaré, 1909-2002
  Cante lá que eu canto cá : filosofia de um trovador nordestino / Patativa do Assaré. – 18. ed. – Petrópolis : Vozes, 2014.

  Bibliografia.

  2ª reimpressão, 2020.

  ISBN 978-85-326-0740-9

  1. Literatura de cordel – Brasil 2. Literatura de cordel – Brasil – História e crítica 3. Patativa do Assaré, 1909-2002 I. Título.

10-14100   CDD-398.20981

Índices para catálogo sistemático:
  1. Brasil : Cordelistas : Biografia e obra :
     Literatura folclórica   398.20981
  2. Brasil : Literatura de cordel : História
     e crítica : Folclore   398.20981

PATATIVA DO ASSARÉ

CANTE LÁ QUE EU CANTO CÁ

Filosofia de um Trovador Nordestino

EDITORA VOZES

Petrópolis

© 1978, Editora Vozes Ltda.
Rua Frei Luís, 100
25689-900 Petrópolis, RJ
www.vozes.com.br
Brasil

Todos os direitos reservados. Nenhuma parte desta obra poderá ser reproduzida ou transmitida por qualquer forma e/ou quaisquer meios (eletrônico ou mecânico, incluindo fotocópia e gravação) ou arquivada em qualquer sistema ou banco de dados sem permissão escrita da editora.

CONSELHO EDITORIAL

Diretor
Gilberto Gonçalves Garcia

Editores
Aline dos Santos Carneiro
Edrian Josué Pasini
Marilac Loraine Oleniki
Welder Lancieri Marchini

Conselheiros
Francisco Morás
Ludovico Garmus
Teobaldo Heidemann
Volney J. Berkenbrock

Secretário executivo
João Batista Kreuch

Diagramação: Sheilandre Desenv. Gráfico
Revisão gráfica: Gisele Xavier
Capa: Renan Rivero
Ilustração de capa: Alexandre Maranhão

ISBN 978-85-326-0740-9

Editado conforme o novo acordo ortográfico.

Este livro foi composto e impresso pela Editora Vozes Ltda.

Sumário

Apresentação, 9
Patativa do Assaré, poeta social, 11
Autobiografia, 13
Aos poetas clássicos, 15
O poeta da roça, 18
Eu e o sertão, 19
Cante lá, que eu canto cá, 24
Maria Têtê, 28
"A morte de Nanã", 38
O Inferno, o Purgatório e o Paraíso, 44
A escrava do dinheiro, 48
Dois quadros, 56
A festa de Maricota, 57
É coisa do meu sertão, 73
O paraíso do Crato, 75
"Vida sertaneja", 78
A festa da natureza, 82
A vida aqui é assim, 85
Tudinha, 87
A triste partida, 94
Ingém de ferro, 97
Mãe preta, 100
Caboclo roceiro, 105
Meu caro jumento – Ao escritor Padre Antônio Vieira, 106
Maria de todo jeito, 110
Caboca da minha terra, 117
Seu dotô me conhece?, 121
Eu quero, 124
Ao poeta João Batista de Siqueira (Cancão), 125
Ao supervisor Jorge Édem, 128
Minha sodade, 129

No terreiro da choupana, 132
Uma triste verdade, 141
Quadras, 143
Crime imperdoável, 147
O Vim-vim, 148
A terra é naturá, 164
O sonho de Mané Filiciano, 168
Você se lembra? – À minha querida esposa Belinha, 174
Meu protesto, 175
Apelo de um agricultor, 178
Conversa de matuto, 183
A muié qui mais amei, 189
Mal de amor, 193
Amanhã, 193
Professor J. de Figueiredo Filho, 194
Filosofia de um trovador sertanejo, 195
Ingratidão, 204
A menina e a cajazêra, 209
A foguêra de São João, 215
O castigo do vaidoso, 218
A sorte do Joli, 219
Dia das Mães, 219
13 de agosto, 220
O Pica-Pau, 220
Vou vortá, 225
O vaquêro, 228
Carta ao Patativa – Hélder França (Dedé), 232
Resposta ao meu amigo e colega José Hélder França (Dedé), 234
Vaca Lavandeira, 237
O sabiá e o gavião, 242
"Ave noturna", 249
Cousa estranha, 250
"O retrato do sertão", 250
O burro, 256
Mote: Com o grito do dinheiro. A justiça não se apruma, 256

Glosas, 256
Serra de Santana, 257
Carta ao escritor Padre Antônio Vieira, 260
Coisas do Rio de Janeiro, 263
O peixe, 265
A menina mendiga, 266
Minha Serra, 266
O casebre, 267
O Pau d'arco, 267
Se existe inferno, 268
Luís de Camões, 268
Rogaciano Leite, 269
Ao dotô do avião, 272
"Boa noite, Fortaleza", 275
Pesão, 279
Mote: Só desgraça traz a guerra. Defendemos, pois, a paz, 280
Glosas, 280
O rouxinol e o ancião – Ao meu filho Geraldo, 281
Meu castigo – Ao meu neto Expedito, 283
Sodade é assim – Ao jornalista Antônio Vicelmo, 285
O controlista – Ao Francisco Agostinho, 288
Brasi de cima e Brasi de baxo, 291
Ao locutor da Rádio Araripe – Elói Teles, 295
Proque dexei Zabé, 297
Desilusão, 301
O rico orguioso, 303
"Vingança de matuto", 306
"Minha viola", 307
"Coisas do meu sertão", 310
História de uma cruz, 314
"Maió decepção", 318
A estrada de minha vida, 328
ABC do Nordeste flagelado, 331
O rádio ABC, 338
Flores murchas, 343

O que é Folclore?, 344
Sou cabra da peste, 346
Vaca Estrela e Boi Fubá, 347
Emigrante nordestino no Sul do País, 348
Ser feliz, 359
Chiquita e Mãe Veia, 361
O agregado, 365
O puxadô de roda, 366
O maió ladrão, 375

Apresentação

O Centro de Documentação, Estudos e Pesquisas (Cendep) da Fundação Padre Ibiapina, de Crato, no Ceará, inclui também entre seus objetivos manter estreita colaboração com os artistas populares, grupos folclóricos e artesãos da Região dos Cariris, polo geopolítico onde se localiza e procura irradiar sua atuação promocional. Neste sentido, tem procurado efetuar levantamentos para catalogação destes artistas, expressão dos valores mais significativos da cultura popular caririense. Esse trabalho tem se mostrado penoso e atraente. Penoso, enquanto dificultado pelo isolamento, dispersão e asfixia a que os modernos meios de comunicação estão submetendo os traços culturais da gente do povo. Atraente, cada vez mais, quando se descobre a riqueza expressiva e mensagem do conteúdo que se transmite. Contudo, há um estímulo permanente: a certeza de melhor alcançar a alma do povo ao se identificar seu código de valores, suas formas expressivas e as ocasiões marcantes de comunicação intensa.

Nessa tarefa, apesar de tudo, o trabalho do Cendep foi simplificado no que diz respeito à poesia popular. Na região existe "um monstro sagrado" da cultura popular: Antônio Gonçalves da Silva, "Patativa do Assaré". Para tanto, o Cendep procurou apenas compilar sua obra poética e enfeixá-la neste volume que contém uma parte antológica, com poemas publicados em obras anteriores e poemas mais recentes, inéditos, em maior quantidade. O objetivo é simples: documentar a presença marcante de *Patativa do Assaré* na história da cultura popular caririense em toda sua autenticidade original. Esta, aliás, a preocupação que orientou o esforço da edição deste livro do Patativa: apreendê-lo em sua originalidade mais autêntica. Tanto é que a ele mesmo foi confiada a tarefa de selecionar e ordenar os poemas. Assim, o leitor poderá senti-lo em sua força original e o estudioso procurar compreendê-lo *in natura*, sem comentários nem interpretações.

Apesar desta colocação, julgou-se conveniente convidar dois estudiosos caririenses para uma breve apresentação do poeta Patativa ao grande público. Eis o depoimento colhido:

PATATIVA DO ASSARÉ, POETA COMPASSIVO

Disse um grande filósofo que os poetas ajudam-nos na descoberta, no desvelamento da verdade.

São eles dotados de uma aguda percepção da existência, da realidade e continuamente nos surpreendem com os lampejos de sua inspiração.

São eles os porta-vozes de um mundo sem voz, abafado pelas distorções dos prepotentes que pretendem domesticar e manipular a vida a seu bel-prazer.

Os poetas alinham-se entre os restauradores do sentido da vida, capazes de um diálogo em profundidade com os que têm fome e sede de uma palavra duradoura.

Assim é que, mesmo sem conhecer de modo exaustivo a obra de Patativa do Assaré, ficou-me e se confirmou pouco a pouco em mim uma impressão a seu respeito.

Patativa do Assaré, o poeta do "sertão sofredor", tem uma inesgotável capacidade de comunhão e simpatia pelos que sofrem, pelos que vivem humilde e pobremente, pelos fracos, pela gente simples do nosso povo.

Seu canto não é de protesto, nem de revolta, mas de compaixão, na verdadeira acepção da palavra. Ele é sensível à dor e às labutas dos que pelejam duramente. Sua visão da realidade, contudo, não é fatalista. Ela sabe muito bem indigitar as causas humanas desses males, sem atribuí-los erroneamente a uma má sorte dada por Deus. Por isso é que sua mentalidade mostra-se sadiamente cristã, enraizada na tradição religiosa da Bíblia que vê, nos pobres e injustiçados, os prediletos de Deus, do Deus de Jesus Cristo Libertador, que os convida a levantar a cabeça e reconhecerem sua dignidade.

Patativa, poeta compassivo, adentra-se na compreensão da fragilidade humana, tendo como ponto de partida o panorama situacional do caboclo nordestino. Daí por que ele fez vibrar de luminosidade e grandeza aspectos aparentemente secundários do efêmero cotidiano do camponês.

A compaixão cristã de Patativa é para mim um dos maiores valores de sua sensibilidade poética e que nos garante a perenidade de suas criações tão espontâneas e enraizadas no mundo do Sertão.

Francisco Salatiel de Alencar

Patativa do assaré, poeta social

A figura legendária do poeta popular nordestino Patativa do Assaré, através da sua obra poética, oferece incomparável contribuição ao estudioso de problemas humanos que pretenda uma abordagem compreensiva da realidade do sertão nordestino.

Sua poesia, do ponto de vista do conteúdo social, reflete todo o mundo visionário e fantasmagórico do caboclo. Pode-se identificar perfeitamente uma cosmovisão ou ideologia cabocla, desapontada com a modernização, sedenta de justiça, marcada pela saudade, impregnada de misticismo, serviçal, disponível, leal. O poema em que o velho bardo caririense decanta o antigo engenho de pau, rangedor e bucólico, e injuria o moderno engenho de ferro, a motor, elétrico, expressa muito bem esta visão mais desapontada que nostálgica, no sentido corrente do modismo recente. "Cante lá que eu canto cá", poema que deu o sugestivo nome desta obra, resume esta visão do mundo, mundo que o sertanejo intui dividido não entre cidade e campo, mas entre suas formas de ser, as duas culturas, uma rural e outra urbana, com uma, a cultura urbana, invadindo avassaladoramente todos os rincões dos campos e gerando um conflito cultural de consequências incalculáveis para a cultura do povo.

Além desta visão dos dois mundos subsistentes nos mitos sertanejos, Patativa apresenta claramente as crenças, os valores e os ideais de uma época e de uma região.

O "poeta e cantor da roça" capta e descreve, com aguda perspicácia, a realidade social em toda sua abrangência. "Brasil de baixo e Brasil de cima" expressa, com rigor, toda esta sensibilidade. Na linguagem espontânea do povo, Patativa aborda o problema brasileiro que um estudioso de renome diagnosticou como "a concomitância do não coetâneo", numa sofisticada interpretação sociológica.

A realidade local emerge com toda sua vitalidade na poesia de Patativa. Não apenas na candura lírica do seu telurismo acendrado. Mas numa configuração social bem delineada. E não apenas na sensibilidade descritiva, mas numa rigorosa interpretação que aponta, na combinação das variáveis componentes do quadro, a preponderância da estrutura agrária, denunciada, no poema "Eu quero", como responsável pela "situação precária" do camponês. Este conceito reaparece com toda limpidez em "A terra é naturá", versão cabocla da destinação universal de todos os bens.

É possível ainda vislumbrar na obra poética de Patativa as utopias sertanejas, minidimensionadas num "inverno copioso", "na fartura e abundância", "na safra boa de algodão" e também inseridas num contexto mais amplo "da paz e liberdade", "do direito de viver" e até concretizadas no "operário liberto da exploração patronal", na "terra dividida para quem nela trabalha" e no "meu país rico, ditoso e feliz, livre do jugo estrangeiro".

Focalizando o aspecto social da obra de Patativa do Assaré, percebe-se também a hierarquia dos *status* caboclos, onde a bravura do vaqueiro lhe confere uma posição ímpar. Salienta-se também o código que orienta sua atribuição, onde os valores mais expressivos são a honradez, a lealdade, a capacidade de trabalho.

Muito mais tem a ser visto. É necessário, porém, deixar ao leitor o gosto da descoberta e o prazer deste encontro com o sertão nordestino que *Cante lá que eu canto cá* proporciona.

Plácido Cidade Nuvens

Autobiografia

Eu, Antônio Gonçalves da Silva, filho de Pedro Gonçalves da Silva, e de Maria Pereira da Silva, nasci aqui, no Sítio denominado Serra de Santana, que dista três léguas da cidade de Assaré. Meu pai, agricultor muito pobre, era possuidor de uma pequena parte de terra, a qual, depois de sua morte, foi dividida entre cinco filhos que ficaram, quatro homens e uma mulher. Eu sou o segundo filho. Quando completei oito anos fiquei órfão de pai e tive que trabalhar muito, ao lado de meu irmão mais velho, para sustentar os mais novos, pois ficamos em completa pobreza. Com a idade de doze anos, frequentei uma escola muito atrasada, na qual passei quatro meses, porém sem interromper muito o trabalho de agricultor. Saí da escola lendo o segundo livro de Felisberto de Carvalho e daquele tempo para cá não frequentei mais escola nenhuma, porém sempre lidando com as letras, quando dispunha de tempo para este fim. Desde muito criança que sou apaixonado pela poesia, onde alguém lia versos, eu tinha que demorar para ouvi-los. De 13 a 14 anos comecei a fazer versinhos que serviam de graça para os serranos, pois o sentido de tais versos era o seguinte: brincadeiras de noite de São João, testamento do Juda, ataque aos preguiçosos, que deixavam o mato estragar os plantios das roças, etc. Com 16 anos de idade, comprei uma viola e comecei a cantar de improviso, pois naquele tempo eu já improvisava, glosando os motes que os interessados me apresentavam. Nunca quis fazer profissão de minha musa, sempre tenho cantado, glosado e recitado, quando alguém me convida para este fim. Quando eu estava nos 20 anos de idade, o nosso parente José Alexandre Montoril, que mora no Estado do Pará, veio visitar o Assaré, que é seu torrão natal, e, ouvindo falar de meus versos, veio à nossa casa e pediu a minha mãe para que ela deixasse eu ir com ele ao Pará, prometendo custear todas as despesas. Minha mãe, embora muito chorosa, confiou-me ao seu primo, o qual fez o que prometeu, tratando-me como se trata um próprio filho. Chegando ao Pará, aquele parente apresentou-me a José Carvalho, filho de Crato, que era tabelião do 1º Cartório de Belém. Naquele tempo José Carvalho estava trabalhando na publicação de seu livro *O matuto cearense e o caboclo do Pará,* o qual tem um capítulo referente a minha pessoa e o motivo da viagem ao Pará. Passei naquele Estado apenas cinco meses, durante os quais não fiz outra coisa, senão cantar ao som da viola com os cantadores que lá encontrei. De volta do Ceará, José Carvalho deu--me uma carta de recomendação, para ser entregue à Dra. Henriqueta Galeno, que, recebendo a carta, acolheu-me com muita atenção em seu Salão, onde cantei os motes que me deram. Quando cheguei na Serra de Santana, continuei na mesma vida de pobre agricultor; depois casei com uma parenta e sou hoje pai de uma numerosa família, para quem trabalho na pequena parte de terra que herdei de meu pai. Não tenho tendência política, sou apenas revoltado contra as injustiças que venho notando desde que tomei algum conhecimento das coisas, provenientes talvez da política falsa, que continua fora do programa da verdadeira democracia.

Nasci a 5 de março de 1909. Perdi a vista direita, no período da dentição, em consequência da moléstia vulgarmente conhecida por Dor-d'olhos.

Desde que comecei a trabalhar na agricultura, até hoje, nunca passei um ano sem botar a minha roçazinha, só não plantei roça no ano em que fui ao Pará.

Antônio Gonçalves da Silva
Patativa do Assaré

Aos poetas clássicos

Poetas niversitáro,
Poetas de Cademia,
De rico vocabularo
Cheio de mitologia;
Se a gente canta o que pensa,
Eu quero pedir licença,
Pois mesmo sem português
Neste livrinho apresento
O prazê e o sofrimento
De um poeta camponês.

Eu nasci aqui no mato,
Vivi sempre a trabaiá,
Neste meu pobre recato,
Eu não pude estudá.
No verdô de minha idade,
Só tive a felicidade
De dá um pequeno insaio
In dois livro do iscritô,
O famoso professô
Filisberto de Carvaio.

No premêro livro havia
Belas figuras na capa,
E no começo se lia:
A pá – O dedo do papa,
Papa, pia, dedo, dado,
Pua, o pote de melado,

Dá-me o dado, a fera é má
E tantas coisa bonita,
Qui o meu coração parpita
Quando eu pego a rescordá.

Foi os livro de valô
Mais maió que vi no mundo.
Apenas daquele autô
Li o premêro e o segundo;
Mas, porém, esta leitura,
Me tirô da treva escura,
Mostrando o caminho certo,
Bastante me protegeu;
Eu juro que Jesus deu
Sarvação a Felisberto.

Depois que os dois livro eu li,
Fiquei me sintindo bem,
E ôtras coisinha aprendi
Sem tê lição de ninguém.
Na minha pobre linguage,
A minha lira servage
Canto o que minha arma sente
E o meu coração incerra,
As coisa de minha terra
E a vida de minha gente.

Poeta niversitaro,
Poeta de cademia,
De rico vocabularo
Cheio de mitologia,
Tarvez, este meu livrinho
Não vá recebê carinho,
Nem lugio e nem istima,
Mas garanto sê fié
E não istruí papé
Com poesia sem rima.

Cheio de rima e sintindo
Quero iscrevê meu volume,

Pra não ficá parecido
Com a fulô sem perfume;
A poesia sem rima,
Bastante me disanima.
E alegria não me dá;
Não tem sabô a leitura,
Parece uma noite iscura
Sem istrela e sem luá.

Se um dotô me perguntá
Se o verso sem rima presta,
Calado eu não vou ficá,
A minha resposta é esta:
– Sem a rima, a poesia
Perde arguma simpatia
E uma parte do primô;
Não merece munta parma,
É como o corpo sem arma
E o coração sem amô.

Meu caro amigo poeta,
Qui faz poesia branca,
Não me chame de pateta
Por esta opinião franca.
Nasci entre a natureza,
Sempre adorando as beleza
Das obra do Criadô,
Uvindo o vento na serva
E vendo no campo a reva
Pintadinha de fulô.

Sou um caboco rocêro,
Sem letra e sem istrução;
O meu verso tem o chêro
Da poêra do sertão;
Vivo nesta solidade
Bem destante da cidade
Onde a ciença guverna.

Tudo meu é naturá,
Não sou capaz de gostá
Da poesia moderna.

Dêste jeito Deus me quis
E assim eu me sinto bem;
Me considero feliz
Sem nunca invejá quem tem.
Profundo conhecimento.
Ou ligêro como o vento
Ou divagá como a lêsma,
Tudo sofre a mesma prova,
Vai batê na fria cova;
Esta vida é sempre a mesma.

O poeta da roça

Sou fio das mata, cantô da mão grossa,
Trabáio na roça, de inverno e de estio.
A minha chupana é tapada de barro,
Só fumo cigarro de páia de mío.

Sou poeta das brenha, não faço o papé
De argum menestré, ou errante cantô
Que veve vagando, com sua viola,
Cantando, pachola, à percura de amô.

Não tenho sabença, pois nunca estudei,
Apenas eu sei o meu nome assiná.
Meu pai, coitadinho! vivia sem cobre,
E o fio do pobre não pode estudá.

Meu verso rastêro, singelo e sem graça,
Não entra na praça, no rico salão,
Meu verso só entra no campo e na roça
Nas pobre paioça, da serra ao sertão.

Só canto o buliço da vida apertada,
Da lida pesada, das roça e dos eito.

E às vez, recordando a feliz mocidade,
Canto uma sodade que mora em meu peito.

Eu canto o cabôco com suas caçada,
Nas noite assombrada que tudo apavora,
Por dentro da mata, com tanta corage
Topando as visage chamada caipora.

Eu canto o vaquêro vestido de côro,
Brigando com o tôro no mato fechado,
Que pega na ponta do brabo novio,
Ganhando lugio do dono do gado.

Eu canto o mendigo de sujo farrapo,
Coberto de trapo e mochila na mão,
Que chora pedindo o socorro dos home,
E tomba de fome, sem casa e sem pão.

E assim, sem cobiça dos cofre luzente,
Eu vivo contente e feliz com a sorte,
Morando no campo, sem vê a cidade,
Cantando as verdade das coisa do Norte.

Eu e o sertão

Sertão, arguém te cantô,
Eu sempre tenho cantado
E ainda cantando tô,
Pruquê, meu torrão amado,
Munto te prezo, te quero
E vejo qui os teus mistero
Ninguém sabe decifrá.
A tua beleza é tanta,
Qui o poeta canta, canta,
E inda fica o qui cantá.

No rompê de tua orora,
Meu sertão do Ciará,
Quando escuto as voz sonora

Do sadoso sabiá,
Do canaro e do campina,
Sinto das graça divina
O seu imenso pudê,
E com munta razão vejo,
Que a gente sê sertanejo
É um dos maió prazê.

Sertão, minha terra amada,
De bom e sadio crima,
Que me deu de mão bejada
Um mundo cheio de rima.
O teu só é tão ardente,
Que treme a vista da gente
Nas parede de reboco,
Mas tem milagre e virtude,
Que dá corage, saúde
E alegria aos teus caboco.

Acho mesmo que ninguém
Sabe direito cantá
Tanta beleza que tem
Tuas noite de luá,
Quando a lua sertaneja,
Toda amorosa despeja
Um grande banho de prata
Pro riba da terra intêra
E a brisa assopra manêra,
Fazendo cosca na mata.

Sertão do Bumba Meu Boi
E da armonca de oito baxo,
O teu fio sempre foi
Corajoso, Cabra Macho;
O tempo nunca destrói
A fama do teu herói
De pernêra e de gibão,
Caboco que não resinga

Corrê dentro da catinga,
Na pega do barbatão.

Tu é belo e é importante,
Tudo teu é naturá
Ingualmente o diamante,
Ante de arguém lapidá.
Deste jeito é que te quero,
Munto te estimo e venero,
Vivendo assim afastado
Da vaidade, do orguio,
Guerra, questão e baruio
Do mundo civilizado.

Tu veve munto esquecido
Dos meio da inducação,
Sempre, sempre tem vivido,
Sem escola e sem lição.
Teu mundo é bem pequenino,
Por isso do teu destino,
Da tua simplicidade
Nasce a fé e a esperança;
Tua santa inguinorança
Incerra munta verdade.

Rescordo com grande amô
O meu tempo de rapaz,
Tempo qui os ano levou
E os desengano não traz,
Quando toda noite eu ia
Cheio de doce alegria,
Sem infado do trabaio,
Uvi, de peito contrito,
As oração e os bendito
Das festa do mês de maio.

Uma singela bandêra
Bem no terrêro se via,
Homenage verdadêra

Do santo mês de Maria,
Na sala, inriba da mesa,
Umas quatro vela acesa
E de juêio no chão,
Uma muié paciente
Lendo vagarosamente
Com a cartia na mão.

Inquanto lendo seguia
Aquela boa sinhora,
De quando in vez repetia
Bonita jaculatóra;
Todo povo acumpanhava
E quando a mesma rezava
Padre-Nosso e Ave-Maria,
De contrição todas cheia,
Com suas voz de sereia,
As caboca respondia:
– Neste mês de alegria,
Tão lindro mês de frô,
Queremo de Maria
Celebrá o seu louvô. –

Sertão amigo, eu tô vendo
Que os teus novo camponês,
Hoje ainda tão fazendo
Aquilo que os veio fez.
Que doce felicidade
Eu gozei na mocidade,
Nesta santa ingorfação!
Quando se acabava maio,
Já começava os insaio
Do santo mês de S. João.

Como o ricaço usuraro
Guarda uma moeda de ôro
Fiz do meu peito sacraro
E guardei estes tesôro.
E aqui, dentro do meu peito,

Inda tá tudo perfeito,
Não mudaro de feição
As duas fotografia,
Do santo mês de Maria
E das festa de S. João.

Como é bom a vida intêra
Passá contente e feliz
Sem sabê das bagacêra
De país contra país!
Caro sertão inocente,
Não fugiu de minha mente
E nem vai fugi tão cedo
As diversão de adivinha,
Manêro pau, Cirandinha
E muntos ôtro brinquedo.

Hoje sou veio e tô vendo
Que já tô perto da morte,
Mas porém, morro dizendo
Que fui caboco de sorte,
Não dou cavaco in morrê,
Somente por conhecê
Qui há tempo tá reservado
In tu, querido sertão,
O meu quadrinho de chão
Pra nele eu sê sipurtado.

E mesmo depois de morto,
Mesmo depois de morrê,
Ainda gozo conforto,
Ainda gozo prazê,
Pois, se é verdade que as arma,
Mesmo as que vivero carma
E arcançaro a sarvação,
Fica vagando no espaço,
Os meus caracó eu faço
Pro riba do meu sertão.

                                    Fortaleza, outubro de 1973

Cante lá, que eu canto cá

Poeta, cantô de rua,
Que na cidade nasceu,
Cante a cidade que é sua,
Que eu canto o sertão que é meu.
Se aí você teve estudo,
Aqui, Deus me ensinou tudo,
Sem de livro precisá
Por favô, não mêxa aqui,
Que eu também não mêxo aí,
Cante lá, que eu canto cá.

Você teve inducação,
Aprendeu munta ciença,
Mas das coisa do sertão
Não tem boa esperiença.
Nunca fez uma paioça,
Nunca trabaiou na roça,
Não pode conhecê bem,
Pois nesta penosa vida,
Só quem provou da comida
Sabe o gosto que ela tem.

Pra gente cantá o sertão,
Precisa nele morá,
Tê armoço de fejão
E a janta de mucunzá,
Vivê pobre, sem dinhêro,
Trabaiando o dia intêro,
Socado dentro do mato,
De apragata currelepe,
Pisando inriba do estrepe,
Brocando a unha-de-gato.

Você é munto ditoso,
Sabe lê, sabe escrevê,
Pois vá cantando o seu gozo,
Que eu canto meu padecê.

Inquanto a felicidade
Você canta na cidade,
Cá no sertão eu infrento
A fome, a dô e a misera.
Pra sê poeta divera,
Precisa tê sofrimento.

Sua rima, inda que seja
Bordada de prata e de ôro,
Para a gente sertaneja
É perdido este tesôro.
Com o seu verso bem feito,
Não canta o sertão dereito,
Porque você não conhece
Nossa vida aperreada.
E a dô só é bem cantada,
Cantada por quem padece.

Só canta o sertão dereito,
Com tudo quanto ele tem,
Quem sempre correu estreito,
Sem proteção de ninguém,
Coberto de precisão
Suportando a privação
Com paciença de Jó,
Puxando o cabo da inxada,
Na quebrada e na chapada,
Moiadinho de suó.

Amigo, não tenha quêxa,
Veja que eu tenho razão
Em lhe dizê que não mêxa
Nas coisa do meu sertão.
Pois, se não sabe o colega
De quá manêra se pega
Num ferro pra trabaiá,
Por favô, não mêxa aqui,
Que eu também não mêxo aí,
Cante lá que eu canto cá.

Repare que a minha vida
É deferente da sua.
A sua rima pulida
Nasceu no salão da rua.
Já eu sou bem deferente,
Meu verso é como a simente
Que nasce inriba do chão;
Não tenho estudo nem arte,
A minha rima faz parte
Das obra da criação.

Mas porém, eu não invejo
O grande tesôro seu,
Os livro do seu colejo,
Onde você aprendeu.
Pra gente aqui sê poeta
E fazê rima compreta,
Não precisa professô;
Basta vê no mês de maio,
Um poema em cada gaio
E um verso em cada fulô.

Seu verso é uma mistura,
É um tá sarapaté,
Que quem tem pôca leitura,
Lê, mais não sabe o que é.
Tem tanta coisa incantada,
Tanta deusa, tanta fada,
Tanto mistéro e condão
E ôtros negoço impossive.
Eu canto as coisa visive
Do meu querido sertão.

Canto as fulô e os abroio
Com todas coisa daqui:
Pra toda parte que eu oio
Vejo um verso se bulí.
Se as vêz andando no vale

Atrás de curá meus male
Quero repará pra serra,
Assim que eu oio pra cima,
Vejo um diluve de rima
Caindo inriba da terra.

Mas tudo é rima rastêra
De fruita de jatobá,
De fôia de gamelêra
E fulô de trapiá,
De canto de passarinho
E da poêra do caminho,
Quando a ventania vem,
Pois você já tá ciente:
Nossa vida é deferente
E nosso verso também.

Repare que deferença
Iziste na vida nossa:
Inquanto eu tô na sentença,
Trabaiando em minha roça,
Você lá no seu descanso,
Fuma o seu cigarro manso,
Bem perfumado e sadio;
Já eu, aqui tive a sorte
De fumá cigarro forte
Feito de paia de mio.

Você, vaidoso e facêro,
Toda vez que qué fumá,
Tira do bôrso um isquêro
Do mais bonito metá.
Eu que não posso com isso,
Puxo por meu artifiço
Arranjado por aqui,
Feito de chifre de gado,
Cheio de argodão queimado,
Boa pedra e bom fuzí.

Sua vida é divirtida
E a minha é grande pená.
Só numa parte de vida
Nóis dois samo bem iguá:
É no dereito sagrado,
Por Jesus abençoado
Pra consolá nosso pranto,
Conheço e não me confundo
Da coisa mió do mundo
Nóis goza do mesmo tanto.

Eu não posso lhe invejá
Nem você invejá eu,
O que Deus lhe deu por lá,
Aqui Deus também me deu.
Pois minha boa muié,
Me estima com munta fé,
Me abraça, beja e qué bem
E ninguém pode negá
Que das coisa naturá
Tem ela o que a sua tem.

Aqui findo esta verdade
Toda cheia de razão:
Fique na sua cidade
Que eu fico no meu sertão.
Já lhe mostrei um ispeio,
Já lhe dei grande conseio
Que você deve tomá.
Por favô, não mêxa aqui,
Que eu também não mêxo aí,
Cante lá que eu canto cá.

Maria Têtê

Dotô meu sinhô dotô
Eu nunca gostei de inredo
Mas vou lhe dizê quem sou
Mesmo sem pedi segredo.

Sou um cabôco sem sorte,
Naci nas terra do Norte
E se de lá vim me imbora
E tô no sú do país,
É somente pruque fiz
Um casamento caipora.

Nunca quis questão nem briga
Nem com quem já me ofendeu
Não sei pruque Deus castiga
Um home bom como eu
Que não matrata ninguém.
Pro sinhô conhecê bem,
Meu nome é Joge Sutinga,
Sou honesto e sou honrado
E nunca fui viciado,
Não fumo, nem bebo pinga.

Promode vivê tranquilo
Não gosto de censurá,
Só acredito naquilo
Que vejo a prova legá
E é por isto que eu tou certo
Que o mundo é cheio de isperto
Iganando a boa-fé;
O dotô vai já sabê
Quem foi Maria Têtê,
A minha ingrata muié.

Têtê era uma morena
Destas que sabe laçá
Que infeitiça e que invenena
Logo do premêro oiá:
Lôco por ela eu vivia
E ela tombém me queria
Nóis dois tava apaxonado
Com o mesmo pensamento
Até que veio o momento
Do casamento azalado.

Casei com muito prazê,
Pois com certeza lhe digo,
Nunca Maria Têtê
Se aborrecia comigo.
Além de sê munto bela,
Minha vontade era a dela,
Sua vontade era a minha
A nossa vida eu cumparo
Duas conta do rosaro
Correndo na mesma linha.

No meu vivê de marido,
Fiz inveja a munta gente,
De Têtê sempre querido,
Mas como sou decendente
De famia de agregado,
Com dois ano de casado
Por capricho do destino,
Ao lado da minha prenda
Eu fui morá na fazenda
Do coroné Virgulino.

A fazenda era um colôsso
De terra, miunça e gado
E o coroné, belo moço
Lôro, dos oio azulado.
Recebeu nóis satisfeito,
Com tenção e com respeito,
Com delicada manêra,
Com inducação e brio,
Como quem recebe um fio
Qui vem das terra istrangêra.

E me dixe: seu Sutinga,
Pode morá sossegado,
Tem baxio e tem catinga
Pro sinhô botá roçado.
Mode o sinhô trabaiá,

Toda vez que precisá,
Posso lhe arrumá dinhêro
E in suas arrumação,
Se achando com precisão,
Pode matá um carnêro.

Com o que êle dixe a mim,
Eu falei para a Têtê:
Patrão delicado assim,
É custoso a gente vê,
Com esta grande franqueza
Já quage tenho a certeza
De nóis miorá depois,
Este é patrão de verdade;
Repare a felicidade
Correndo atrás de nóis dois.

As premessa que êle fez
Correto desempenhava,
E com seis ou sete mês
Que nóis na fazenda tava,
Quando foi um certo dia
No caminho que descia
Pra cacimba de bebê,
Têtê achou um tezôro,
Era um rico cordão de ôro,
Valia a pena se vê.

Eu lhe dixe com razão:
— Grande preço a joia tem,
Acho bom guardá o cordão
Que o dono a percura vem.
Mas Têtê me arrespondeu:
— Esta joia arguém perdeu,
Ela tava no abandono
Perdida inriba do chão,
Vou usando este cordão
Inté aparecê dono.

Com mais uns tempo pra frente
Que isto tinha acunticido,
Têtê achou novamente
Ôtro objeto perdido.
Da cidade eu tinha vindo,
Quando ela me oiô se rindo
Com seu oiá feiticero
E dixe: quirido Joge
Hoje eu achei um reloge
Que vale munto dinhêro.

Vendo que ela tinha sorte,
O dito era verdadeiro
Proque passava trensporte
Bem perto do meu terrêro,
Dixe com sinceridade
Sem um pingo de mardade
Batê no meu coração:
Êste reloginho é
De arguma rica muié
Que passou no caminhão.

Logo um jurgamento eu fiz,
De prazê todo repreto.
Êita, que Têtê feliz
Promode achá objeto!
Foi tanta felicidade,
Que pra dizê a verdade
Inté dinhêro ela achô.
E com tanta coisa achada,
Têtê andava infeitada
Que nem muié de dotô.

Ela já tinha pursêra
Ané, reloge e cordão,
Mas de minha companhêra
Eu não censurava não!
Pois sendo ela uma pessoa

Tão delicada, tão boa,
Eu não podia mardá.
Meu coração é tranquilo,
Só acredito naquilo
Que vejo prova legá.

O tempo alegre corria
E nóis alegre vivendo,
Quando uma coisa eu queria,
Têtê já tava querendo.
Causava admiração
A nossa grande união,
Sem ninguém se aborrecê.
Tudo era amô e carinho,
Mas porém nóis dois sozinho
Sem famía aparecê.

Ia dia, vinha dia,
E a união a crescê
Inté que chegou o dia
De Maria adoecê.
A pobre fazia pena,
Sua cô que era morena
Tava ficando amarela,
Um fastio, uma murrinha
E sintindo uma coisinha
Friviando dentro dela.

Com esta situação
Eu fiquei triste e sem graça,
Pedi um burro ao patrão,
Fui batê lá na farmaça
E contei tudo ao dotô;
Ele um caderno pegou
E logo que o istudo fez
Me garantiu que Maria
Ia sê mãe de famia
No prauzo de nove mês.

Não era coisa medonha,
O dotô logo deu fé
Que era uma tal de cegonha,
Que mexe com as muié.
Eu sinti grande alegria
Quando sube que Maria
Ia sê a mãe de um fio,
E tanto que da viage
Só truxe uma beberage
Mode ela acabá o fastio.

A gente fica contente
Que só mesmo Deus conhece
Quando o desejo da gente
Na nossa vida acontece.
Eu vivia a maginá
Aqui, ali e acolá,
No mato, in casa e na roça;
Os nove mês eu contava,
Quanto mais dia passava,
Mais Têtê ficava grossa.

Deus é grande e tem bondade
Ele é o nosso Pai Celeste
Que defende a humanidade
De fome, de guerra e peste.
Mas é preciso que eu diga,
Não sei pruquê Deus castiga
Um home bom cumo eu.
Dotô, veja o meu azá,
Agora é que eu vou contá
O que foi que aconteceu.

Certo dia da sumana,
Eu chegando da cidade,
Vi que na minha chupana
Tinha grande nuvidade,
Tudo in ribuliço tava,

Muié saía e entrava,
Muié entrava e saía
No maió contentamento;
Têtê naquele momento
Já era mãe de famia.

Eu que tudo já sabia
Sinti naquele segundo,
A mais maió alegria
Que si pode tê no mundo.
Mas veja a sorte misquinha:
Quando eu entrei na cusinha,
Uvi no pé do fogão
Arguém, baixinho, dizê:
O menino da Têtê
Tem a cara do patrão.

Com esta conversa feia,
Que arguém cuchichou dizendo,
Com um fogo nas urêia
Saí pro quarto correndo
E vi lá Têtê deitada
Na cama toda imbruiada,
O corpo todo cuberto
E a cara também ocurta,
Como a pessoa qui furta
E o rôbo vai discuberto.

Quando naquele menino,
Eu vi a cópia fié
Da cara do Virgulino,
O traidô coroné,
Vi que o tiro da desgraça
Bateu in minha vidraça
E a minha luz apagou.
A coisa tava sem jeito,
O coração no meu peito
Virou um bolo de dô.

Meu trumento e meu castigo
Naquela criança eu via
Não parecia comigo
Nem com a mãe parecia.
Têtê da cô de canela;
Tombém o cabelo dela
Cô de pena de jacu
E o capeta do menino,
Lôro, do cabelo fino
Além disto, os oio azu!

Foi grande a minha caipora
E foi maió o meu disgosto,
Eu saí de porta afora
Com as duas mão no rosto
Andando sem dereção;
E fui me sentá no chão
Lá pru detrás do currá.
E pensando in meu distino
Chorei mais de que minino
Quando chora pra mamá.

Sinti minha arma firida,
Não pude istancá meu chôro,
Porque Têtê nesta vida
Era todo o meu tesôro,
E eu vi naquele momento
Disonrado o juramento
Mais sagrado deste mundo;
Vi naquela hora misquinha
Que a minha requeza tinha
Virado um cheque sem fundo.

Com o corpo ardendo in brasa,
Eu vortei de pé manêro
E entrando dentro de casa
Como o gato treiçoêro
Quando qué jogá o bote

Arrumei meus cafiote,
Botei no borso uns vintém
E como negro fugido
Saí de casa escondido,
Sem dizê nada a ninguém.

Dotô, derne aquele istante,
Eu virei um vagabundo
E hoje do torrão distante
Ando na lasca do mundo,
Sempre de ruim a pió,
Sem ninguém de mim tê dó,
Vagando com sacrifiço
Todo dia da sumana
Como abêia intaliana
Quando não acha curtiço.

Muié farsa é um castigo
E dela ninguém iscapa,
Têtê foi farsa comigo
Dibaxo de sete capa
Com a cara do seu fio
Discubrio o trocadio,
Vi que o reloge e os ané,
A pursêra, o cordão de ôro
E todo aquele tesôro,
Quem deu foi o coroné.

Veja dotô minha sorte,
Sou vagabundo infeliz
Longe das terra do Norte,
Aqui no Su do país,
Coberto de sofrimento,
Só proquê meu casamento
Com a Maria Têtê
Foi triste e foi azalado
Foi mesmo que eu tê comprado
Cartia pro ôtro lê.

Guanabara, 08/10/1974

"A morte de Nanã"

"Eu vou contá uma história
Que eu não sei como comece,
Pruquê meu coração chora,
A dô no meu peito cresce,
Omenta o meu sofrimento
E fico uvindo o lamento
De minha arma dilurida,
Pois é bem triste a sentença,
De quem perdeu na isistença
O que mais amou na vida.

Já tou veio, acabrunhado,
Mas inriba deste chão,
Fui o mais afurtunado
De todos fios de Adão.
Dentro da minha pobreza,
Eu tinha grande riqueza:
Era uma querida fia,
Porém morreu muito nova.
Foi sacudida na cova
Com seis ano e doze dia.

Morreu na sua inocença
Aquele anjo incantadô,
Que foi na sua insistença,
A cura da minha dô
E a vida do meu vivê.
Eu beijava, com prazê,
Todo dia, demenhã,
Sua face pura e bela.
Era Ana o nome dela,
Mas, eu chamava Nanã.

Nanã tinha mais primô
De que as mais bonita joia,
Mais linda do que as fulô
De um tá de Jardim de Troia

Que fala o dotô Conrado.
Seu cabelo cachiado,
Preto da cô de viludo.
Nanã era meu tesôro,
Meu diamante, meu ôro,
Meu anjo, meu céu, meu tudo.

Pelo terrêro corria,
Sempre sirrindo e cantando,
Era lutrida e sadia,
Pois, mesmo se alimentando
Com feijão, mio e farinha,
Era gorda, bem gordinha
Minha querida Nanã,
Tão gorda que reluzia.
O seu corpo parecia
Uma banana-maçã.

Todo dia, todo dia,
Quando eu vortava da roça,
Na mais compreta alegria,
Dento da minha paioça
Minha Nanã eu achava.
Por isso, eu não invejava
Riqueza nem posição
Dos grande deste país,
Pois eu era o mais feliz
De todos fio de Adão.

Mas, neste mundo de Cristo,
Pobre não pode gozá.
Eu, quando me lembro disto,
Dá vontade de chorá,
Quando há seca no sertão,
Ao pobre farta feijão,
Farinha, mio e arrôis.
Foi isso o que aconteceu:
A minha fia morreu,
Na seca de trinta e dois.

Vendo que não tinha inverno,
O meu patrão, um tirano,
Sem temê Deus nem o inferno,
Me dexou no desengano,
Sem nada mais me arranjá.
Teve que se alimentá,
Minha querida Nanã,
No mais penoso matrato,
Comendo caça do mato
E goma de mucunã.

E com as braba comida,
Aquela pobre inocente
Foi mudando a sua vida,
Foi ficando deferente.
Não sirria nem brincava,
Bem pôco se alimentava
E inquanto a sua gordura
No corpo diminuía,
No meu coração crescia
A minha grande tortura.

Quando ela via o angu,
Todo dia demenhã,
Ou mesmo o rôxo beju
Da goma da mucunã,
Sem a comida querê,
Oiava pro dicumê,
Depois oiava pra mim
E o meu coração doía,
Quando Nanã me dizia:
Papai, ô comida ruim!

Se passava o dia intêro
E a coitada não comia,
Não brincava no terrêro
Nem cantava de alegria,
Pois a farta de alimento

Acaba o contentamento,
Tudo destrói e consome.
Não saía da tipoia
A minha adorada joia,
Infraquecida de fome.

Daqueles oio tão lindo
Eu via a luz se apagando
E tudo diminuindo.
Quando eu tava reparando
Os oinho da criança,
Vinha na minha lembrança
Um candiêro vazio
Com uma tochinha acesa
Representando a tristeza
Bem na ponta do pavio.

E, numa noite de agosto,
Noite escura e sem luá,
Eu vi crescê meu desgosto,
Eu vi cresce meu pená.
Naquela noite, a criança
Se achava sem esperança.
E quando vêi o rompê
Da linda e risonha orora,
Fartava bem pôcas hora
Pra minha Nanã morrê.

Por ali ninguém chegou,
Ninguém reparou nem viu
Aquela cena de horrô
Que o rico nunca assistiu,
Só eu e minha muié,
Que ainda cheia de fé
Rezava pro Pai Eterno,
Dando suspiro maguado
Com o seu rosto moiado
Das água do amô materno.

E, enquanto nós assistia
A morte da pequenina,
Na manhã daquele dia,
Veio um bando de campina,
De canaro e sabiá
E começaro a cantá
Um hino santificado,
Na copa de um cajuêro
Que havia bem no terrêro
Do meu rancho esburacado.

Aqueles passo cantava,
Em lovô da despedida,
Vendo que Nanã dexava
As misera desta vida.
Pois não havia ricurso,
Já tava fugindo os purso.
Naquele estado misquinho,
Ia apressando o cansaço,
Seguido pelo compasso
Da musga dos passarinho.

Na sua pequena boca
Eu vi os laibo tremendo
E, naquela afrição lôca,
Ela também conhecendo
Que a vida tava no fim,
Foi regalando pra mim
Os tristes oinho seu,
Fez um esforço ai, ai, ai,
E disse: "abença, papai!"
Fechô os oio e morreu.

Enquanto finalizava
Seu momento derradêro,
Lá fora os passo cantava,
Na copa do cajuêro.
Em vez de gemido e chôro,

As ave cantava em coro.
Era o bendito prefeito
Da morte de meu anjinho.
Nunca mais os passarinho
Cantaro daquele jeito.

Nanã foi, naquele dia,
A Jesus mostrá seu riso
E omentá mais a quantia
Dos anjo do Paraíso.
Na minha maginação,
Caço e não acho expressão
Pra dizê como é que fico.
Pensando naquele adeus
E a curpa não é de Deus,
A curpa é dos home rico.

Morreu no maió matrato
Meu amô lindo e mimoso.
Meu patrão, aquele ingrato,
Foi o maió criminoso,
Foi o maió assarsino.
O meu anjo pequenino
Foi sacudido no fundo
Do mais pobre cimitero
E eu hoje me considero
O mais pobre deste mundo.

Saluçando, pensativo,
Sem consolo e sem assunto,
Eu sinto que inda tou vivo,
Mas meu jeito é de defunto.
Invorvido na tristeza,
No meu rancho de pobreza,
Toda vez que eu vou rezá,
Com meus juêio no chão,
Peço em minhas oração:
Nanã, venha me buscá!"

O Inferno, o Purgatório e o Paraíso

Pela estrada da vida nós seguimos,
Cada qual procurando melhorar,
Tudo aquilo, que vemos e que ouvimos,
Desejamos, na mente, interpretar,
Pois nós todos na terra possuímos
O sagrado direito de pensar,
Neste mundo de Deus, olho e diviso
O Purgatório, o Inferno e o Paraíso.

Este Inferno, que temos bem visível
E repleto de cenas de tortura,
Onde nota-se o drama triste e horrível
De lamentos e gritos de loucura
E onde muitos estão no mesmo nível
De indigência, desgraça e desventura,
É onde vive sofrendo a classe pobre
Sem conforto, sem pão, sem lar, sem cobre.

É o abismo do povo sofredor,
Onde nunca tem certo o dormitório,
É sujeito e explorado com rigor
Pela feia trapaça do finório
É o Inferno, em plano inferior,
Mas acima é que fica o Purgatório,
Que apresenta também sua comédia
E é ali onde vive a classe média.

Este ponto também tem padecer,
Porém seus habitantes é preciso
Simularem semblantes de prazer,
Transformando a desdita num sorriso.
E agora, meu leitor, nós vamos ver,
Mais além, o bonito Paraíso,
Que progride, floresce e frutifica,
Onde vive gozando a classe rica.

Este é o Éden dos donos do poder,
Onde reina a coroa da potência.

O Purgatório ali tem que render
Homenagem, Triunfo e Obediência.
Vai o Inferno também oferecer
Seu imposto tirado da indigência,
Pois, no mastro tremula, a todo instante,
A bandeira da classe dominante.

É o Inferno o teatro do agregado
E de todos que vivem na pobreza,
Do faminto, do cego e do aleijado,
Que não acham abrigo nem defesa
E é também causador do triste fado
Da donzela repleta de beleza
Que, devido à cruel necessidade,
Vende as flores de sua virgindade.

Que tristeza, que mágoa, que desgosto
Sente a pobre mendiga pela rua!
O retrato da dor no próprio rosto,
Como é dura e cruel a sorte sua!
Com o corpo mirrado e mal composto,
A coitada chorosa continua
A pedir, pelas praças da cidade:
"Uma esmola, senhor, por piedade!"

Para que outro estado mais precário
Do que a vida cansada do roceiro?
Sem gozar do direito do salário,
Trabalhando na roça o dia inteiro,
Nunca pode ganhar o necessário,
Vive sempre sem roupa e sem dinheiro,
E, se o inverno não vem molhar o chão,
Vai expulso da roça do patrão.

Como é triste viver sem possuir
Uma faixa de terra para morar
E um casebre, no qual possa dormir
E dizer satisfeito: "Este é meu lar".
Ninguém pode, por certo, resistir

Tal desgraça na vida sem chorar.
Se é que existe inferno no outro mundo
Com certeza, o de lá é o segundo!

Veja bem, meu leitor, que quadro triste,
Este inferno que temos nesta vida,
O sofrimento atroz dele consiste
Em viver sem apoio e sem guarida.
Minha lira sensível não resiste
Descrever tanta coisa dolorida
Com as rimas do mesmo repertório,
Quero um pouco falar do Purgatório.

Purgatório da falsa hipocrisia,
Onde vemos um rosto prazenteiro
Ocultando uma dor que o excrucia
E onde vemos também um cavalheiro
Usar terno de linda fantasia,
Com o bolso vazio de dinheiro:
Pra poder trajar bem, até se obriga
Dar, com jeito, uma prega na barriga.

Purgatório infeliz do desgraçado,
Que trabalha e faz tudo o que é preciso
No comércio, lutando com cuidado,
Com desejo de entrar no Paraíso,
Porém, quando termina derrotado,
Fracassado, com grande prejuízo,
Desespera, enlouquece, perde a bola
E no ouvido dispara uma pistola.

Ali vemos um gesto alegre e lindo
Disfarçando uma dor, uma aflição,
Afirmando gozar prazer infindo
De esperança, de sonho e de ilusão.
Mas, enquanto estes lábios vão sorrindo,
Vai chorando, no peito, o coração.

É um mundo repleto de amarguras,
Com bastante aparência de venturas.

Veja agora, leitor, que diferença
Encontramos no lindo Paraíso:
O habitante não fala de sentença
Tudo é paz, alegria, graça e riso.
Tem remédio e conforto, na doença
E, se a morte lhe surge, de improviso,
Quando morre inda deixa por memória
Uma lousa, contando a sua glória.

Neste reino, que cresce e que vigora,
Vive a classe feliz e respeitada,
Tem tudo o que quer, a toda hora,
Pois do belo e do bom não falta nada,
Tem estrela brilhante e linda aurora,
Borboletas azuis, contos de fada
E, se quer gozar mais a vida sua,
Vai uns dias passar dentro da lua.

O Paraíso é o ponto culminante
De riqueza, grandeza e majestade,
Ali o homem desfruta ouro e brilhante,
Vive em plena harmonia e liberdade,
Tem sossego, conforto e tem amante,
Tudo quanto há de bom tem à vontade
E a mulher, que possui corpo de elástico,
Para não ficar velha, vai ao plástico.

Já mostrei, meu leitor, com realeza,
Pobres, médios e ricos potentados,
Na linguagem sem arte e sem riqueza.
Não são versos com ouro burilados,
São singelos, são simples, sem beleza,
Mas, nos mesmos eu deixo retratados,
Com certeza, verdade e muito siso,
O Purgatório, o Inferno e o Paraíso.

A escrava do dinheiro

Boa noite, home e menino
E muié deste lugá!
Quero que me dê licença
Para uma histora contá.
Como matuto atrasado
Eu dêxo as língua de lado
Pra quem as língua aprendeu,
E quero a licença agora
Mode eu contá minha histora
Com a língua que Deus me deu.

Mas ante de eu começá,
Eu premeramente vou
Dizê que o dinhêro é
O maió trensformadô,
Apois sabe o mundo intêro
Que este bichinho dinhêro,
Com sua força e podê,
A sua mancha, o seu jeito,
Tem feito munto sujeito
Sisudo se derretê.

Dinhêro trensforma tudo,
Dinhêro é quem leva e traz,
Eu nem quero nem dizê
Tudo o que dinhêro faz.
Apenas aqui eu conto
Que ele pra tudo tá pronto,
Ele é cabrêro e treidô,
É carrasco e é vingativo,
Só presta pra sê cativo,
Não presta pra sê senhô.

A pessoa neste mundo
Bota o pé na perdição
Quando ela dêxa o dinhêro
Gonverná seu coração.

Pra o povo que tá me uvindo
Não dizê que tou mentindo
Eu vou agora contá
Uma histora pequenina,
A histora de Regina,
Pra ninguém me duvidá.

Regina era minha noiva,
Meu amô, minha inlusão,
A morena mais bonita
Do meu querido sertão.
Seus grandes oio perfeito
Fazia quarqué sujeito
Tropeçá no brocotó,
Era vê no mês de maio
Dois grande pingo de orvaio
Tremendo na luz do só.

Os seus laibo era corado
Como a cera da cupira,
A fala tinha a doçura
Do favo da jandaíra.
O nariz bem afilado,
Cabelo preto e anelado,
Da cô da pena do anum.
Todos que conheceu ela
Dizia que era a mais bela
Do sertão dos Inhamun.

E era mêrmo a mais bonita,
Quem conheceu inda diz,
Ela tinha a perfeição
Da Santa lá da Matriz
Quando na festa se enfeita.
Se as mão dela era bem feita,
Mais bem-feito era os seus pé,
Vocemincêis pode crê:
Valia a pena se vê
Essa franga de muié.

Mas dêrna de eu pequenino
Que eu oiço o povo dizê
Que no mundo um bom sem farta
Não houve, nem pode havê.
Pra que coisa mais formosa,
Mais bonita e luminosa
De que a pinta da corá?
Mas ela tem um veneno
Que mata o grande e o pequeno,
Triste do que ela pegá!

Ninguém lê nos coração,
E este mundo é um imbé,
Onde o cabra engole delas
Que o diabo enjeita e não qué.
Muitas coisa se padece
Só porque ninguém conhece
No mundo veio, infeliz,
Onde é que a bondade mora;
Às vez, o que é bom por fora
Por dentro não vale um xis.

Regina tinha um defeito
Que eu não posso perdoá:
Era escrava do dinhêro,
Era toda de metá...
Quando ela às vez me falava
No luxo que desejava
Pulsêra, colá, cordão,
Vestido de seda e crepe,
Era mêrmo que uns estrepe
Furando em meu coração.

Ora, sendo eu um cabôco
Dos mato, assim como sou,
Que só pissuo uma roça
E um cavalo corredô,
Quando essas coisa escutava

Meu juízo latejava
Num reboliço sem fim.
Não acabava o noivado
Porque tava enraizado
Esse amô dentro de mim.

Eu tava louco de amô,
Queria mêrmo casá.
Já tinha inté perparado
A casa pra nós morá.
O pai dela e seus parente
Já tava tudo ciente
Da nossa santa união.
O povo todo sabia
Que nós casava no dia
Do mártir Sebastião.

Vinha chegando janêro,
Era vespra de Natá;
Foguete de toda sorte
Subia rompendo o á;
A meninada em folia
Brincando se divertia
Com traque, com buscapé,
E as moça e seus namorado,
Cada quá mais animado
Rodava nos carrossé.

Os cabôco mais farrista
Devorava aqui e ali
Um tragozinho gostoso
De cana do Cariri.
E o beato Zé Perêra
Com as muié rezadêra
E outras famia de bem,
Todos de prazê repreto
Perparava os objeto
Da lapinha de Belém.

Eu era naquele dia
O mais feliz do sertão;
Passeava com Regina
Segurado em sua mão,
E era por este respeito
Que eu tava bem sastifeito,
Alegre como xexéu
Na cajazêra cantando
Quando o só vem apontando,
Beijando as nuve do céu.

Mas é certo aquele dito
Dos veio antigo de atrás:
Que o cão não come nem bebe
Senão das arte que faz.
Naquela noite de festa
Eu vi o diabo de testa,
Coisa de fazê tremê,
E embora forte e disposto.
Senti o maió desgosto
Que o home pode sofrê.

Chegou num carro de luxo,
Mandado não sei por quem,
Um desses home perdido
Que este nosso mundo tem,
Todo pronto, engruvatado,
Não sei por quem foi mandado
Aquele crué dragão,
Que chegou ali somente
Mode entristecê a gente
Daquela pavoação.

Pelo jeito parecia
Que o sujeito era ricaço,
Tinha um relojo no peito
E ôto na cana do braço,
E mais ôtas fantasia,

Na hora que ele se ria
A boca era ôro só,
E além dos ôro dos dente,
Uma bonita corrente
Na gola do palitó.

Era alinhado devera
Aquele rico freguês,
Uns três anelão no dedo,
No nariz uns pichinez;
Não pude sabê seu nome,
Nem tombém sube aquele home
Aonde era moradô.
Só sei que quando falava,
Na sua conversa dava
As parença de um dotô.

A sua fala não era
Como as fala do sertão.
Tinha todo o requifife
Da coisa de inducação,
Mas não valia de nada,
Era inducação formada
De pena, tinta e papé.
Era inducação no jeito,
Mas tinha dentro do peito
Veneno de cascavé.

Naquela noite de festa,
Provou com seu mau costume
Que a inducação dele era
Fora do santo rejume.
Quando ele oiou pra Regina,
Pra beleza da menina,
Vi logo que ele ficou
Mardando e se penerando,
Como gavião oiando
Pra rola fogo-pagou.

Regina oiava pra ele
Mas sem pensá em xodó,
Sua ceguêra era o enfeito
Da gola do palitó,
Eu tava vendo e sabia
Que não era simpatia,
Era inveja, era imbição,
Não era amô nem caboge,
Era os ôro, era o reloge,
A corrente e os anelão.

Agora vocemincêis
Preste atenção e me escute,
Pra sabê como o dinhêro
Faz a pintura do fute.
Apois aquele sujeito,
Me fartando com o respeito
E abrindo pertinho d'eu
Uma borsa atopetada
De nota verde e rajada,
Regina se derreteu.

Regina se transformou
E com inveja sem fim
Piscava os oio pro cara,
Sem querê sabê de mim.
E pra encurtá minha histora,
Mais tarde umas certas hora
Qué sabê o que ela fez?
Me engabelou sem escrupo
E logo, traz-zás num vupo,
Foi se embora com o freguês.

Pras banda do Pioí
O descarado azulou,
Com Regina, a sertaneja,
A causa da minha dô.
Por isso é que eu disse e digo:
Dinhêro é grande inimigo,
Dinhêro é farso e crué,

E ainda mais faz afronta
Quando ele toma de conta
De um coração de muié.

Ninguém vá pensá que eu conto
Historia que uvi contá,
Isso se passô comigo
Numa noite de Natá,
Vinte e quatro de dezembro.
Inda hoje, quando me lembro
Daquela farsa Regina,
Daquela ingrata cabôca,
Eu sinto no céu da boca
Um gosto de quina-quina.

Já tou veio e sou casado,
Não tenho mais inlusão,
Mas inda vejo Regina
Na minha maginação,
Essa mágua inda padeço,
Pelejo mas não me esqueço
Do má que ela fez a mim,
Inda me fere e me dói,
Não sei pra que Deus estrói
Beleza com gente ruim.

Ô natureza de cobra!
Bem dizia o meu avô
Que há gente pra tudo e sobra
Neste mundo enganadô.
Eu fiquei horrorizado,
Quage doido, amalucado,
De vê aquela muié
Se atravancá nos abismo
Por causa de uns argarismo
E uns pedaço de papé.

Dinhêro é um fogo ardente
Que faz munto coração
Se derretê como cera

Na quintura do tição.
Dinhêro trensforma tudo,
Faz de um alegre um sisudo,
Dá nó e desmancha nó,
E finamente o dinhêro
É o maió feiticêro,
É o Reis do Catimbó.

Dois quadros

Na seca inclemente do nosso Nordeste,
O sol é mais quente e o céu mais azul
E o povo se achando sem pão e sem veste,
Viaja à procura das terra do Sul.

De nuvem no espaço, não há um farrapo,
Se acaba a esperança da gente roceira,
Na mesma lagoa da festa do sapo,
Agita-se o vento levando a poeira.

A grama no campo não nasce, não cresce:
Outrora este campo tão verde e tão rico,
Agora é tão quente que até nos parece
Um forno queimando madeira de angico.

Na copa redonda de algum juazeiro
A aguda cigarra seu canto desata
E a linda araponga que chamam Ferreiro,
Martela o seu ferro por dentro da mata.

O dia desponta mostrando-se ingrato,
Um manto de cinza por cima da serra
E o sol no Nordeste nos mostra o retrato
De um bolo de sangue nascendo da terra.

Porém, quando chove, tudo é riso e festa,
O campo e a floresta prometem fartura,
Escutam-se as notas agudas e graves
Do canto das aves louvando a natura.

Alegre esvoaça e gargalha o jacu,
Apita o nambu e geme a juriti
E a brisa farfalha por entre as verduras,
Beijando os primores do meu Cariri.

De noite notamos as graças eternas
Nas lindas lanternas de mil vagalumes.
Na copa da mata os ramos embalam
E as flores exalam suaves perfumes.

Se o dia desponta, que doce harmonia!
A gente aprecia o mais belo compasso.
Além do balido das mansas ovelhas,
Enxames de abelhas zumbindo no espaço.

E o forte caboclo da sua palhoça,
No rumo da roça, de marcha apressada
Vai cheio de vida sorrindo, contente,
Lançar a semente na terra molhada.

Das mãos deste bravo caboclo roceiro
Fiel, prazenteiro, modesto e feliz,
É que o ouro branco sai para o processo
Fazer o progresso do nosso país.

A festa de Maricota

Seu moço que vai passando
Com seu maço de papé,
Descurpe eu tá lhe falando,
Mas me escute se pudé.
Apois, quando eu fui oiando
Que lhe vi, fiquei pensando
E sou capaz de jurá,
Logo da premêra vista,
Que o senhô é jornalista,
E eu tenho o que lhe contá.

O que eu quero lhe contá
Não é coisa boa não!

É um baruio inferná
Que se deu lá no sertão.
Vou dizendo, vou dizendo
E o senhô vai escrevendo,
No papé tomando nota,
Mode botá no jorná
Cumo foi o grande azá
Da festa de Maricota.

Foi antonte às doze hora
Da noite o tá bruburinho,
Eu corri de mundo afora
Sem preguntá por caminho.
Quando cheguei na rodage,
Arranjei uma passage
Num caminhão que passou;
De medo cheguei tremendo,
Não tou ainda sabendo
Quem morreu, nem quem matou.

Mas porém é do começo
Que a história eu vou principiar
Apois eu tudo conheço,
Falo sem medo de errá.
Eu me chamo João Moiriço,
Neste mundo o meu serviço
É cantá e tocá viola.
Vivo cantando no pinho,
Livre cumo um passarinho
Que nunca entrou na gaiola.

No Nordeste brasilêro
Conheço os cantô mais fino,
Cumo o Vicente Grangêro,
Mendonça e Sirva Rufino,
João Alexandre e Dedé,
Cego Bobôco e Cazé,
E os mió do Ceará,

Que é João Siquêra e Fonseca,
Que inda tando de enxaqueca
Não se escora pra cantá.

Faço a minha vida intêra
No sertão, sem me osentá.
É com esta a vez tercêra
Que eu ando na capitá.
Na vida de violêro
Sou quage cumo dinhêro,
Que veve de mão em mão.
Eu sou, com meu instrumento,
O mió divertimento
Das famia do sertão.

Agora, seu jornalista,
Já lhe dixe quem sou eu:
João Moiriço, o repentista
Que a rima nunca perdeu.
É bom que coidado tome,
Escreva logo o meu nome
Ante que o senhô se esqueça,
E vamo pra diante agora,
Senão com pôco esta história
Fica sem pé e sem cabeça.

Lá naquela bela zonda
Do meu querido sertão,
No lugá Baxa Redonda,
Mora seu Zé Damião,
Um dos agricurtô pobre
Que o céu do Ceará cobre,
Não é rico, não senhô,
Mas é home ajuizado,
Sincero, considerado,
Honrado e trabaiadô.

Pobre, mas não veve a rasto,
Apois seu Zé Damião

Sempre guarda pra seu gasto
Mio, farinha e feijão.
Não é lá cumo quem pode,
Mas possui oveia e bode,
E de três vacas que tem
No inverno um leitinho come,
E nunca padece fome
Quando os repiquete vem.

Ele é o pai de Maricota,
Muié tão simpate e bela
Que o sertão nunca mais bota
Outra fulô cumo aquela.
O senhô fique ciente
Que é visto por toda gente
Que derne dela menina
Na sua doce inocença
Deu uma certa parença
Das coisa santa e divina.

Todo o povo tava vendo
Que o tempo ia se passando,
Maricota ia crescendo,
E a beleza acompanhando.
Quanto mais ela crescia
Mais beleza recebia,
E quando chegou enfim
Na casa dos dezasseis,
Nem a prenceza do Reis
Era tão bonita assim.

Sua fromosura é tá,
Que se o povo inda fizé
Dois partido pra votá
Na beleza das muié,
Vai sê grande o movimento,
E quando chegá o momento
Do preito dessa inleição,

Todo sertanejo vota
Na bonita Maricota,
Fia do Zé Damião.

Nunca ela gostou do moço
Derretido por muié,
De gruvata no pescoço
E os dedo duro de ané.
Ela só simpatizava
O rapaz que trabaiava
E derramava suó.
Por isso tinha desejo
De casá com o sertanejo
Que se chama Zé Loló.

Zé Loló, seu jornalista,
É um disposto freguês
Que não hai quem lhe resista,
Trabaia por dois ou três.
Tudo que faz é bem feito,
Suas cerca é dum tá jeito
Que mestre nenhum potresta,
É bem feita, é de premêra,
Tão aprumada e linhêra
Que nem a frecha da besta.

Pra fazê cerca é o artista
Mió que o sertão criou,
Parece que tem na vista
Agúia de agrimensô.
Todo serviço ele topa,
É rapaz que não se popa,
No rojão ele tá só.
Quem conveça em adjunto,
Ali, o premêro assunto
É o caboco Zé Loló.

Já tenho assistido munto,
Já gostei munto de vê

Zé Loló nos adjunto
Botando os ôto a sofrê,
Se um rojão ele puxava,
Os companhêro suava,
E ele adiante, todo esperto,
Ligêro que só um gato,
E tanto espaiava o mato
Cumo fazia coberto.

Se falava um camarada
No nome de Maricota,
Zé Loló jogava a enxada
Da direita pra canhota,
De alegre dava dois grito,
Puxava um rojão bonito
Que o mato vinha de rolo.
Não tinha quem lhe iguaiasse,
Não tinha quem lhe arcançasse,
Tudo comia miolo.

Zé Damião e dona Rosa,
A sua espôsa de amô,
Deu a donzela fromosa
Ao moço trabaiadô;
Marido e muié queria,
Apois todos dois dizia
Que a moça é pra se casá,
Não é como esses tesôro
De prata, briante e de ôro
Que a gente possa guardá.

Fôro logo botá os banho
E o casamento marcá.
O prazê era tamanho
Que ninguém pode contá.
Foi grande o contentamento,
E quando do casamento
Lá no sertão se espaiou

A mais alegre notiça,
Arguém pediu as arviça,
E arguém de inveja chorou.

Não tem quem saba na vida
Dos prano de uma muié,
Toda mãe é pervenida
E sabe o que as fia qué.
Apois dona Rosa vinha
Cevando munta galinha
E pato, peru e capão,
Só pruquê ela sabia
Que o moço Zé Loló ia
Sê genro de Damião.

Afiná viu-se rompê
O dia do casamento,
Dia que enquanto eu vivê
Não sai do meu pensamento.
Seu moço, eu não sei de nada,
Mas as Leitura Sagrada,
O livro dos Evangeio,
Que é tão bom, tão santo e puro,
Devia dizê o futuro
Das coisa do mundo veio.

Mas a grande humanidade
Que de tudo qué sabê,
Nunca adivinha a verdade
Do que vai acontecê.
E tem bichinho servage
Que, com a sua linguage
E a musga da sua voz,
Conta tudo certo e exato,
Apois tem bicho no mato,
Que sabe mais do que nóis.
No dia do casamento,
Quando tudo se aprontou,

Que o grande acompanhamento
Atrás dos noivo machou,
Do lado esquerdo da estrada,
Lá numa feia quebrada,
No fundo de um cafundó,
Uma coã gargaiava,
Gargaiava e agorava,
Na copa de um pau-mocó.

Seu moço, fique sabendo
Que aquela bicha é assim:
Gargaiando, tá dizendo
Que vai se dá coisa rim.
Daqui a pôca demora,
Quando eu contá nesta história
Tudo quanto se passou,
O senhô fica ciente
Que aquela coã não mente,
Pois a bicha adivinhou.

Eu conheci do perigo,
Mas não contei a ninguém.
Fiquei a dizê comigo:
– A desgraça logo vem!
E só não saí da festa,
Dexando aquela palestra,
Pruquê seu Zé Damião
Na festa da sua fia
Queria uma cantoria
Do cantadô do sertão.

Fingui que tava contente
E fui ajudá as muié
Trabaiando de servente,
Ao povo dando café;
Trabaiando nas comida,
E afiná em toda lida,
Da despensa pro fogão,
Naquele constante jogo,

Botá panela no fogo,
Botá panela no chão.

Quage às seis hora do dia
Chegaro os noivo, casado,
Zé Loló fazendo guia
Com Maricota de lado,
E atrás o resto do povo,
Home, muié, veio e novo,
Uns casado, outros rapaz.
Foi tudo bem-sucedido,
Nada tinha acontecido,
Chegaro na santa paz.

Maricota, o anjo prefeito,
A prenceza do sertão,
Vinha bonita, de um jeito
De machucá coração.
De parma, véu e capela
Não sei a beleza dela
Com que posso compará.
Apois tão bonita tava
Que pra santa, só fartava
Se encolocá num artá.

Pra vê a fia casada,
Premêro vem mãe e pai,
Que com as fala cortada
As água dos oio cai.
Despois, tudo, de um em um,
Naquele prazê comum,
Pra perto dos noivo vem
Com grande sastifação
Dá um aperto de mão,
E os alegre parabém.

Era com prazê e alegria
Cumo eu nunca vi assim,
Só eu, seu moço, sentia

Um choque de coisa ruim,
E não tirava a coã,
Que gargaiou de manhã,
Da minha maginação.
Parece inté que eu notava
Que ôta coã gargaiava
Cá dentro, em meu coração.

Seu moço, eu sempre pensava,
Pensava comigo só,
Que arguma coisa se dava
Na festa de Zé Loló.
Mais tarde, despois da ceia,
Despois das barriga cheia,
Me pediro pra cantá,
E eu não respondi que não,
Pois a seu Zé Damião
Eu não podia fartá.

Me fingi de sastifeito
E cumo bom cantadô
Encaloquei sobre o peito
O meu pinho gemedô.
Do bordão pras ôtas corda
Percurei logo a concorda,
Do começo até o fim,
Botei os dedo na escala,
Corri a vista na sala,
E entrei por aqui assim:

– Viva a noiva e viva o noivo,
Viva seu Zé Damião,
Dona Rosa, a sua esposa,
Com toda a reunião,
E viva eu, João Moiriço,
O cantado do sertão!

Meu bom povo, agora eu quero
Licença premeramente,

Pro mode eu rimá uns verso
Pros noivo que tá presente,
Que a luz que mais alumeia
Deve se botá na frente.

Maricota, de hoje em diante
Você não vai vivê só,
Zé Loló agora é seu,
E você de Zé Loló,
Que os dois vivendo assim junto
Fica a vida mais mió.
Cumo um casá de asa branca,
Morando no mêrmo ninho,
Vocês dois agora vão
Triá o mêrmo caminho,
Trocando bêjo por bêjo,
E carinho por carinho.

Vão vivê de um para o ôto,
Sem ofendê a ninguém,
Quando Zé Loló chorá
Você soluça tombém,
E vão passando a vida
Se amando e querendo bem.

Zé Loló que é seu marido,
Lhe traz na parma da mão,
Dando gosto a dona Rosa
E ao senhô Zé Damião,
Finamente a todo povo
Do nosso belo sertão. –

Assim, seu moço, eu cantava,
E quando findava um pé,
Do povo que ali se achava,
Home, menino e muié,
Parmas e vivas chovia,
Que vossemicê podia

Fazê a comparação
De um candidato falando
Nos comiço, cabalando
Os inleitô do sertão.

A noite ia se passando
E o povo a se divertí,
Eu já tava inté pensando
Que a coã ia mentí,
Quando vi entrá na sala,
Ligêro, iguá uma bala,
Um rapaz, e foi dizendo
Que tava lá no terrêro
O diabo dum cangacêro
Jogando puia e bebendo.

Eu senti logo um vexame
Das perna pro coração,
Os meus dedo nos arame
Foi aquela confusão,
Tremia a minha viola,
O verso em minha cachola,
Cacei, mas não pude achá!
Eu sou munto esmorecido,
Não herdei nesse sentido
O geno do Ceará.

Era meia noite em ponto,
Hora que o Diabo se sorta
Lá dos Inferno, e vem pronto
Pra dá no mundo umas vorta.
É nessa hora que o Diabo
Sai, de esporão, chifre e rabo,
Por este mundo a vagá,
Ajudando os mafazejo
Satisfazê seu desejo
E o seu instinto inferná.

O cabra vinha coberto
Da tenda da perdição,

Eu reparei e tou certo
Que ele trazia na mão
O mais pió dos fragelo:
Um rife papo-amarelo,
E sem compaxão nem dó,
Um feio punhá de um lado,
E um grande lenço encarnado
Amarrado no gogó.

Chapéu de dois brabicacho,
Um no quêxo, outro na testa,
Era a pintura do Diacho
O cabra naquela festa.
Que hora de grande agonia!
Tudo de medo tremia,
Só Zé Loló não mudou.
Este tava carrancudo,
Sisudo, munto sisudo,
Dêrne que o cabra chegou.
Entonce, aquele sujeito
De cara lisa, lambida,
Fartando com o respeito,
Trôxe um copo de bebida,
Entrou na sociedade,
E com certa liberdade
A Maricota ofereceu,
Pedindo que ela bebesse,
Ou entonce recebesse,
Mas ela não recebeu.

Seu moço, o senhô precebe
Que no sertão, de onde eu sou
Tem pessoa que não bebe
Nem mode fazê favô;
Eu conheço sertaneja
Que, mode as reza da Igreja,
Nunca toma uma bicada
Nem mêrmo uma bicadinha

Pra lhe servi de meizinha,
Quando ela tá resguardada.

Maricota é deste jeito,
Pois durante a sua vida
Mode não quebrá o perceito
Nunca ela tomou bebida.
O cabra, desenganando,
Foi depressa se afobando,
E sem maginá em derrota,
Sem pensá na prope vida,
Jogou o cope de bebida
Em riba da Maricota.

Seu moço! Ô que fuzuê!
Foi um lelê dos maió,
Eu vi o cabra gemê
Na pexêra do Loló.
Quando eu vi aquele embruio
Da sala dei um marguio,
Levando o pinho na mão,
Minha querida viola,
Que nem botei na sacola,
Ô noite de confusão!

Foi o maió alarido,
Tudo gritava: ai, ai, ai!
Muié chamando o marido,
O fio chamando o pai,
Só o Diabo, certamente,
Pôde inventá de repente
Um tão grande espaiafato,
Cumo um trovão quando estronda,
Por toda a Baxa Redonda
Corria gente nos mato.

Eu tombém corri com medo,
Não vou negá nem menti,

Tive que pisá no brêdo,
Tive que me escapulí,
E num momento mesquinho
Caí por riba do pinho,
Meu pinho de estimação
Ficou todinho em pedaço,
Foi o derradêro abraço
Que deu no meu coração.

E ante que a história eu acabe
Seu jornalista, dê fé,
Veja a coã como sabe!
É como eu digo ou não é?
Ela, quando gargaiava,
Com certeza me contava
Que a desgraça ia se dá,
Mas porém ninguém compreende,
Ninguém sabe nem entende
A língua dos animá.

Minha querida viola,
Alive do meu pená,
Valia mais que as vitrola
Das sala da capitá.
Minha viola querida
Foi durante a minha vida
Remédio das afrição,
Das minhas cansêra e pena,
E era o prazê das morena,
Nas noite de São João.

Vá-se os ané, fique os dedo:
É dito bem naturá,
Só quebrei por vim com medo
Daquele geno do má.
Ah, infeliz vagabundo!
E inda tem gente no mundo
Que pensa e diz inté,

Que rim só foi Lampião,
Mas tem cabra no sertão
Que anda fazendo o que qué.

Seu moço, eu faço juízo
Deste mundo, e digo assim:
– O mundo era um paraíso
Se não fosse gente rim,
Se não fosse o cangacêro,
O robadô, o desordêro,
Esses argente do Diacho,
Da natureza de incréu,
Nós contava com dois céu,
Era um em riba e ôto em baxo.

Mas o mundo tá de um jeito
Que no sertão do Brasí,
A gente não tem direito
Nem mêrmo de divertí.
Eu, que não gosto de intriga
E munto meno de briga,
Quando vejo esses horrô
Saio correndo, assombrado,
Cumo o veado chumbado
Com medo do caçadô.

Daquela cena mardita
Eu ainda tou com medo
Tanta mocinha bonita
Corrê, pra dormi no brêdo!
Que zoada! Que arvoroço!
Eu só queria, seu moço,
Que pro país brasilêro
Deus do céu inda mandasse
Um castigo, que acabasse,
Com tudo que é cangacêro.

É coisa do meu sertão

Eu sei que dizendo assim,
Eu não tou falando à toa,
Meu sertão tem coisa boa
E também tem coisa ruim;
Umas que fede a cupim
Ôtras que chera a melão.
De tudo eu sei a feição
Pois conheço uma por uma.
Vou aqui dizê arguma
Das coisa do meu sertão.

Querendo fazê fartura,
Cheio de esperança e prano,
Já quage no fim do ano,
Se um cabôco faz figura
Cavando na terra dura
Com grande desposição
Prantando mio e fejão
Mode esperá prazentêro
As chuvada de janêro,
É coisa do meu sertão.

Um corajoso vaquêro,
De côro todo trajado
Correndo intusiasmado
Nas mata do tabolêro
Atrás do boi mandinguêro
Que não respeita oração,
Derrubá o bicho no chão
Dentro da jurema preta,
Amarrá e botá careta,
É coisa do meu sertão.

Quando uma seca inclemente
Assola o nosso Nordeste
Dexando a mata e o agreste
Tudo triste e deferente,

Que viaja a pobre gente
Pra São Paulo e Maranhão,
Dexando o caro torrão
Onde contente vivia
Trabaiando todo dia,
É coisa do meu sertão.

Em junho, o festivo mês,
Vê uma dança animada
Debaxo de uma latada
Pelo dia 23
E a turma de camponês
Na foguêra de São João,
Um ao ôtro dando a mão
Numa fulia pacata
Assando mio e batata,
É coisa do meu sertão.

Que seja inverno ou istio,
Se tratando de adjunto,
Um dos animado assunto,
Se as cabôca em desafio
Pilando o arroz e o mio
Na mais doce animação,
Joga tum-tum no pilão
De madêra jatobá;
Tum tum tum, tum tum tum pá,
É coisa do meu sertão.

O pobrezinho agregado
No seu vivê de rocêro,
Sem tê no borso dinhêro
Nem onde comprá fiado,
Se achando desarrumado,
Desprevinido sem pão,
Vendê na fôia argodão
Por bem pequena quantia
Pra comê mais a famia,
É coisa do meu sertão.

A camponesa, coitada,
Sofrendo pra tê criança,
Se acabá sem esperança,
Sem tê ricuço de nada,
Saí toda amortaiada
Numa rede ou num caxão
Pra dromi no frio chão
Proque fartou um dotô,
Esta passage de horrô
É coisa do meu sertão.

Vê os cabôco gritá
Tudo alegre e sacodido,
Na fofoca dos partido
Da campanha inleitorá
E quando o dia chegá
Entrá na repartição,
E de caneta na mão
Argum garrancho fazê
E votá sem sabê lê,
É coisa do meu sertão.

Dá prova de cabra macho
Com o coração maguado
Andando desesperado
Por rio, grota e riacho
Serra arriba e serra abaxo,
De bacamarte na mão
Mode atirá no ladrão
Que desmantelou a vida
De sua fia querida,
É coisa do meu sertão.

O paraíso do Crato

Quem andá no Cariri
Precisa andá no Granjêro,
O ponto mió que vi
No Nordeste brasilêro.

É bem pertinho do Crato,
Um lugá cheio de ornato
Que agrada a quarqué freguês.
As beleza naturá
E ôtras artificiá
Que os home do Crato fez.

Tem uma rica nascença
Jorrando no pé da serra
Com uma fartura imensa
Que vem de dentro da terra.
Naquela fonte sonora,
Nos domingo a toda hora
As muié e os home fica
Cada quá mais animado
Com seus trajo apopriado
Tomando banho de bica.

Tem um crube organizado
Que é uma coisa bacana;
O Granjêro é frequentado
Em todo fim de semana
Na mais prefeita união,
Ninguém trata de questão,
De briga, nem de arruaça,
Ali não reina o capeta,
Os guarda da barbuleta
Não dá entrada à cachaça.

Muntos brinca na picina
Nadando todo contente
Entre as água cristalina,
Cristalina e reluzente.
Aquele belo recanto
É todo cheio de incanto;
Faz gosto andá por ali
Pra vê o bonito Granjêro

O quadro mais feiticêro
Das terra do Cariri.

Eu indo lá certo dia,
Vendo a fonte que derrama
As água pura e sadia
E o chão forrado de grama,
Fiquei todo deferente,
Fiquei besta de contente
E pra onde eu reparava,
Vinha logo na memora
A beleza das história
Que a minha vovó contava.

Fiquei cheio de esperança,
Me esqueci de minhas dô,
Os dia de minha infança
No peito ressucitou.
Parece que aquelas água
Carregava minhas mágua
Pra dentro daquele mato.
Tão grande foi minha fé
Que eu dixe: O Granjêro é
O paraíso do Crato.

Lá no Granjêro é assim.
Vem a força de um condão
Tirá tudo quanto é ruim
De dentro do coração.
Até quem veve caipora
Com munta conta por fora
Que precisa recadá,
Fica todo sastifeito,
Se esquece inté do sujeito
Que deve e não qué pagá.

Você se é home casado
E não veve prazentêro,
Se qué vivê sossegado,

Vá passiá no Granjêro
E leve sua muié,
Pois logo que ela dê fé,
Repara, vê e revê
A fonte e o belo verdume,
Acaba todo ciúme
Que a mesma tem de você.

O veio, o moço e a criança,
Ali tem a mesma sorte,
Muntos alegre se lança
Nas brincadera de isporte.
Lá naquela maravia
Represa de poesia,
Tudo de gozo parpita,
Parece um reino incantado;
Já vi lugá abençoado
Pra juntá muié bonita!

"Vida sertaneja"

Sou matuto sertanejo,
Daquele matuto pobre
Que não tem gado nem quêjo,
Nem ôro, prata, nem cobre.
Sou sertanejo rocêro,
Eu trabaio o dia intêro,
Que seja inverno ou verão.
Minhas mão é calejada,
Minha peia é bronzeada
Da quintura do sertão.

Por força da natureza,
Sou poeta nordestino,
Porém só canto a pobreza
Do meu mundo pequenino.
Eu não sei cantá as gulora,
Também não canto as vitora
Dos herói com seus brasão,

Nem o má com suas água...
Só sei cantá minhas mágua
E as mágua de meus irmão.

Canto a vida desta gente
Que trabaia inté morrê
Sirrindo, alegre e contente,
Sem dá fé do padecê,
Desta gente sem leitura,
Que, mesmo na desventura,
Se sente alegre e feliz,
Sem nada sabê na terra,
Sem sabê se existe guerra
De país cronta país.

Eu canto o forte cabôco,
De gibão e chapéu de côro,
Que, com corage de lôco,
Infrenta a raiva do tôro
Com um agudo ferrão.
E das noite de São João
Eu canto as bela foguêra
Com seu fogo milagroso
Segredo misterioso
Das moça casamentêra.

Eu canto o sertão querido,
A fonte dos meus poema,
Onde se iscuta o tinido
Do grito da sariema
E onde o sertanejo veio
Observa os Evangeio
E nas noite de luá,
Sirrindo, alegre e ditoso,
Conta istora de Trancoso
Para o seu neto iscutá.

Sou sertanejo e me gabo
De já tê visto o vaquêro,

Atrás do novio brabo
Atravessá o tabulêro.
Amo a vida camponesa,
Nunca invejei a beleza
E a fantasia da praça.
Eu sou irmão do cabôco,
Que ri, que zomba e faz pôco
Da sua própia desgraça.

Cabôco que não cubiça
Riqueza nem posição
E nem aceita a maliça
Morá no seu coração.
Cabôco que, nesta vida,
Além da sua comida,
O que mais estima e qué,
É a paz, a honra e o brio,
O carinho de seus fio
E a bondade da muié.

O que mais preza e percura
O matuto camponês
É não quebrá sua jura,
Que, no casamento, fez.
Sem enfado e sem preguiça,
Quando vai uvi a missa,
De paz, amô e alegria,
Leva o seu coração cheio,
Prumode uvi os consêio
Do padre da freguezia.

E assim, na sua peleja,
Com a famia que tem,
Não inveja nem deseja
O gozo de seu ninguém.
Mas, por infelicidade,
Cronta seu gosto e vontade,
Munta vez, o pobre vê
A muié morrê de parto,

Gemendo dentro de um quarto,
Sem ninguém lhe socorrê.

Morre aquela criatura,
Depois, a pobre coitada,
No rumo da sepultura,
Vai numa rêde imbruiada.
Um adjunto de gente,
Uns atrás, ôtros na frente,
Num apressado rojão,
Quando um sorta, o ôtro pega:
É assim que se carrega
Morto pobre, no sertão.

Fica, o viúvo, coitado!,
De arma triste e dilurida,
Para sempre separado
Do mió de sua vida,
Mas, porém, não percebeu
Que a sua muié morreu,
Só por fartá um dotô.
E, como nada conhece,
Diz, rezando a sua prece:
Foi Deus que ditriminou!

Pensando assim desta forma,
Resignado, padece;
Paciente, se conforma
Com as coisa que acontece.
Coitado! Ignora tudo,
Pois ele não tem estudo,
Também não tem assistença.
E por nada conhecê
Em tudo o camponês vê
O dedo da Providença.

Só a coisa que o matuto
Conhece, repara e vê

É tê que pagá tributo
Sem ninguém lhe socorrê,
É derramá seu suó,
Com paciença de Jó,
Mode botá seu roçado,
Esperto, forte e disposto
E tê que pagá imposto
Sem ninguém tê lhe ajudado.

Às vez, alegre e contente,
Quanto é tempo de fartura,
Ele diz pra sua gente:
Nossa safra tá segura!
Mas, de repente, intristece,
Pruquê magina e conhece
Que os home de posição
Só oia para o seu rosto
Pra ele pagá imposto
Ou votá nas inleição.

Quando aparece um sujeito,
De gravata e palitó,
Todo alegre e sastifeito,
Como quem caça xodó,
O matuto experiente
Repara pra sua gente
E, sem tê medo de errá,
Diz, com um certo desgosto:
"Ele vem cobrá imposto
Ou pedi pra nóis votá".

A festa da natureza

Chegando o tempo do inverno,
Tudo é amoroso e terno,
Sentindo do Pai Eterno
Sua bondade sem fim.
O nosso sertão amado,

Esturricado e pelado,
Fica logo transformado
No mais bonito jardim.

Neste quadro de beleza
A gente vê com certeza
Que a musga da natureza
Tem riqueza de incantá.
Do campo até na floresta
As ave se manifesta
Compondo a sagrada orquesta
Desta festa naturá.

Tudo é paz, tudo é carinho,
Na construção de seus ninho,
Canta alegre os passarinho
As mais sonora canção.
E o camponês prazentêro
Vai prantá fejão ligêro,
Pois é o que vinga premêro
Nas terra do meu sertão.

Depois que o podê celeste
Manda chuva no Nordeste,
De verde a terra se veste
E corre água em brobutão
A mata com o seu verdume
E as fulô com o seu prefume,
Se infeita de vaga-lume
Nas noite de iscuridão.

Nesta festa alegre e boa
Canta o sapo na lagoa,
No espaço o truvão reboa
Mostrando o seu rôco som.
Vai tudo se convertendo,
Constantemente chuvendo
E o povo alegre dizendo:
Deus é poderoso e bom!

Com a força da água nova
O peixe e o sapo desova,
E o camaleão renova
A verde e bonita cô;
A grama no campo cresce,
A pernuda aranha tece,
Tudo com gosto obedece
As orde do Criadô.

Os cordão de barbuleta
Amarela, branca e preta
Vão fazendo pirueta
Com medo do bem-ti-vi,
E entre a mata verdejante,
Com o seu papé istravagante
O gavião assartante
Vai atrás da juriti.

Nesta harmonia comum,
No mais alegre zumzum,
As lição de cada um,
Todos já sabe de có,
Vai a lesma repelente
Vagarosa, paciente
Preguiçosa, lentamente
Levando o seu caracó.

A famosa vaca muge
Comendo a nova babuge
Vale a pena o ruge-ruge
Da sagrada criação.
Neste bonito triato
Todo cheio de aparato,
Cada bichinho do mato
Faz a sua obrigação.

A Divina Majestade,
Com esta realidade,

Nos mostra a prova e a verdade
Do soberano podê.
Nesta Bliba naturá
Que faz tudo admirá,
Quarqué um pode estudá
Sem conhecê o ABC.

A vida aqui é assim

Aquele povo que veve
Nas rua da capitá,
Não sabe o quanto padece
Os trabaiadô de cá.
Esse povo da cidade,
Que só veve de vaidade,
Nunca foi agricurtô,
Uma roça não conhece,
Não sabe o quanto padece
O povo do interiô.

Aqui pra nós sempre tá
Chegando de quando em vez
Gente com cara de saibo,
Embruiando os camponês.
Causa raiva e dá desgosto
A gente pagá imposto
Cobrado cronta a razão,
E além de certos direito,
Ainda vivê sujeito
Ao tá fiscá de argodão.

Esse espertaião sem arma
Sabe fazê trapaçada!
Com o dono do armazém
Veve de língua passada;
E se o dono do armazém
É um esperto também,
Lhe dá logo uma gorgeta,

E na crassificação,
É o dono do argodão
Quem aguenta a buzuleta.

Ande o pau por onde andá,
Vem quebrá no camponês;
O seu argodão só dá
Tipo cinco, quatro e três,
Proquê o fiscá, esse home
Toma café, veste e come
É à custa do matuto;
Entra de pé na apragata,
E sai bancando gruvata,
Cigarro manso e charuto.

Inda que o argodão seja
De lã bem desembraçada,
Capucho grande e sadio,
Branco da cô de coaiada,
Com seus óclo no nariz
O fiscá repara e diz:
– "Este, premêra não dá!"
Ali mêrmo crassifica,
E crassificado fica,
O dono tem que aguentá!

Por isso é que eu digo assim:
– "Eu tenho quatro menino.
Um pode ser Lampião,
E o ôto, Antônio Silvino,
Pode ôto ser jogadô,
Mas peço a Nosso Senhô,
À Virge da Conceição,
E a São Bertolameu,
Pra não vê um fio meu
Sendo fiscá de argodão..."

Tudinha

O nosso mundo sem fim
Tem gente boa e tem ruim
A vida é uma campanha
Que pela terra se estende
E o sujeito só aprende
Depois que bastante apanha.

Cada um deve aprendê
O rejume de vivê;
Quando o cabra facilita
Os seus prano sai errado,
Fui rapaz apaxonado,
Doido por moça bonita.

Assim no mundo eu vivia,
Todo cheio de alegria;
Mas divido me ingorfá
Com história de beleza,
Hoje, cheio de tristeza,
Vivo no mundo a pená.

Tudinha foi a morena
Causadêra desta pena
E desta sorte misquinha.
Pra amá não fiz estudo
E por isto perdi tudo
Pelo amor de Tudinha.

A morena era vaidosa,
Izigente, caprichosa,
E sempre a todo momento
Dizia que me queria,
Mas, porém, eu não sabia
Se aquilo era fingimento.

Tudinha fez um camaço
Pra me jogá no seu laço;

Pois tanto me prometeu,
Que um dia se ajueiou
Com as mão posta e jurou
Que se casava com eu.

Quando a sua jura uvi,
No coração eu sinti
Uma alegria tamanha,
Que com aquele namoro,
Eu fiquei que nem bisôro
Preso na teia de aranha.

Uma jura de mão posta
É a maió das resposta,
Eu não pensava em canudo.
Toda noite e todo dia
Eu bem contente dizia:
Com Tudinha eu tenho tudo!

Mas porém, desconfiava
Pruque ela só me dava
Confiança bem isata,
Quando eu andava jeitoso,
Com os sapato lustroso
E de palitó e gravata.

Mas como tinha jurado
E eu vivia apaxonado,
Sempre lhe dava o perdão.
Um minuto de ternura
Da muié bonita cura
Dez ano de ingratidão.

Ela me chamou um dia
Pra uma festa que havia,
Mas dixe premeramente
Que eu fosse de rôpa nova
Pra podê dá boa prova
Que era um rapaz decente.

Atendendo a minha prenda
Depressa comprei fazenda
E todo cheio de vida
Mandei logo custurá,
Mas porém deu grande azá,
A rôpa saiu perdida.

Eu sei que a fazenda dava,
Com certeza até sobrava,
Mas ficou uma sujêra;
Eu dei fazenda com sobra,
Tudo aquilo foi manobra
Do diabo da custurêra.

Pois, é coisa munto certa
Que, mode fazê coberta,
Fazê guardanapo e lenço,
Tem custurêra que furta;
Minha carsa saiu curta
E o palitó ficou penso.

Quando eu me oiei no espeio,
Me achando horroroso e feio,
Tive uma tristeza imensa,
Ropa ruim desconsidera,
Só parecia que eu era
Alejado de nascença.

Mas mesmo com os defeito
Eu fui todo sastifeito
Pra vê a linda boneca,
Mas logo que fui chegando
Uvi menino gritando:
Carsa de pegá marreca!

Eu fiz que não tava uvindo
E avistei meu anjo lindo
Dijunto de uma jinela

E mesmo todo injambrado,
Saí um tanto apressado
Mode namorá com ela.

Mas, rôpa ruim não dá certo,
Quando fui chegando perto
Tudinha deu uma pôpa
E se afastou da jinela,
Não fiquei com raiva dela,
Mas tive raiva da rôpa.

Assim mesmo todo penso
Botei um corta-lorenso,
Mas tive um desgosto inorme,
Pra todo lado que eu ia
Tudinha se escapolia
Por causa do meu liforme.

Já triste e fora da iscala,
Se lhe caçava na sala,
Ela tava na cozinha;
Era o maió dos capricho,
Parece que eu era um bicho
Que andava atrás de Tudinha.

Me achando desenganado,
Voltei da festa infezado
E quando em casa cheguei,
Tirei a rôpa ligêro,
Fiz um fogo no terrêro,
Joguei inriba e queimei.

Queimei aquela desgraça
Que me fez ficá sem graça
Pruque vantage não tinha,
Divido aquela mulesta,
Eu passei aquela festa
Sem namorá com Tudinha.

Depois isto foi passado,
Chegou um circo afamado
De um senhô João Oiticica
Com artista vantajoso
E um paiaço bem fomoso
Com o nome de Futrica.

O Futrica era um sujeito
Novo de corpo bem feito
E o nariz bem afilado.
Era presença ribusta
De oios grande, boca justa
E o cabelo cachiado.

Não é perciso que eu minta,
Quando ele tava sem pinta,
Era um rapaiz de premêra
E quando ele se pintava,
Todo povo gargaiava
Uvindo as suas bestêra.

Mode o circo eu assisti
Percisava me vesti
Que ficasse bem na linha,
Percisava aparecê
Bem decente, pra fazê
A vontade de Tudinha.

Eu, que inda tava pensando
Na rôpa feia e rogando
Praga naquela marmota,
Mode ficá bem conforme,
Comprei um lindo liforme
Feito de brim HJ.

Quando o liforme eu vesti,
Me oiei no ispeio e vi
Que não fartou nem sobrou,

Quarqué um que reparasse,
Tarvez, até maginasse
Que eu era mesmo um dotô.

Fui pro circo, passo a passo,
Não mode vê o paiaço
Com sua cara tingida,
Nem artista de trapé,
Era pra vê a muié
Que eu mais amei nesta vida.

Mas a pessoa tramista,
Quando se afasta da pista
Bem desconfiada fica;
A Tudinha tava assim,
Sem querê sabê de mim,
Seu negóço era o Futrica.

Quando ele pileriava,
O povo que ali se achava
Batia parma e sirria.
E das pessoa que tinha,
Eu via que era Tudinha
A que mais parma batia.

Quando notei seu caído
Pelo paiaço inxirido,
Eu dixe com os meus botão:
A Tudinha desta vez
Quebrou a jura que fez
Com os jueio no chão.

Ela oiava pro paiaço
Como quem pede um abraço.
Naquela noite morreu
O namoro de nóis dois
E com três dia depois
O pió aconteceu.

Vortei cheio de tristeza,
Depois eu tive a certeza
Do que por lá se passou;
De noite, umas tantas hora
O Futrica foi se embora
Carregando meu amô.

Durante a minha isistença
Toda cheia de incremença,
De todos os meu fracasso,
A coisa mais isquisita
Foi uma moça bonita
Me dexá por um paiaço.

Meu pai cansou de dizê:
– Meu fio, quêra iscoiê
A muié pela bondade,
Pois tem muntas muié feia
Que é trabaiadêra e cheia
De amô e de piedade.

E isiste muié fromosa
Que é o retrato da rosa,
Tem beleza e tem carinho,
Mas faz da rosa a figura,
Por detrás da fromusura
Tem as ponta dos ispinho.

O mundo intêro acredita
Que é sempre a muié bonita
A que mais sabe atraí,
É um ente feiticêro
E é inguamente o dinhêro
Que todos qué pissuí.

Eu não quis lhe obedecê
E hoje, sozinho a sofrê,
Sem tê bonita nem feia,

Sou um pobre sorterão
Com a barba de argodão
Sofrendo nas casa aleia.

Tive uma sorte misquinha
Pruque aquela Tudinha
De fromusura tão rica,
Não fez o que prometeu,
Dexou de casá com eu
Pra fugi com o Futrica.

A triste partida

Setembro passou, com oitubro e novembro
Já tamo em dezembro.
Meu Deus, que é de nós?
Assim fala o pobre do seco Nordeste,
Com medo da peste,
Da fome feroz.

A treze do mês ele fez a experiença,
Perdeu sua crença
Nas pedra de sá.
Mas nôta experiença com gosto se agarra,
pensando na barra
Do alegre Natá.

Rompeu-se o Natá, porém barra não veio,
O só, bem vermeio,
Nasceu munto além.
Na copa da mata, buzina a cigarra,
Ninguém vê a barra,
Pois barra não tem.

Sem chuva na terra descamba janêro,
Depois, feverêro,
E o mêrmo verão.
Entonce o rocêro, pensando consigo,

Diz: isso é castigo!
Não chove mais não!

Apela pra maço, que é o mês preferido
Do Santo querido,
Senhô São José.
Mas nada de chuva! tá tudo sem jeito,
Lhe foge do peito
O resto da fé.

Agora pensando segui ôtra tria,
Chamando a famia
Começa a dizê:
Eu vendo meu burro, meu jegue e o cavalo,
Nós vamo a São Palo
Vivê ou morrê.

Nós vamo a São Palo, que a coisa tá feia;
Por terras aleia
Nós vamo vagá.
Se o nosso destino não fô tão mesquinho,
Pro mêrmo cantinho
Nós torna a vortá.

E vende o seu burro, o jumento e o cavalo,
Inté mêrmo o galo
Vendêro também,
Pois logo aparece feliz fazendêro,
Por pôco dinhêro
Lhe compra o que tem.

Em riba do carro se junta a famia;
Chegou o triste dia,
Já vai viajá.
A seca terrive, que tudo devora,
Lhe bota pra fora
Da terra natá.

O carro já corre no topo da serra.
Oiando pra terra,
Seu berço, seu lá,
Aquele nortista, partido de pena,
De longe inda acena:
Adeus, Ceará!

No dia seguinte, já tudo enfadado,
E o carro embalado,
Veloz a corrê,
Tão triste, coitado, falando saudoso,
Um fio choroso
Escrama, a dizê:

– De pena e sodade, papai, sei que morro!
Meu pobre cachorro,
Quem dá de comê?
Já ôto pergunta: – Mãezinha, e meu gato?
Com fome, sem trato,
Mimi vai morrê!

E a linda pequena, tremendo de medo:
– Mamãe, meus brinquedo!
Meu pé de fulô!
Meu pé de rosêra, coitado, ele seca!
E a minha boneca
Também lá ficou.

E assim vão dexando, com choro e gemido,
Do berço querido
O céu lindo e azu.
Os pai, pesaroso, nos fio pensando,
E o carro rodando
Na estrada do Su.

Chegaro em São Palo – sem cobre, quebrado.
O pobre, acanhado,
Percura um patrão.

Só vê cara estranha, da mais feia gente,
Tudo é diferente
Do caro torrão.

Trabaia dois ano, três ano e mais ano,
E sempre no prano
De um dia inda vim.
Mas nunca ele pode, só veve devendo,
E assim vai sofrendo
Tormento sem fim.

Se arguma notícia das banda do Norte
Tem ele por sorte
O gosto de uvi,
Lhe bate no peito sodade de moio,
E as água dos oio
Começa a caí.

Do mundo afastado, sofrendo desprezo,
Ali veve preso,
Devendo ao patrão.
O tempo rolando, vai dia, vem dia,
E aquela famia
Não vorta mais não!

Distante da terra tão seca mas boa,
Exposto à garoa,
À lama e ao paú,
Faz pena o nortista, tão forte, tão bravo,
Vivê como escravo
Nas terra do Su.

Ingém de ferro

Ingém de ferro, você
Com seu amigo motô,
Sabe bem desenvorvê,
É munto trabaiadô.
Arguém já me disse até

E afirmô que você é
Progressista em alto grau;
Tem força e tem energia,
Mas não tem a poesia
Que tem um ingém de pau.

O ingém de pau quando canta,
Tudo lhe presta atenção,
Parece que as coisa santa
Chega em nosso coração.
Mas você, ingém de ferro,
Com este horroroso berro,
É como quem qué brigá,
Com a sua grande afronta
Você tá tomando conta
De todos canaviá.

Do bom tempo que se foi
Faz mangofa, zomba, escarra.
Foi quem espursou os boi
Que puxava na manjarra.
Todo suberbo e sisudo,
Qué governá e mandá tudo,
É só quem qué sê ingém.
Você pode tê grandeza
E pode fazê riqueza,
Mas eu não lhe quero bem.

Mode esta suberba sua
Ninguém vê mais nas muage,
Nas bela noite de lua,
Aquela camaradage
De todos trabaiadô.
Um falando em seu amô
Outro dizendo uma rima,
Na mais doce brincadêra,
Deitado na bagacêra,
Tudo de papo pra cima.

Esse tempo que passô
Tão bom e tão divertido,
Foi você quem acabô,
Esguerado, esgalamido!
Come, come interessêro!
Lá dos confim do estrangêro,
Com seu baruio indecente,
Você vem todo prevesso,
Com históra de progresso,
Mode dá desgosto a gente!

Ingém de ferro, eu não quero
Abatê sua grandeza,
Mas eu não lhe considero
Como coisa de beleza,
Eu nunca lhe achei bonito,
Sempre lhe achei esquesito,
Orguioso e munto mau.
Até mesmo a rapadura
Não tem aquela doçura
Do tempo do ingém de pau.

Ingém de pau! Coitadinho!
Ficou no triste abandono
E você, você sozinho
Hoje é quem tá sendo dono
Das cana do meu país.
Derne o momento infeliz
Que o ingém de pau levou fim,
Eu sinto sem piedade
Três moenda de sodade
Ringindo dentro de mim.

Nunca mais tive prazê
Com muage neste mundo
E o causadô de eu vivê
Como um pobre vagabundo,
Pezaroso, triste e pérro,
Foi você, ingém de ferro,

Seu safado, seu ladrão!
Você me dexô à toa,
Robou as coisinha boa
Que eu tinha em meu coração!

Mãe preta

O coração do inocente,
É como a terra estrumada,
Qui a gente pranta a simente
E a mesma nace corada,
Lutrida e munto viçosa.
Na nossa infança ditosa,
Quando o amô e a simpatia
Toma conta da criança,
Esta sodosa lembrança
Vai batê na cova fria.

Quem pela infança passou,
O meu dito considera,
Eu quero, com grande amô,
Dizê Mãe Preta quem era.
– Mãe Preta dava a impressão
Da noite de iscuridão,
Com seus mistero profundo,
Iscondendo seus praneta;
Foi ela a preta mais preta
Das preta qui eu vi no mundo.

Mas porém, sua arma pura,
Era branca como a orora,
E tinha a doce ternura
Da Virge Nossa Senhora.
Quando amanhecia o dia,
Pra minha rede ela ia
Dizendo palavra bela;
Pra cuzinha me levava
E um cafezim eu tomava
Sentado no colo dela.

Quando as minha brincadêra
Causava contrariedade
A minha mãe verdadêra
Com a sua otoridade,
As vez brigava comigo
E num gesto de castigo,
Botava os oio pra mim,
Mas porém, não me batia,
Somente pruque sabia
Qui mãe preta achava ruim.

Por isso eu não tinha medo,
Sempre contente vivia
Mexendo nos meus brinquedo
E fazendo istripolia.
Dentro de nossa morada,
Pra mim não fartava nada,
O meu mundo era Mãe Preta;
Foi ela quem me ensinou
Muntas cantiga de amô,
E brincá de carrapeta.

Se as vez eu brincando tava
De barbuleta a pegá,
E impaciente ficava
Inraivicido a chorá,
Ela com munta alegria,
Um certo jeito fazia,
Com carinho e com amô,
Apanhava as barbuleta;
Foi ela uma santa preta,
Que o mundo de Deus criou.

Se chegava a noite iscura
Com seus negrume sem fim,
Ela com toda ternura,
Chegava perto de mim
Uma coisa cochichava

E depois qui me bejava,
Me levava pra dromida
Sobre os seus braços lustroso.
Aquilo sim, era gozo,
Aquilo sim, era vida.

E despois de me deitá
Na minha pequena rede,
Balançava devagá
Pra não batê na parede,
Contando estes lindos verso
Qui neste grande universo
Ôtros mais belo não vi,
E enquanto ela balançava
E estes versinho cantava,
Eu percurava dromi.

– Dorme, dorme, meu menino,
Já chegou a escuridão,
A treva da noite escura
Está cheia de papão.

No teu sono terás beijos
Da rosa e do bugari
E os espíritos benfazejos
Te defendem do saci.

Dorme, dorme, meu menino,
Já chegou a escuridão
A treva da noite escura
Está cheia de papão.

Dorme o teu sono inocente
Com Jesus e com Maria,
Até chegar novamente
O clarão do novo dia.

Iscutando com respeito
Estes verso pequenino,

Eu sintia no meu peito
Tudo quanto era divino;
Nem tuada sertaneja
Nem os bendito da igreja,
Nem os toque de retreta,
In mim ficaro gravado,
Como estes versos cantado
Por minha boa Mãe Preta.

Mas porém, eu bem menino,
Qui nem sabia pecá,
Os ispinho do destino
Começaro a me furá.
Mãe Preta qui era contente,
Tava um dia deferente.
Preguntei o que ela tinha
E assim qui ela oiô pra eu
Dois pingo d'água desceu
Dos oio da coitadinha.

Daquele dia pra cá,
Minha amorosa Mãe Preta,
Não pôde mais me ajudá
Nas pega de barbuleta,
Sem prazê, sem alegria
Dentro de um quarto vivia,
O dia e a noite intêra,
Sem achá consolação,
Inriba de seu croxão
De foia de bananera.

Quando ela pra mim oiava,
Como quem sente um desgosto,
A minha mão apertava
E o pranto banhava o rosto.
Divido este sofrimento,
Naquele seu aposento,
No quarto onde ela vivia,

Me improibiro de entrá,
Promode não magoá
As dô que a pobe sintia.

Eu mesmo dizê não sei
Qual foi a surpresa minha,
Quando um dia eu acordei,
Bem cedo domenhãzinha
Entrei na sala e dei fé
Qui um magote de muié
Tava rezando oração;
E vi Mãe Preta vestida
Numa ropona comprida,
Arva, da cô de argodão.

Sinti no peito um cansaço,
Depois uns home chegaro
Levantaro ela nos braço
E numa rede botaro.
A rede tava amarrada
Numa peça perparada
De madêra bem polida,
E naquela mesma hora,
Levaro de estrada afora
Minha Mãe Preta querida.

Mamãe com todo carinho,
Chorando um bêjo me deu
E me disse – meu fiinho,
Sua Mãe Preta morreu!
E ôtras coisa me dizendo,
Sinti meu corpo tremendo,
Me jurguei um pobre réu,
Sem consolo e sem prazê,
Com vontade de morrê,
Pra vê Mãe Preta no céu.

O coração do inocente,
É como terra estrumada

Que a gente pranta a semente,
E a mesma nasce corada
Lutrida e munto viçosa;
Na nossa infança ditosa,
Quando o amô e a simpatia
Toma conta da criança,
Esta sodosa lembrança
Vai batê na cova fria.

Caboclo roceiro

Caboclo roceiro das plagas do norte,
Que vives sem sorte, sem terras e sem lar,
A tua desdita é tristonho que canto,
Se escuto o teu pranto, me ponho a chorar.

Ninguém te oferece um feliz lenitivo,
És rude, cativo, não tens liberdade.
A roça é teu mundo e também tua escola,
Teu braço é a mola que move a cidade.

De noite, tu vives na tua palhoça,
De dia, na roça, de enxada na mão,
Julgando que Deus é um pai vingativo,
Não vês o motivo da tua opressão.

Tu pensas, amigo, que a vida que levas,
De dores e trevas, debaixo da cruz
E as crises cortantes quais finas espadas,
São penas mandadas por Nosso Jesus.

Tu és, nesta vida, um fiel penitente,
Um pobre inocente no banco do réu.
Caboclo, não guardes contigo esta crença,
A tua sentença não parte do céu.

O Mestre Divino, que é Sábio Profundo,
Não fez, neste mundo, o teu fado infeliz.

As tuas desgraças, com tuas desordens,
Não nascem das ordens do Eterno Juiz.

A Lua te afaga sem ter empecilho,
O sol o seu brilho jamais te negou,
Porém, os ingratos, com ódio e com guerra,
Tomaram-te a terra que Deus te entregou.

De noite, tu vives na tua palhoça,
De dia na roça, de enxada na mão.
Caboclo roceiro, sem lar, sem abrigo,
Tu és meu amigo, tu és meu irmão.

Meu caro jumento

>   Ao escritor Padre Antônio Vieira

Meu caro amigo jumento,
Que tanto sofre e padece,
Seu grande merecimento
Munta gente não conhece.
É tão grande o seu valô
Que o mais sábio professô
De conhecimento além
Nas coisa da facurdade,
Tarvez não diga a metade
Do valô que você tem.

Porém, você, meu amigo,
Padece tanta afrição,
Veve sempre no castigo
Debaxo da sujeição,
Trabaiando todo dia,
Só mesmo Deus avalia
Quanto é grande o seu pená,
As vez cheio de calombo,
Com a cangaia no lombo
Sem ninguém lhe respeitá.

Eu, que já vivo ciente,
Eu que lhe conheço bem
E trago na minha mente
O valô que você tem,
Sinto o coração doendo
Quando lhe vejo sofrendo
Padecendo tanto horrô,
Paciente e pensativo,
Nesta vida de cativo
Sem ninguém lhe dá valô.

O seu valô subrimado,
Não é só pruque trabaia
Levando os costá pesado
E os quatro pau da cangaia
Pois você não merecia
Sofrê tão grande narquia
Vivendo como um criado,
Com o seu valô profundo,
Era pra sê neste mundo
Um animá respeitado.

Merecia até morá
Num jardim belo e perfeito
Mode todos visitá
Com amô e com respeito.
Basta a gente maginá
Que de todos animá
Que esta grande terra cria
E tem o nome na história,
Só você teve a gulora
De carregá o Missia.

Dos bicho que o mundo tem
Você foi o preferido
De levá lá de Belém
O Missia Prometido
Naquele tempo passado

Quando um reis munto marvado,
Orguioso e interessêro
Governava no podê
E era quem queria sê
O dono do mundo intêro.

Pois bem, esse imperadô
Aquele cabra safado
Que felizmente eu não tou
Do nome dele lembrado,
Com o seu geno de cobra
Inventou certa manobra
Junto com os seus bandido,
Maginando ele que assim
Era o meio de dá fim
Ao Missia Prometido.

Aquele esprito sem luz,
Devido a inveja danada,
Não conhecendo Jesus
Traçou aquela cilada
Mandando seus assassino
Arrasá todos menino
Pra vê se na tirania
Da morte da criançada,
Ia também na inrolada
Jesus fio de Maria.

Mas foi castigado o incréu
Do esprito de lucifé;
Veio um anjo lá do Céu
E ordenou a São José
Que ele de noite fugisse,
De Belém se escapolisse
Com Jesus e com Maria,
Proque o marvado assassino
Tava matando os menino
Que naquela terra havia.

E assim que o anjo avisou,
São José, no mesmo istante,
Por ali não procurou
Camelo nem elefante
Mode levá o Deus Menino,
E você tão pequenino
Teve a honra de levá,
Foi quem a viage fez
Carregando o grande reis
Do céo, da terra e do má.

Você, meu caro jumento,
Foi quem teve a grande sorte,
O grande merecimento
De servi como transporte
Na noite desta fugida,
Defendendo a santa vida
De Cristo Nosso Senhô.
Até nos livro sagrado
Seu nome tá carimbado,
Mas ninguém lhe dá valô.

Porém, seu valô profundo
Não há nada que destrua,
Inquanto o mundo fô mundo,
Tua fama continua,
Se veve nesta sentença
E ninguém lhe recompensa,
É proque a humanidade
Não cumpre com seu devê,
Em vez de lhe agradecê,
Não liga à sua bondade.

Mas ninguém pode negá
Que, no mundo, você é
O mió dos animá
Mas o povo não dá fé
Do seu prevelejo imenso,

Eu muntas vez até penso,
Eu penso e sei que é verdade,
Quando um berro você sorta
É um siná de revorta
Contra a farsa humanidade.

Ninguém pode escurecê
O seu prestijo sem fim,
Pois merecia vivê
Dentro de um belo jardim
Cercado de prata e de ôro;
Acho sê um desaforo,
Um crime, um grande pecado,
Um sacrilejo, um capricho,
Botá cangaia no bicho
Que Jesus andou montado.

E agora, caro jumento,
Se eu errei, peço perdão,
Mas, todo seu sofrimento
É falta de potreção,
De assistença e de respeito.
Você é do mesmo jeito
Do matuto agricurtô
Que trabaia até morrê
Pro mundo intêro comê
Mas ninguém lhe dá valô.

Maria de todo jeito

Sou um pobre vagabundo
Meu nome é Mané Preá,
Vivo vagando no mundo
Que nem bola de biá
Pelo taco sacudida;
A históra de minha vida
É de arrupiá cabelo,
Vou cantá pubricamente,

Pra todos ficá ciente
De onde vem meu dismantelo.

Vou dá uma prova boa,
Por mintira ninguém tome.
A bondade da pessoa
Nada tem com o seu nome.
Minha mãe era Maria,
Nome que lhe deu a pia
Numa abençoada hora;
Era carinhosa e bela.
Maria do jeito dela
Só mesmo Nossa Senhora.

Divido a sua bondade
E o seu nome tão bonito,
Eu tinha grande vontade,
Uma esperança, um parpito
De quando ficá rapaz,
Pra omentá meu cartaz
Meu prazê, minha alegria
E a vida ficá mais boa,
Casá com uma pessoa
Com o nome de Maria.

E quando rapaz fiquei,
Foi sacrifíço de morte,
Andei, virei, revirei
E a coisa não dava sorte;
Foi um trabaio penoso,
Porém eu sempre teimoso,
Sem mudá meu pensamento,
Queria pruque queria,
Toda Maria que eu via
Lhe falava em casamento.

Naquele meu abandono,
Eu incabulado andava,

De noite não tinha sono,
De dia não trabaiava
E de tanto maginá
Naquele meu grande azá
Ainda uns dia passei
Leso, de cabeça tonta,
Não sei nem dizê a conta
Das malas que eu arrastei.

Lá mesmo no meu distrito
Morava umas dez Maria,
Mas por arte do mardito
As mesmas não me quiria
Quando do assunto eu tratava,
Muntas inté se zangava.
Era uma grande caipora.
E eu vendo que não achava
No lugá onde morava
Dei um broqueio pra fora.

A gente só desingana
Dispois que chega no fim;
Se deu no sito Imburana
Um animado festim
E fui com munta alegria
Percurá uma Maria,
Porém, não deu risurtado,
Tive uma sorte misquinha
Na festa as moça já tinha
Cada quá seu namorado.

Porém dispois de hora e meia
Vi chegá perto de mim
Uma moça gorda e feia
Do cabelo de afinin;
Tinha aquela criatura
O corpo inguá, sem cintura.
O pescoço era incuído

Sua venta era achatada
Os oio munto ruído
E as pestana bem faiada.

Como quem amô percura
Aquela rola de gente,
Com toda sua feiura
Se sentou na minha frente
E eu fiz que não tava vendo
Dispois fiquei conhecendo
Que a gurducha da Imburana
Me arreparava e surria
Piscava os oio e batia
Aquelas quatro pestana.

Eu vendo aquela figura
Se atirando pra meu lado,
Divido a sua feiura
Fiquei bastante acanhado
Com aquela arrumação;
Mas dixe com meus botão:
Ela não tem um siná
De beleza e simpatia
Mais, porém, se fô Maria
Ainda vou me arriscá.

Casamento não se apela,
Por não ser isto brinquedo:
Me cheguei pra perto dela
Como quem fica com medo
Quando vê uma visage;
Depois criando corage,
Preguntei com inergia
Que naci foi pra sê home:
Moça, me diga seu nome
E ela respondeu: – Maria.

Com esta resposta bela,
Meu coração se buliu,

E a feiura da donzela
Depressa diminuiu;
Pois tinha o nome sagrado
Tão querido e abençoado
Da mamãe que Deus me deu.
E eu repreto de alegria
Preguntei logo: Maria,
Você qué casá com eu?

Ela não teve demora
Foi respondendo: pois não!
Graças a Deus eu agora
Descansei meu coração
Sempre sempre tinha andado
Procurando um namorado
E vivendo sempre só
No mundo do desengano,
Já tou com trinta e dois ano
E nunca achei um xodó.

Eu, com o prazê que tive
Tratei logo de casá
O mais dipressa pussive,
Com medo de si acabá.
Falando com o vigaro,
Fui cuidá de meus preparo
Naquela mesma sumana,
E com doze ou quinze dia,
Eu já tava com Maria
Dentro da minha chupana.

Eu, com a minha Maria,
Fumo tratá de vivê;
Era uma amizade fria
Mas dava pra se ruê.
Porém veja o que ela fez,
Depois de nove ou dez mês
Que o casamento se deu,

Maria tava sisuda
Munto grossêra e bicuda
Sem querê falá com eu.

Mamãe munto me queria,
Era carinhosa e boa,
Mas minha muié Maria
Era o demônio in pessoa.
Tanta força que botei
Pra casá; quando casei
Não tive felicidade,
O maió desgosto tive,
Vivendo assim como vive
Um criminoso na grade.

Quando eu saía pra roça,
Maria ficava in casa,
Sisuda, de cara grossa,
Raivosa pisando in brasa,
E um certo jeito ela tinha
Que in vez de tá na cozinha
Se largava a passiá;
Se eu vortava do roçado,
O fogo tava apagado
E o fejão sem cuzinhá.

E se um jeitinho eu caçava,
Nas minhas arrumação
E uma carninha comprava
Pra misturá com fejão,
Pra mim de nada sirvia.
Quando pro roçado eu ia,
Munta vez aconteceu,
A safada na cuzinha
Cumê a carne sozinha
E guardá o fejão pra eu.

Dimenhã quando eu dizia:
Maria, faça o café,

Ela, bruta, respondia:
Faça você, se quisé
Não gosto de sê mandada
E nem sou sua empregada;
Era o que fartava agora!
Sua preguiça era tanta
Que merenda, armoço e janta,
Tudo era fora da hora.

E assim Maria passava
Toda noite e todo o dia;
Aquilo que eu preguntava
Munta vez não respondia.
Umas palavra de agrado
Não dizia pra meu lado
Tava sempre zuruó,
E além de sê priguiçosa,
Bruta, grossêra e teimosa
Tinha farta mais pió.

Sem confiá no marido,
Muntas vez ela mandava
Arguém me botá sintido
Pra sabê se eu namorava.
E toda minha sentença,
Sofria com paciença,
Mas porém achava feio
Aquele seu mau custume,
Pois além de tê ciúme
Gostava dos home aleio.

Foi bem triste a vida minha,
Foi bem triste o meu estado
Os objetos que eu tinha
Dentro das mala guardado
Maria dava sumiço.
Só Jesus sabe o supriço
Que eu sufri nas unha dela,

Filizmente, um missanguêro
Que passou no meu terrêro,
Um dia carregou ela.

E hoje, só, no meu caminho,
Vou pensando no ditado:
É mió vivê sozinho
Do que malacompanhado –
Foi esta a maió lição
Passada inriba do chão.
Não fiz meu prano direito,
E agora conheço bem
Que este mundo veio tem
Maria de todo jeito.

>Hospital São Francisco de Assis
>Rio, 22 de outubro de 1974

Caboca da minha terra

Quem me dera sê poeta
Da mais rica ispiração,
Pra na linguage correta
Fazê do choro canção,
Fazê riso do gemido.
Ah! Se os esprito sabido
De Catulo e Juvená
Falasse por minha boca,
Promode eu cantá a cabôca
Da minha terra natá!

Minha terra de gulóra,
Meu querido Ceará,
Que é conhecido na história
Por terra dos Alencá.
Terra dos índio valente
Que mataro munta gente
De frecha e tombem de pau
E terra aonde premêro

O povo do cativêro
Se livrou do bacaiau.

A sua pobre cabôca
É bela, forte e gentí,
Porém minha ideia é pôca
Mode eu dizê tudo aqui.
Tem ela o corpo composto,
Tombém a marca no rosto
Do quente só do sertão,
E tem a cabeça chata
De tanto carregá lata
Com água dos cacimbão.

Ela não anda decente
Não pissui inducação
Pois veve constantemente
De apragata ou pé no chão,
Não tem de letra ricuço,
Não sabe fazê discuço,
Não sabe lê nem contá,
Pois não tem sabedoria,
Mas faz renda, cose, fia
E trabaia no tiá.

É simpre, é munto singela,
Porém tem grande valô,
Quem veve dijunto dela
Tem um anjo potretô.
Ela não tem pele fina
Como as donzela granfina
Que tivero inducação,
Nem tem dedo despontado,
Os dedo dela é achatado
Da inxada e do pilão.

Mas porém, a gente nota
Nela um jeito, um não sei quê,

Com um risinho ela bota
Quarqué rapaz pra ruê.
É boa, amave e bonita
E quando de amô parpita
Querendo arranjá xodó,
Tem caboge, tem feitiço,
Não precisa de artifiço,
Não bota ruge nem pó.

Pensando no casamento
Veve cheia de prazê,
O bêjo do atrevimento
Não gosta de recebê
Não gosta de certas graça
E muntas vez até passa
Dez ano sem namorá,
Esperando o noivo amado
Que saiu do seu Estado
Pras banda do Paraná.

Esta cabôca rocêra
Que na armadia não cai,
Muntas vez morre sortêra
Pra não desgostá seu pai,
Só satisfaz a vontade
Se o veio dé liberdade.
Eu conheço munto bem
Esta cabôca interada
Que sabe sofrê calada
As mágua que o peito tem.

Eu sei de tudo e tou certo
De seu prazê e sua dô,
Eu conheço bem de perto
Sua corage e valô,
Pois eu tenho visto munto
Quando é dia de adjunto
Na mais quente animação,

Ela fazê com despacho,
Proeza de cabra macho
Com uma inxada na mão.

Bem cedo, demenhasinha,
Quando o só briando sai,
Quando ela arruma a casinha,
Para o seu roçado vai,
Promode ajudá o marido,
Muntas vez esmorecido,
Sem esperança e sem fé,
Que só não se desespera,
Proque ouve e considera
Os conseio da muié.

Cabôca, eu bem te comprendo,
Sinto munto e tenho dó
Quando eu te vejo sofrendo,
Derramando o teu suó,
Loitando por tua vida.
Cabôca desprevinida,
Eu tenho pena de tu
Quando eu incronto o teu fio,
Isposto ao calô e ao frio,
Doente, com fome e nu.

O grande, o maió coidado
Que tu nesta vida tem,
É zelá teu fio amado
Que tanto adora e qué bem,
E muntas vez chega a hora
De vê teu fio íse embora
De farda, quépe e fuzí
Pra se metê nas fiêra,
Honrando a nossa bandêra
Em defesa do Brasí.

Muntas vez te moia o rosto
O pranto triste que dói

Quando o teu fio disposto,
Fazendo papé de herói,
Vai se oferecê a guerra.
Cabôca de minha terra,
Tu devia sê feliz
Em recompensa dos fio
De tanto valô e brio
Que tu tem dado ao país.

Só a potreção do Eterno
Te faz corajosa assim;
Quando faia o nosso inverno,
Que chega o rigô sem fim,
Tu sem pão e má vestida
Dêxa a terra bem querida,
Teu caro e doce torrão
E vai toda paciente
Com a famia na frente
Escapá no Maranhão.

Munta prova tu tem dado
Da mais desposta muié;
Eu que vivo do teu lado,
Tou vendo e que tu é –
Bela, forte e munto boa,
Mas, te peço, me perdoa!
Eu não te posso cantá,
Proque não sou protegido
Pelos espríto sabido
De Catulo e Juvená.

Seu dotô me conhece?

Seu dotô, só me parece
Que o sinhô não me conhece,
Nunca sôbe quem sou eu,
Nunca viu minha paioça,
Minha muié, minha roça,
E os fio que Deus me deu.

Se não sabe, escute agora,
Que eu vou contá minha história,
Tenha a bondade de uvi:
Eu sou da crasse matuta,
Da crasse que não desfruta
Das riqueza do Brasi.

Sou aquele que conhece
As privação que padece
O mais pobre camponês;
Tenho passado na vida
De cinco mês em seguida
Sem comê carne uma vez.

Sou o que durante a semana,
Cumprindo a sina tirana,
Na grande labutação,
Pra sustentá a famia
Só tem direito a dois dia,
O resto é para o patrão.

Sou o que no tempo da guerra
Cronta o gosto se desterra
Para nunca mais vortá,
E vai morrê no estrangêro,
Como pobre brasilêro,
Longe do torrão natá.

Sou o sertanejo que cansa
De votá, com esperança
Do Brasi ficá mió;
Mas o Brasi continua
Na cantiga da perua:
Que é: – pió, pió, pió...

Sou o mendigo sem sossego,
Que por não achá emprego
Se vê forçado a segui

Sem dereção e sem norte,
Envergonhado da sorte,
De porta em porta a pedi.

Sou aquele desgraçado,
Que nos ano atravessado,
Vai batê no Maranhão,
Sujeito a todo o matrato,
Bicho de pé, carrapato,
E os ataque de sezão.

Senhô dotô, não se enfade,
Vá guardando esta verdade
Na memóra, e pode crê
Que eu sou aquele operáro
Que ganha um pobre saláro
Que não dá nem pra comê.

Sou ele todo, em carne e osso,
Muntas vez não tenho armoço
Nem tombem o que jantá;
Eu sou aquele rocêro,
Sem camisa e sem dinhêro,
Cantado por Juvená.

Sim, por Juvená Galeno,
O poeta, aquele geno,
O maió dos trovadô,
Aquele coração nobre
Que a minha vida de pobre
Munto sentido cantou.

Há mais de cem ano eu vivo
Nesta vida de cativo
E a potreção não chegou;
Sofro munto e corro estreito,
Inda tou do mêrmo jeito
Que Juvená me deixou.

Sofrendo a mesma sentença,
Tou quage perdendo a crença,
E pra ninguém se enganá
Vou dexá meu nome aqui:
Eu sou fio do Brasi,
E o meu nome é Ceará!

Eu quero

Quero um chefe brasileiro
Fiel, firme e justiceiro
Capaz de nos proteger,
Que do campo até à rua
O povo todo possua
O direito de viver.

Quero paz e liberdade,
Sossego e fraternidade
Na nossa pátria natal
Desde a cidade ao deserto,
Quero o operário liberto
Da exploração patronal.

Quero ver do Sul ao Norte
O nosso caboclo forte
Trocar a casa de palha
Por confortável guarida,
Quero a terra dividida
Para quem nela trabalha.

Eu quero o agregado isento
Do terrível sofrimento,
Do maldito cativeiro,
Quero ver o meu país
Rico, ditoso e feliz,
Livre do jugo estrangeiro.

A bem do nosso progresso,
Quero o apoio do congresso

Sobre uma reforma agrária
Que venha por sua vez
Libertar o camponês
Da situação precária.

Finalmente, meus senhores,
Quero ouvir entre os primores
Debaixo do céu de anil,
As mais sonorosas notas
Dos cantos dos patriotas
Cantando a paz do Brasil.

Ao poeta João Batista de Siqueira (Cancão)

Não está no gesto escrito
Qual a pessoa feliz,
Pois muitas vezes o dito
A verdade contradiz.
Às vezes vem um sorriso
Disfarçar um prejuízo
Sempre houve contradição,
Entre a grande humanidade
Vou provar esta verdade
Caro poeta Cancão.

No meu modo de julgar
Tenho Deus por testemunha,
É mesmo de admirar
O erro da tua alcunha.
O teu vulgo está oposto
Ao grande prazer e gosto
Que a tua musa nos dá,
Eu não te julgo Cancão,
Na minha interpretação
És o grande sabiá.

Esta suave ternura
De tua musa sublime,

Nos afugenta e tortura
O pranto que nos oprime.
Estas joias cintilantes
De teus poemas cantantes,
Para mim são obras-primas;
Quer no prazer quer na mágua
Tu fazes de um pingo de água,
Um oceano de rimas.

Compondo a beleza rara
Da poesia sonora,
Tua noite é sempre clara
E o teu dia é sempre aurora.
Pois, mesmo sendo Cancão,
Gozas da mesma atração
Do famoso uirapuru;
Teu verso causa ciúme
E possui mesmo o perfume
Das flores do Pajeú.

Colhendo o mais puro suco
Das rosas do teu rincão,
Tu cantas o Pernambuco,
Teu glorioso Leão,
Cantas a crista do monte
E o choromingo da fonte
Das luzes mais protetoras
Já nasceste iluminado
E serás sempre lembrado
Pelas gerações vindôras.

Com um primor estupendo
O teu livro nos aponta
A tarde que vai morrendo
E o dia quando desponta.
Teu verso sentimental,
De beleza natural,
Entra em nosso coração

Com amor e complascência,
Tem das flores a essência
E a doçura do perdão.

Poeta de alma sentida,
Tu vives entre os primores
Honrando a terra querida
Dos famosos cantadores.
Uma brisa benfazeja
Sobre o teu estro bafeja,
Tu és com amor e fé
Orgulho de tua gente
E serás eternamente
A glória de São José.

Te fornece com bondade
O espírito que te guia,
A franca espontaneidade
Desta tua poesia.
Poeta predestinado,
Teu sonho é sempre dourado,
Quando leio os versos teus,
Sinto o suave perfume
E vejo no teu volume
O santo dedo de Deus.

Nos teus versos, caro amigo,
Que jorram como a nascente,
A gente sente contigo
Tudo o que tua alma sente.
Com inspiração divina,
A tua lira domina
O vale, o sertão e a serra;
Com melodias infindas,
Colheste as flores mais lindas
Que o teu Pajeú encerra.

A tua imaginação
Tem um amplo repertório,

Canta, Canta, meu Cancão
De um vulgo contraditório;
Pois mesmo com este nome,
Não há no mundo quem tome
Isto que a tua alma encerra,
Tu tens o canto saudoso
Do sabiá sonoroso
Das plagas da nossa terra.

Antônio Gonçalves da Silva
PATATIVA DO ASSARÉ
Março de 1977

Ao supervisor Jorge Édem

Senhor Jorge Édem, amigo,
Que Sentença, que castigo
A deste operariado!
Cada qual mais descontente,
Sem a cesta de presente
Daquele Natal passado.

Meu caro supervisor,
Pergunto agora ao senhor:
Queira dizer-me afinal
O que foi que aconteceu
Que o operário perdeu
Sua cesta de Natal?

Por que é que ele não ganha
O frango, o vinho, a castanha,
O biscoito, a fruta e o pão?
Senhor Jorge, o operário,
Merece além do salário
Uma gratificação.

Para que esta notícia
Não se transforme em malícia
Na compreensão do povo,

Seja correto e legal,
Dando a cesta do Natal
Na entrada do Ano Novo.

Minha sodade

Minha gente! minha gente!
Eu sei ocurtá meu pranto,
Não pense que eu tou contente
Quando na viola canto
Pois tá pensando o contraro:
Eu canto é como o canaro
Preso na sua gaiola,
Tou cansado de dizê
Que, se vivê é sofrê,
Eu já passei da bitola.

Se no mundo toda gente,
O povo mau e o distinto,
Cada um conta o que sente,
Eu quero contá o que eu sinto.
Meu sofrimento é sem fim,
Eu tenho dentro de mim
Uma sodade arranchada,
Tão grande, tão desmedida,
Que não pode sê medida,
Nem pesada e nem jurgada.

Sodade, esta aguda seta,
Que é mão da rescordação,
Sabendo que eu sou poeta,
Achou que o meu coração
Pra se arranchá dava jeito,
E foi entrando em meu peito
Como broca em aruêra,
Que vai furando, furando,
Até que fica morando
No miolo da madêra.

Com a mesma ingratidão,
Veio a sodade e sem dó
Agarrou meu coração,
Se inrolou e deu um nó
E foi crescendo, crescendo,
Cada vez mais se estendendo
E por dentro iraizando
Tanto ligou e apregou,
Que em toda parte que eu tou,
Ela tá me aperreando.

No verdô da minha idade,
Mode acalentá meu choro,
Minha vovó de bondade
Falava em grandes tesôro.
Era historia de reinado,
Prencesa e prinspe incantado,
Com feiticêra e condão.
Essas história ingraçada,
Tá selada e carimbada
Dentro do meu coração.

Mas porém eu sinto e vejo
Que a grande sodade minha
Não é só de história e bejo
Da querida vovosinha
Demenhasinha bem cedo.
Sodade dos meus brinquedo,
Meu badoque e meu bornó,
O meu cavalo de pau,
Meu pinhão, meu birimbau
E a minha carça cotó.

Sem esperança e sem fé,
Vejo o meu má incurave.
Eu tenho sodade até
Das coisa desagradave,
Pois mesmo aquilo que eu via

Que não me dava alegria,
Não ficava sastifeito
E nem me sintia bem,
Virou sodade tombém
E se arranchou no meu peito.

Sodade, quando eu, deitado
Na minha pequena rede,
Escutava admirado
Nos buraco das parede,
O cri, cri, cri, cri, dos grilo;
Sodade de tudo aquilo
Que para mim já morreu,
Sodade até das parmada,
Cocorote e chinelada
Que minha mãe dava neu.

Nesse tempo, eu pissuía
Paz, inocença e saúde,
Quando no inverno chuvia,
Eu ia brincá de açude
Nas levada do terrêro
Sempre alegre e prezentêro.
Mas, aquele tempo belo,
Que para mim já não torna,
Fez do meu peito, bigorna
E da sodade, martelo.

E veve o martelo horrendo
Toda noite e o dia intêro
No meu coração batendo
Batendo como o ferrêro
Maiando no ferro quente.
E assim todo deferente
Do resto da humanidade,
Como um pobre vagabundo,
Vou arrastando no mundo
O meu fardo de sodade.

Já me achei arrodeado
De amô, de bejo e carinho,
E hoje triste e abandonado
Vou seguindo o meu caminho
Sem alento e sem conforto,
Cansado, injembrado e torto
Com o grande peso da idade,
Que o meu corpo até parece
A formatura de um "S"
Com que se escreve sodade.

Só tenho Deus por defesa
Na minha crué sentença
E como tenho certeza
Que a minha grande doença
Não tem cura, não tem jeito,
Tenho que aguentá no peito
Este cavalo do cão
Que ferroa, que ferroa,
Que matrata, que magoa
E fere o meu coração.

No terreiro da choupana

Boa noite, Parafuso,
Hoje é noite de luá
E eu como nunca me iscuso
De uvi você conversá
Nesta noite assim bonita,
Lhe faço minha visita,
Pois inda que eu ande urgente
Onde lhe vejo demoro
Pra uvi seu repertoro
De sujeito inteligente.

– Boa noite, João Granjêro,
Como é noite de luá,
É mesmo aqui no terrêro
Que a gente vai conversá

Oiando a bonita lua.
Conforme a vontade sua,
No terrêro a gente fica
Sentado inriba dos banco,
Pois posso lhe falá franco
Cadêra é pra gente rica.

— Parafuso, eu mesmo agora
Por falá in lua cheia,
Me rescordei de uma história
Não é uma história feia
Mas porém, é mintirosa,
E além disto, vantajosa,
Que por aí continua
Na boca do mundo intêro,
Dizendo que os istranjêro
Andaro inriba da lua.

Mesmo que arguém se aborreça,
Eu nunca gostei de uvi
Esta história sem cabeça,
História pra boi dromi.
Eu acho munto isquisito
Arguém subi no infinito
Isto que muntos revela
Futuro a gente não acha,
A lua não é tão baxa
Mode arguém se atrepá nela.

A história não é isata,
Mesmo sendo lua cheia
Estes famoso astronata
Pra chegá lá se aperreia,
E sendo na lua nova
Inda mais se vê a prova
Que isto nunca foi passado
É um lugá munto istreito
Pra se apoiá não dá jeito,
Só se fô dipindurado.

Eu acho munto impossive
Esta gente andá por lá
Por isso um disejo tive
De um dia lhe preguntá
E a ocasião é esta:
Você dá crença ou potresta?
Me diga a opinião sua,
O que você tem pensado
Será que aqueles danado
Andaro mesmo na lua?

– Granjêro, eu sei que não peco
In lhe dizê e lhe prová,
Que sô pobre nafabeto,
Não conheço o Beabá;
Mais dispois que esta invenção
Do rádio, entrô no sertão,
Tudo se pode aprendê.
Tem um Projeto Minerva
Qui a pessoa qui obisserva
Aprende sem sabê lê.

É uma iscola de fama,
De um sabê munto profundo,
E eu sempre iscuto os programa
No rádio de Zé Raimundo.
O Minerva tem istudo
Dá difinição de tudo
E ele sempre cuntinua
Contando esta história isata,
Dizendo que os astronata
Andaro inriba da lua.

Pois a lua, João Granjêro,
É um praneta tombém,
Todo cheio de lajêro,
Mas lá não mora ninguém.
Grande volume pissui,

E este nunca diminui;
E pra lhe dizê mió,
A lua não bria nada
Sua luz é radiada
Proveniente do só.

A lua não é briante,
Por si só, não quilareia
Pode sê quarto minguante,
No crescente ou lua cheia;
E no tempo que ela é nova,
Que forma aquela crocova
Toda pendida e cruvada,
Sem quage tá luminando,
Com certeza, o só tá dando
Somente numa berada.

Pros astronata chegá
Não tem nada que lhe atrase,
Pode a lua se incrontá
In quarqué uma das fase.
A história é bastante isata,
Lá na lua os astronata
Andaro mais de uma vez,
É uma certeza pura,
Foi a mais grande avintura
Que os home da terra fez.

Foi uma grande corage,
Causou adimiração,
Mas porém, esta viage
Foi quage sem percisão;
A gente logo tá vendo
Que é gente que anda mexendo
Aqui, ali e acolá
Nas coisa da natureza,
A percura de riqueza
Mode monopolizá.

Agora você conserva
Esta lição munto boa,
Pois o Projeto Minerva
Nunca deu lição à toa.
E se de hoje in diante uvi
Arguém falá por aí
Nesta façanha importante,
Não quêra mais duvidá
Se não você vai passá
Por um besta inguinorante.

Granjêro, eu vou lhe pedí,
Você vai me discurpá
Pois hoje não tem aqui
Café pra gente tomá;
Tá munto caro o café,
E você sabe como é
Esta pobre vida nossa;
O derradêro que tinha,
Eu tomei dimenhãzinha,
Ante de saí pra roça.

O coitado camponês
Que mora in terreno aleio
Não tem dereito nem vez,
Veve sempre no aperreio,
Infrentando um galo duro
No presente e no futuro;
Só espera a potreção
Das graças de Jesus Cristo.
Matuto só é bem visto
Quando é tempo de inleição.

O matuto é sempre aquele
Que importança ninguém dá,
Nunca sai o nome dele
Nas coluna dos jorná;
Veve isquicido dos home.

O jorná só traz seu nome
E a sua fotografia
Quando ele, por tê respeito,
Dá um tiro no sujeito
Que mexeu com sua fia.

Minha vida é uma guerra,
É duro o meu sofrimento,
Sem tê um parmo de terra;
Eu não sei como sustento
A minha grande famia;
Tenho, além de cinco fia,
Antônio, Ciço e José,
Francisco, João e Rosendo
E outro que inda tá vivendo
Na barriga da muié.

Não sei como é que eu me saio
Com tanto fio pequeno
Pra vivê do meu trabaio
Sem pissuí um terreno.
Trabaiá de arrendamento
É o maió sofrimento
No meu modo de pensá;
Um dos maió padecê,
É o agricurtô vivê
Sem terra pra trabaiá.

Se a terra foi Deus quem fez,
Se é obra da criação,
Divia cada freguês
Tê seu pedaço de chão.
Munta gente não combina
Esta verdade divina;
Mas um jurgamento eu faço,
E vejo qui jurgo bem:
Se eu sô da terra tombém,
Onde é que tá meu pedaço?

Esta terra é desmedida
E divia sê comum,
Devia sê repartida
Um taco pra cada um,
Mode morá sossegado.
Eu já tenho maginado
Que a baxa, o sertão e a serra,
Devia sê coisa nossa;
Quem não trabaia na roça,
Que diabo é que qué com terra?

Granjêro, agora eu dei fé
Que eu tô cunversando munto,
Os home grande não qué
Que se trate deste assunto.
Eu agora vô mudá
Pra uns minuto falá
Sobre o nosso veio mundo
Como tá dismantelado,
Coisa que tenho iscutado
No rádio de Zé Raimundo.

Hoje mesmo, demenhã
O rádio tava a contá
Qui num tá de Vitinã
Botaro o pau pra quebrá;
Foi cinco ano de bataia
Quage tudo se iscangaia;
O qui aconteceu ali
Foi quage um tremô de terra,
Morreu gente nesta guerra,
Que nem pêxe no tingui.

Mode a guerra se acabá,
Foi cinco ano de demora,
Pelejando pra botá
O americano pra fora,
Proquê tava no podê

Revortado, sem querê
A terra alêia intregá;
Mas porém, o americano
Desta vez moiô os pano,
Teve que se retirá.

Nosso mundo inganadô
Já tem mísera com sobra,
Tá todo cheio de horrô,
É cobra ingolindo cobra.
Pras banda do fim da terra,
Só tão tratando de guerra.
De lá de um tá Oriente,
Só vem notiça penosa,
Desagradave e assombrosa,
De gente matando gente.

O povo sem conciença,
Adoidado e istravagante,
Só imprega a intiligença
Pra matá seu simiante.
Quando eu penso nestas cena,
Fico partido de pena,
Com o coração maguado,
Por vê qui, barbaramente
Morre as criança inocente,
Que ainda não tem pecado.

A confusão é medonha,
Inté mesmo Purtugá
Tava inchando na coronha,
Mode o rejume mudá;
Mas porém, isto é bestêra,
Fica na mesma sujêra
E na mesma confusão;
Ninguém dêxa o mau custume,
Pode mudá de rejume
Mas não muda o coração.

Meu avô sabia lê
Nas Iscritura Sagrada,
E cansô de me dizê
Que o mundo não vale nada;
Os home são como as fera,
Onça, lião e pantera,
Só veve de ispaiafato,
Vem derne o tempo de Adão,
A grande disunião,
Como cachorro com gato.

Tudo é a inveja danada,
Fulano inveja bertrano,
Com a mesma paiaçada
Bertrano inveja cicrano,
E assim se ispaia o veneno
Do grande cronta o piqueno.
A terra sempre foi chêa
De gente bruta e tirana,
Como abeia intaliana,
Matando as ôtras abêia.

O mundo sempre viveu
De questão, de guerra e intriga,
Isto sempre aconteceu.
Esta simente de briga
Nasceu in todas as raça,
Não tem remédio que faça
Indereitá este povo;
É perciso um grande istudo,
Ou então se acabá tudo
Mode começá de novo.

É isto aí, João Granjêro,
Sobre a terra e sobre a lua,
O meu dito é verdadêro,
É verdade nua e crua.
Eu sô caboco dos mato

Que sempre falei isato.
Se arguém vié com abuso
Lhe preguntá na cidade
Quem lhe disse estas verdade,
Diga que foi Parafuso.

Hospital São Francisco de Assis
Rio de Janeiro, 1975

Uma triste verdade

Seu moço, me escute uma triste verdade,
Que inté dá vontade
Da gente chorá;
Escute quem foi que azalou minha vida,
Nas terra querida
Do meu Ceará.

Eu era rendêro do J. Veloso,
Um rico invejoso,
Marvado sem pá,
Senhô de dinhêro e de léguas de terra,
De baxa e de serra,
Promode arrendá.

Eu, vendo os baxio daquele ricaço,
Um certo pedaço
Com gosto arrendei,
Pois vi que o terreno pra tudo convinha,
A terra só tinha
Madêra de lei.

Joguei-me devera na serra fechada,
De foice Conrada,
Machado Colim.
Jucá revirava, pau d'arco caía,
E as cobra fugia
Com medo de mim.

Depois de argum tempo, no dito baxio,
De carga de mio
Quebrei mais de cem.
Havia de tudo, melão macachêra,
E munta fruitêra
Vingando tombém.

De tudo o tributo correto eu pagava,
E sempre me achava
De bom a mió.
Vivia contente, gostando da vida,
Com minha querida
Maria Loló.

Entonce, seu moço, fugiu a penura,
Chegou a fartura
Me enchendo de fé;
Mas veio despois uma inveja danada,
A fia gerada
Do monstro Lusbé.

O J. Veloso, me vendo arranjado,
Ficou afobado,
Pegou a invejá,
Falando zangado, com raiva e com grito,
Dizendo que o sito
Me vinha tomá.

Pedi a justiça com munto respeito,
Meu justo direito
Naquela questão,
Porém ao matuto sem letra e grossêro,
Fartando o dinhêro,
Ninguém dá razão.

Dexei minha terra, a querida Mumbaça,
Que grande desgraça
Seu moço, eu sofri!

Dexei as beleza da terra adorada,
E triste, sem nada,
Cheguei por aqui.

Por causa de inveja, por esse motivo,
Doente hoje eu vivo
No seu Maranhão.
Sofrendo sodade, trumento e cansêra,
Gemendo na estêra
Com febre e sezão.

Me resta somente a feliz sepurtura,
E a vida futura
Que Nosso Senhô
Premete a quem sofre e padece inocente;
A vida presente
Pra mim se acabou.

Eu hoje devia vivê sossegado,
No sito arrendado,
No caro torrão:
Porém ao matuto sem letra e grossêro,
Fartando o dinhêro,
Ninguém dá razão!

Quadras

Cada um alegre vai
Atrás de sua ventura,
Mas tudo tropeça e cai
No fundo da sepultura.

Na vida o que eu não espero
Gosta de me aparecer,
Vejo sempre o que não quero
Em vez do que eu quero ver.

Somente o rico na terra
Tem o seu nome na história

Quando o pobre vence a guerra,
O rico alcança a vitória.

Se o orgulho e a hipocrisia
Não fossem ao cemitério,
Pouca gente dormiria
Naquele lugar funério.

Acho melhor ser amado
Sem possuir um vintém,
Do que ser muito abastado
Sem ninguém me querer bem.

A moléstia mais horrível
Que mais dói e mais inflama
É a ingratidão incrível
Da pessoa que a gente ama.

Com a luz do teu olhar
Composta de inspirações,
Poderão ressuscitar
Minhas mortas ilusões.

Quando, raivosa te exaltas,
Com grosseiras atitudes,
Acusas as minhas faltas
E esqueces minhas virtudes.

Não farei o teu desejo,
Te dando versos, Maria,
Pois, em teu olhar eu vejo
Dois livros de poesia.

Por uma casualidade,
Ou um ato milagroso,
Sai uma simples verdade
Da boca do mentiroso.

Ser poeta é ter paixão
E sentir da dor o espinho.
Ter tudo no coração
E viver sempre sozinho.

A fogueira da vaidade
Vive acesa noite e dia
Mas, da sua claridade,
Todos voltam de alma fria.

Há coisa que a gente arrisca
Só porque não considera
Que através da boa isca
Há sempre um anzol de espera.

O mundo está sempre cheio
De prepotentes sujeitos,
Que, olhando o defeito alheio
Se esquecem de seus defeitos.

Seria bem triste a sorte
E todos teriam medo,
Se a hora de nossa morte
Não fosse um grande segredo.

Na mulher sempre diviso
Um enigma sem par,
Deus a fez no paraíso
E inda está por decifrar.

Como é que me diz um lente
Que a mulher é parte fraca,
Se o demônio prende a gente
Como o burro ao pé da estaca?

Casamento é um engenho,
Roda, roda e não esbarra,
O marido é com empenho
O boi que puxa a almanjarra.

Moreninha, o meu desejo
Não é o que pensas tu,
Pois eu te pedi um beijo
E vens me dar um beiju.

Esta ciência sem par
De transplante trouxe um meio
Que a pessoa pode amar
Com o coração alheio.
Entre as mulheres cacei
As que consolam quem chora,
E as duas eu encontrei,
Mamãe e Nossa Senhora.

Dois ferrões de marimbondo,
Teus olhos tenho julgado,
Mas, não corro e nem me escondo
Eu quero é ser ferroado.

O que o olhar não avista,
O coração não deseja?
E como o cego conquista
Sem precisar que ele veja?

A natura, por capricho,
Te formou bem diferente,
És gente virando bicho,
Ou bicho virando gente?

Mesmo com censura grave,
Vivo em paz, graças a Deus,
Só o que nos olhos tem trave,
Avista argueiro nos meus.

Segue o tempo o seu caminho,
Um dia vai e outro vem,
Roubando assim de pouquinho
A beleza de meu bem.

Crime imperdoável

Com sua filha de bondade infinda,
Maria Rita, encantadora e bela,
Morava a viúva D. Carolinda,
Junto do engenho do Senhor Favela.

Paciente e boa e cheia de carinho,
Passava os dias sem pensar na dor,
Reinava ali, naquele tosco ninho,
Um grande exemplo do mais puro amor.
A linda jovem, flor de simpatia,
De olhos brilhantes e cabelo louro,
Além de arrimo e doce companhia
Era da mãe o virginal tesouro.

Tinha uma voz harmoniosa e grata
Maria Rita, a filha da viúva,
Igual à voz do sabiá da mata,
Quando ele canta na primeira chuva.

Maurício, um filho do senhor do engenho,
Um estudante, bacharel futuro,
Apaixonou-se, com o maior empenho
De saciar o coração impuro.

E com promessas de um porvir brilhante,
Fazendo juras de casar com ela,
Tanto insistiu o traidor pedante
Que conquistou a infeliz donzela.

Tornou-se em pranto da menina o riso,
Anuviou-se o doce amor materno,
Aquele rancho, que era um paraíso,
Foi transformado em verdadeiro inferno.

Depois, expulsas pelo mundo afora,
Sorvendo a taça de amargoso fel,
Soluça a mãe e a triste filha chora,
Horrorizadas do chacal cruel.

Vive hoje o monstro a prosseguir no estudo,
Enquanto o manto da miséria as cobre,
Porque só o rico tem direito a tudo,
Não há justiça para quem é pobre...

O Vim-vim

Sou irmão do sofrimento,
Pois sou fio do Nordeste,
Nesta vida tudo infrento,
Topo fome, guerra e peste.
Como só tenho passado
Da paioça pro roçado,
Do roçado pra paioça,
Por esta justa razão,
O povo do meu sertão
Só me chama Zé da Roça.

Eu sô caboco sisudo,
Caboco mesmo de raça,
Eu não acredito in tudo,
Nem conto o que não se passa.
Se eu as vez, falando peco,
É pruque sou nalfabeto,
Mais porém amo a verdade,
E mesmo sem tê iscrita
A minha história é bonita
Do campo inté na cidade.

E por isso vou contá
Uma história verdadêra,
Pra ninguém me reprová
Nem dizê que é brincadêra.
Eu acho qui toda gente
Inté o prope inocente
E Palo, Sancho e Martim,
Já conhece a ave pequena,
Bonita qui vale a pena,
Conhecida por vim-vim.

Pois bem, este passarinho
Sempre foi pra munta gente
Um profeta, um adivinho,
O maió isperiente.
Eu conheço criatura
Que afirma, garante e jura
Que ele pegando a cantá
Perto da casa da gente,
Ou é amigo ou parente
Que tá perto de chegá.

Meu avô dizia assim,
E meu pai também dizia:
– A cantiga do vim-vim
Vale a mesma profecia.
Eu tudo aquilo iscutava
E na mimora guardava
Com alegria sem fim,
E uma santa obidiença;
E fui também tendo crença
Na cantiga do vim-vim.

Quando eu era pequenino
Fui menino badoquêro,
Era peralta e malino,
Atiradô iscopetêro.
Matei muito sanhaçu,
João de barro, papa-inxu
E rola fogo-pagô;
Não vou menti nem negá,
Eu não dêxava iscapá
Nem mesmo o bêja-fulô.

Matei sibito e chorró,
Sabiá, não matei não,
Pois ele é o musgo maió
Das terra do meu sertão.
O sabiá com seu canto

Tem aparença de santo,
Merece o nosso carinho,
E o vim-vim, eu não matava
Pruque meu pai me contava
Que ele é um grande adivinho.

Mas a gente neste mundo
Vai vivendo... vai vivendo,
E de segundo in segundo
Vai munta coisa aprendendo.
O que aconteceu comigo
Foi o pió dos castigo
Que Deus pra terra mandô,
Castigo que tá sem jeito
Vô contá e prová dereito
Como o vim-vim me enganô.

Recordando o meu passado
Lá das terra de Mombaça,
Eu me jurgo desgraçado,
Meu coração se imbaraça
E a dô no meu peito omenta.
Foi na era de quarenta,
Num ano bastante iscasso,
Eu fui passá um São João
Na casa de um cidadão
Por nome de Zé Nastaço.

Seu Zé Nastaço era um home
Que nunca fez papé feio,
Se obrigava a passá fome
Mode não pegá no alêio,
Por isto, neste ano iscasso,
O caboco Zé Nastaço,
Que era forte e ainda moço,
Mode a percisão que havia,
Resorveu com a famia
Viajá pro Mato Grosso.

Ele, a muié e quatro fio,
Pois a famia era pôca,
Três rapazinho de brio
E uma simpate cabôca;
Esta menina querida
Era o prazê e era a vida
Daquele senhô de bem,
Pois só tinha aquela fia,
Porém ela, in simpatia,
Valia por mais de cem.

Maria Joana era o nome
Daquele anjo do sertão,
Fazia quem tá com fome
Se isquecê de requejão;
Quem reparava dizia
Que era a maió simpatia
Que fez a Mão Soberana.
Fazia inveja e cubiça
Esta cabôca roliça
Chamada Maria Joana.

Seu Zé, ante de dexá
Nosso querido sertão,
Resorveu inda passá
Uma noite de São João
Na sua pobre morada
Junto com seus camarada,
Seus amigo e seus parente,
Para, com maió razão
Levá no seu coração,
Sua terra e sua gente.

Eu sempre fui isquisito,
Nunca gostei de fonção,
Porém me deu um parpito
E fui àquele São João.
Chegando, fui recebido

Pelo povo reunido,
Com alegria e com graça,
Proquê as muié e os home
Já conhecia o meu nome
Dos Inhamuns à Mombaça.

Nesta noite de foguêra,
Onde o amô jogou-me o laço,
Foi que eu vi a vez premêra
A fia do Zé Nastaço.
Eu que sô um cara dura,
Vendo aquela fromusura
Não sinti tanta paxão,
Porém quando ela falô,
Sinti a brasa do amô
Queimando meu coração.

Proque, a fala suave
Daquela linda boneca,
Tinha o som tão agradave
Como corda de rabeca.
Eu fiquei admirado,
Pois nunca tinha incrontado
Fala doce como aquela;
Nunca fui ismorecido,
Mas fiquei preso e inquirido
Com a voz desta donzela.

Uvindo a voz da morena,
Eu fiquei na sujeição,
Como a rolinha pequena
Nas unha do gavião.
Perto daquela cabôca
Minha força ficou pôca,
Me considerei pequeno
E conheci que o amô
É marvado, tem valô,
Tem caboge e tem veneno.

Fiquei logo apaxonado,
Jurei com os dedo in cruz
Por tudo quanto é sagrado,
O Coração de Jesus
E a sua Mãe verdadêra,
E tombém pela foguêra
Que tanto mistéro tem,
Que se não chegasse o dia
De me casá com Maria,
Não casava com ninguém.

A noite alegre corria,
Tava animado o São João,
Uns, alegre, divirtia
Dizendo adivinhação;
Ôtros, por sê ardiloso,
Ia assombrando os medroso
Com a traque e o busca-pé
E a contente meninada
Cantava aquela toada
Dê Mavé, Mavé, Mavé.

A lua toda facêra
De luz, a terra cobria,
Mas nós via que a foguêra
Cronta a lua istendia
Uma luz tão rifinada,
Que ali naquela morada,
Naquela quadra de chão,
A lua se trapaiava;
Eu sei que São José tava
Com ciúme de São João.

Um ventozinho amoroso,
Lá das banda do Nacente,
Assoprava carinhoso
Bejando o rosto da gente.
Com o vento que assoprava,

Mais a foguêra briava;
E inquanto as madêra grossa
No fogo se consumia,
ôtra foguêra se ardia
No peito de Zé da Roça.

Quem sabe amá, bem compreende,
Era a lavareda, a chama
Dessa foguêra que acende
No coração de quem ama.
A foguêra da amizade,
Da paz, da felicidade
Que na nossa vida bria
Com a sua tocha imensa,
Tão pura como a inocença,
Arva como a luz do dia.

A noite continuava
Alegre e cheia de vida
E ainda mió não tava
Por causa da despedida,
Pois dali a cinco dia,
Seu Zé Nastaço partia
Pras terra do Mato Grosso,
Dexando o nosso sertão
Onde a noite de São João
É verdadêro colosso.

Quando amanheceu o dia,
Despois do quebra jejum,
Os cunvidado que havia
Foi saindo de um in um.
Só eu fiquei de arcateia
Pensando na fia aleia,
Com um desejo sem fim
De confessá minha dô,
Pois eu via que o amô
Já tava arranhando im mim.

Por milagre eu vi Maria
Saí com todo dispacho
Num caminho que decia
Pra um pequeno riacho.
A cabôca de Mombaça
Ia com uma cabaça
Pro mode água carregá,
Toda isperta e corajosa
Pois a muié caprichosa
Não dêxa os pote secá.

Saí de ponta de pé
Como quem não qué, e querendo,
E como ninguém deu fé
Eu fui decendo... decendo...
No caminho do riacho,
Inté que cheguei de baxo
De um grande pé de imburana
E ali, bem acotelado,
Como quem ispera veado,
Isperei Maria Joana.

Com pôco, lá vinha ela
Com sua cabaça cheia.
Quando avistei a donzela,
Fugiu-me o sangue das veia,
E fiquei logo sem jeito;
Mas como sô um sujeito
Que topo quarqué pirigo,
Mesmo sem batê pestana,
Preguntei: Maria Joana
Você qué casá comigo?

Esta pregunta eu fazendo,
Ela teve um grande susto,
Que ficô todo tremendo
Aquele corpo robusto.
Com a suspiração perra,

Baxou a vista pra terra;
Os laibo na sua boca
Ia falá, mas trimia,
Quage a cabaça caía
Da cabeça da cabôca.

Tive pena da coitada,
Daquela pobre menina,
Ficou bastante acanhada,
Corada como bonina;
Mas quando pôde falá
Deu logo o maió siná
Da mais sincera muié,
Dizendo sem fingimento:
– Eu aceito o casamento
Se papai e mamãe quisé.

Eu não vô contá mintira.
Fiquei com tanta alegria
Como o jogadô que tira
Um prêmo na loteria.
Saí logo passo a passo,
Falá com seu Zé Nastaço
Que tava lá na varanda,
E pensei neste ditado
Veio, porém acertado,
"Quem qué vai, quem não qué manda".

Quando na varanda entrei
Eu fui dizendo: Seu Zé,
Se casamento é da lei
E home naceu pra muié
E muié naceu pra home,
Pela honra do seu nome
Eu lhe peço como amigo,
Sei que o sinhô não me ingana
Mi dê a Maria Joana
Promode casá comigo.

Mi dê a sua donzela!
Eu lhe prometo, garanto
E juro fazê com ela
Uma vidinha de santo;
Na tria do bom caminho
Lhe tratando com carinho,
Honesto, correto, isato
Sem farsidade nem trama,
Dromindo na mesma cama,
Comendo no mesmo prato.

Não posso lhe dá comida
De arroz, carne e macarrão,
Mas lhe dô durante a vida
Mio, farinha e fejão;
Tombém não dô rôpa fina,
De atamin, de gabardina,
De crepe, seda e cambraia
E ôtras fazenda bonita,
Mas de azulão e de chita
Nunca mais lhe farta saia.

Falando séro e sisudo,
Eu contei meu bê-a-bá,
Cunfessando logo tudo
Sem tremê nem gaguejá.
Com o meu palavriado
Seu Zé Nastaço, coitado!
Teve uma sugestão lôca,
Quage o pobre se trapaia;
O seu cigarro de paia
Inda iscapuliu da boca.

Como quem sente uma mágua
Sem dela pude fugi,
Vi um grande pingo dágua
Dos oio dele caí
E pediu na mesma hora:

– Amigo, não quêra agora
Arrancá meu coração,
Não me dêxe sem Maria,
Pois eu só tenho esta fia
Qui é meus pé e minhas mão. –

Veja que vô viajá,
E tá perto da partida,
É impossive eu dexá
A minha fia querida.
Eu já fiz argum negóço,
Já vendi todos meus troço,
Apurei argum dinhêro
Mode a viage fazê,
Só farta mesmo vendê
Dois bode e quatro carnêro.

Lhe prometo e não lhe ingano,
Você pode confiá,
Eu só vô passá dois ano
Osento do Ciará;
Você bem tá vendo a prova
Que Maria é munto nova,
Você também munto moço,
Pode ficá sastifeito
Que o casamento vai feito
Quando eu vim do Mato Grosso.

Fazia pena o lamento
Pidindo que eu concordasse
Pra dexá meu casamento
Pra depois que ele vortasse
Alegando que a viage
Sem aquela linda image,
Inda mais pena sintia;
E com tanto peditório
Nós acertemo o casóro
Pro tempo que ele quiria.

Me dispidi da famia
Daquela pobre chupana;
Naquele penoso dia
Dexei com Maria Joana
A minha felicidade,
Porém mesmo com sodade
Vortei alegre e contente,
Pois ninguém pensa in caipora
Quando uma esperança mora
Dentro do peito da gente.

Vortei pra minha paioça
No sertão dos Inhamum,
Fui tratá de minha roça,
Naquela lida comum
E naquela redondeza,
Quando tivero certeza
Que eu ia me casá bem,
Os meus camarada e amigo
Vinha cunversá comigo
Mode me dá os parabém.

O tempo continuava,
Ia dia e vinha dia,
Quanto mais tempo passava
Mais eu pensava in Maria;
E com toda atividez,
Eu contava dia e mês
Mode não havê ingano.
Tanta conta fui fazendo
Inté que fiquei sabendo
Quantos dia tem o ano.

Sabendo que ia casá,
Eu apurei argum cobre,
E fui tratá de arrumá
O meu ranchinho de pobre.
Tratei de mi pervini

Precurando adiquiri
Somente o mais necessaro
Pois é munto naturá
Que o pobre para casá
Não perciza de perparo.

Eu comprei minha mubia,
Mubia munto singela,
Argum pote e ôtras vazia,
Prato de barro e panela
E também com singeleza,
Comprei banco e comprei mesa
Pois a vida de casado
Arguma coisa recrama,
Comprei também uma cama
Feita de côro de gado.

Sempre fui cabôco isperto,
Nunca invejei a ninguém
E vendo que tava perto
Da chegada do meu bem,
Eu ia me pervinindo,
E além disto eu tava uvindo
Todo dia da sumana
O vim-vim no meu terrêro,
Cantando no cajuêro
Perto da minha chupana.

Uvindo o vim-vim cantando,
A boa impressão eu tinha
Que ele tava me avisando
Que Maria Joana vinha.
Passava lá o dia intêro
Na copa do cajuêro,
A cantá, sempre a cantá,
E eu, os meus prano fazendo,
Parece que tava vendo
Maria Joana chegá.

E sem pensá in caipora,
Quando chegou certo dia,
Eu vi que gente de fora
Na minha porta batia;
Quando fui vê, era um moço
Chegando do Mato Grosso
E uma carta me entregou,
Recibi com alegria,
Achando que ela trazia
Notiça do meu amô.

E conhecendo qui ali
Tinha um segredo guardado,
Sem eu pudê discubri,
Tive um disgosto danado
De nada tê aprendido;
E vi que os home sabido
Não disimpenha bastante
Na nossa vida terrena
O mandamento que ordena
Insiná os inguinorante.

Fiquei pensando sozinho
O que havia de fazê;
Eu tinha munto visinho
Mas nenhum sabia lê!
Porém, naquele momento
Me veio no pensamento
O João Istevo Jucá,
Intiligente cabôco
Que tinha aprindido pôco,
Só sabia assoletrá.

Ele assoletrava tudo
No papé, linha por linha,
Pois mesmo sem tê istudo,
Aprendeu uma coisinha,
Por força da inteligença.

Ele não tinha a sabença
Do dotô de gabinete
Que tanta leitura tem,
Mas assoletrava bem
Uma carta ou um biête.

Eu corri ligeramente
No rumo da sua casa;
As vez me vinha na mente,
Que eu tava criando asa;
Quando na casa cheguei,
Pru João Istevo chamei,
Ele atendeu sem demora,
Quage de chôto a galope,
Ali rasgando o velope,
Puxou a carta pra fora.

Começou com munto jeito
Assoletrando o papé,
Munto carmo e sastifeito,
Mas porém logo eu dei fé
Que ele mudô de sistema,
E foi com a fala trema
Assoletrando pra eu:
Ma-ri-a... Jo-a-na... Mor-reu.

Eu qui tava na impressão
Que o vim-vim era profeta,
Vi nesta assoletração
Minha desgraça compreta
E disse pra João Istevo:
Meu amigo, eu não me atrevo,
Tô pra morrê de repente;
Isto não tará errado?
Arrepare com coidado
Assoletre novamente!

João Istevo, atarentado,
Foi de novo assoletrando

E eu com o fôrgo parado,
As palavra intrepetando;
Só mesmo Deus avalia
Quanto foi minha agonia
Quando ele de novo leu:
Ma-ri-a Jo-a-na mor-reu!

Quando ele foi terminando
Foi morrendo a minha fé,
Eu saí intrambecando
Sem me sustentá in pé.
O corpo todo abalou,
Meu juízo baruiô
E o coração me doeu,
Quando fiquei conhecendo
Qui a carta tava dizendo:
– Maria Joana morreu!

Naquele amargoso dia
De tanta dô e afrição,
Tudo quanto é alegria,
Goso, prazê e inlusão
Fugiu do meu pensamento;
Eu vi naquele momento,
Momento triste e tirano,
A minha luz apagada,
Minha esperança inforcada
Na corda do desingano.

Eu que inté naquele dia
Pensava num bom futuro,
Virei um cego de guia
Que anda aparpando no iscuro.
Com a penosa notiça,
Muchei mais do que maliça,
Tive um desgosto sem fim,
E deste dia pra cá
Eu dexei de acreditá
Na cantiga do vim-vim.

Hoje o vim-vim quando canta
Não me alegra nem distrai,
Meu coração se aquebranta
E as água dos oio cai.
Quando hoje in dia o vim-vim
Canta bem perto de mim
Omenta minha desgraça
E a minha sorte tirana,
Pensando in Maria Joana
A cabôca de Mombaça.

E ainda mais fico triste
Quando o mês de junho vem;
Para mim já não isiste
A beleza qui ele tem.
Quando chega no São João,
Tão grande é minha afrição
Qui, invez de me divirti,
Corto um monte de madêra,
Preparo minha foguêra,
Toco fogo e vou drumi.

Rio de Janeiro, maio de 1975

A terra é naturá

Sinhô dotô, meu ofiço
É servi ao meu patrão.
Eu não sei fazê comiço,
Nem discuço, nem sermão;
Nem sei as letra onde mora,
Mas porém, eu quero agora
Dizê, com sua licença,
Uma coisa bem singela,
Que a gente pra dizê ela
Não percisa de sabença.

Se um pai de famia honrado
Morre, dexando a famia,
Os seus fiinho adorado

Por dono da moradia,
E aqueles irmão mais veio,
Sem pensá nos Evangeio,
Contro os novo a toda hora
Lança da inveja o veneno
Inté botá os mais pequeno
Daquela casa pra fora.

Disso tudo o resurtado
Seu dotô sabe a verdade,
Pois, logo os prejudicado
Recorre às oturidade;
E no chafurdo infeliz
Depressa vai o juiz
Fazê a paz dos irmão
E se ele fô justicêro
Parte a casa dos herdêro
Pra cada quá seu quinhão.

Seu dotô, que estudou munto
E tem boa inducação,
Não ignore este assunto
Da minha comparação,
Pois este pai de famia
É o Deus da Soberania,
Pai do sinhô e pai meu,
Que tudo cria e sustenta,
E esta casa representa
A terra que Ele nos deu.

O pai de famia honrado,
A quem tô me referindo,
É Deus nosso Pai Amado
Que lá do Céu tá me uvindo,
O Deus justo que não erra
E que pra nós fez a terra,
Este praneta comum;
Pois a terra com certeza

É obra da natureza
Que pertence a cada um.

Esta terra é como o Só
Que nace todos os dia
Briando o grande, o menó
E tudo que a terra cria.
O só quilarêa os monte,
Tombém as água das fonte,
Com a sua luz amiga,
Potrege, no mesmo instante,
Do grandaião elefante
A pequenina formiga.

Esta terra é como a chuva,
Que vai da praia a campina,
Moia a casada, a viúva,
A veia, a moça, a menina.
Quando sangra o nevuêro,
Pra conquistá o aguacêro
Ninguém vai fazê fuxico,
Pois a chuva tudo cobre,
Moia a tapera do pobre
E a grande casa do rico.

Esta terra é como a lua,
Este foco prateado
Que é do campo até a rua,
A lampa dos namorado;
Mas, mesmo ao veio cacundo,
Já com ar de moribundo
Sem amô, sem vaidade,
Esta lua cô de prata
Não lhe dêxa de sê grata;
Lhe manda quilaridade.

Esta terra é como o vento,
O vento que, por capricho

Assopra, as vez, um momento,
Brando, fazendo cuchicho.
Ôtras vez, vira o capêta,
Vai fazendo piruêta,
Roncando com desatino,
Levando tudo de moio
Jogando arguêro nos oio
Do grande e do pequenino.

Se o orguiôso podesse
Com seu rancô desmedido,
Tarvez até já tivesse
Este vento repartido,
Ficando com a viração
Dando ao pobre o furacão;
Pois sei que ele tem vontade
E acha mesmo que percisa
Gozá de frescô da brisa,
Dando ao pobre a tempestade.

Pois o vento, o só, a lua,
A chuva e a terra também,
Tudo é coisa minha e sua,
Seu dotô conhece bem.
Pra se sabê disso tudo
Ninguém precisa de istudo;
Eu, sem escrevê nem lê,
Conheço desta verdade,
Seu dotô, tenha bondade
De uvi o que vô dizê.

Não invejo o seu tesoro,
Sua mala de dinhêro
A sua prata, o seu ôro
O seu boi, o seu carnêro
Seu repôso, seu recreio,
Seu bom carro de passeio,
Sua casa de morá

E a sua loja surtida,
O que quero nesta vida
É terra pra trabaiá.

Iscute o que tô dizendo,
Seu dotô, seu coroné:
De fome tão padecendo
Meus fio e minha muié.
Sem briga, questão nem guerra,
Meça desta grande terra
Umas tarefa pra eu!
Tenha pena do agregado
Não me dêxe deserdado
Daquilo que Deus me deu.

O sonho de Mané Filiciano

O diabo, o chefe do inferno
Aquele marvado incréu,
Qui inté cronta o Padre Eterno
Quis tomá conta do Céu,
Não bebe, tombém não come
Nunca se aquéta, não drome
E é farso como a serpente.
Vou prová como o capeta
Veve como carrapeta
Rodando in redó da gente.

Arguém me dixe qui o fute
É coisa qui os padre inventa
Mas este qui assim discute
Não sabe onde tem as venta.
Eu já vi sua figura
Nas fôia das iscritura
Da nossa religião;
E tou bem certo qui o diabo
Tem dois chifre, tem um rabo,
E dois agudo isporão.

De chifre, isporão e rabo,
É seu jeito naturá,
Mas com suas manha, o diabo
Bem pode se transformá
Num mocego, num cassaco,
Num guaximim, num macaco,
Num cachorro e num veado
E munta gente aquerdita
Que inté in muié bonita
Ele já tem se virado.

Pra tudo ele se sacode,
Mas porém, sendo nos mato,
Nem que peleje, não pode
Fazê tanto ispaiafato.
O diabo veve à vontade
É nas rua da cidade,
Passando suas lição
E aproveitando as desgraça
Que munta gente da praça
Chama civilização.

Muntas vez, muié e marido
Veve na boa união
E ele aparece inxirido
E faz a separação;
Tanto mexe inté qui laça,
E aquela muié se ingraça
De um sujeito vagabundo,
Perde a vergonha e o brio
Dêxa seu marido e os fio
E entra na lasca do mundo.

Já ôtras vez, o tinhoso
Dêxa de lado a muié
Promode atentá o esposo
E dali nace o caé;
O safado se apaxona

Dêxa a sua própia dona
Por outra muié alêia
Dêxa a sua, branca e bela,
Pra vivê perto daquela
As vez inté preta e feia.

Só não pode acuntecê
Assim com o home veio,
Pois este além de vivê
Pensando nos Evangeio,
Na mortaia, no caxão
E na eterna sarvação,
Também lhe farta uma dóse
Qui sem ela o satanás
Pelêja e não é capaz
De fazê metamorfose.

Deste capeta medonho
Eu conheço munto caso,
Quem ele vê, mesmo in sonho,
Passa três ano de atraso,
Acabrunhado e doente,
Mode tirá munta gente
Que veve dentro do ingano
E diz que o cão não iziste,
Eu vou contá o sonho triste
De Mané Filiciano.

O Mané Filiciano
Sonhou com o diabo uma vez,
Já tá interando dois ano,
Mas tem que interá os três.
Tudo isto pruquê Mané
Arengôu com a muié
E divido se afobá
De noite não quis a boia
E foi drumi na tipoia
Sem fazê Pelo Siná.

O sono que ele drumiu
Foi bem cheio de chamego.
Sonhou; e no sonho viu
Chegá um grande mocego
Que mais maió não podia;
Mas porém, Mané sabia
Que aquele bicho era o Diogo
Todo cabiludo e preto,
Com as asa de isqueleto
E os oio da cô do fogo.

Filiciano no sonho
Quiria se iscapulí
Porém, o bicho medonho
Não dexava ele saí;
Pra onde ele caminhava,
O mocego lhe ataivava
Fazendo mil rapapé
Com os oio da cô de brasa,
Frechava e batia as asa
Na cabeça de Mané.

Minha história, eu só acabo,
Depois de prová o que digo,
Pois quem sonhá com o diabo
Tem que padecê castigo.
Naquela noite do sonho
De Mané com o demônho,
Começou a confusão.
Assim que o pobre sonhou
A tipoia se rasgou
E Mané caiu no chão.

Bem cedo, demenhãzinha
Foi buscá na capoêra
Um jumento que ele tinha
Pra levá lenha pra fêra
Mas teve uma sorte preta,

Aquele monstro capêta
Já tinha lhe pressiguido;
Assim que o pobre coitado
Chegou dentro do roçado
Seu jegue tinha morrido.

Com o grande desengano,
Com o prejuízo horrendo,
O Mané Filiciano
Vortou pra casa correndo,
Mas o diabo tudo atrasa;
Na porta de sua casa
Já tinha formado um laço
Quando aquele penitente
Ia passando o batente,
Caiu e quebrou um braço.

Chegou logo um meisinhêro
Pra fazê o encanamento,
Trabaiô munto ligeiro
E depois de argum momento
O braço foi incanado
Mas não teve risurtado,
A sua sorte foi crua,
Depressa o braço emendou
Mas invergado ficou
Inguá um arco de pua.

Pobre do Filiciano,
Só lhe aparece caé,
E agora é que faz dois ano
Que sonhô com Lucefé.
É bem triste o seu destino;
De um parto de três minino
Sua muié descansou
E a sua cabrinha Mansa
De dá leite a três criança,
A jararaca matou.

Tem sido uma coisa sera
O mais maió dismantelo
E além de tanta misera
Tanto azá, tanto atropelo
E tanta coisa agorenta,
A sua sogra briguenta,
Do gêno de cascavé,
Sem tê pena do coitado,
Se largou de seus coidado
E foi morá com Mané.

E os atraso que se segue
Na vida do desgraçado,
A sogra passa um isbregue
Dizendo que ele é curpado,
E a muié tombém lhe xinga
E aquela grande mandinga
Não tem quem possa tirá;
Cada dia mais piora,
Quando sai uma caipora,
Vê quatro ou cinco chegá.

E se ele maldiz a sorte,
Afobado e zuruó,
Aí é que sua sorte
Cada vez fica cotó,
Atrasando a sua vida;
Basta dizê que a comida
Quando é arroz e galinha,
Assim que o pobre Mané
Vai pegando na cuié,
Vira fejão com farinha.

Tão grande é seu sofrimento
Que quando compra fiado,
Ao fazê o pagamento
A conta tem dupricado
E se vai drumi um sono
Mode isquecê o abandono,

Tanta dô, tanto atropelo,
In vez de tá sossegado,
Pula da rede, assombrado
Gritando com pesadelo.

É este o mau risurtado
De quem com o diabo sonha
Cada um tenha coidado
Com esta coisa medonha
Tarvez durante os três ano,
Com Mané Filiciano
Toda desgraça aconteça,
Pois fora o que tô dizendo,
Agora tá lhe nacendo
Dois chifrinho na cabeça.

Você se lembra?

À minha querida esposa BELINHA

Você se lembra de um feliz passado
E inda gravado está no coração?
No que nos deu uma alegria imensa,
A gente pensa e não se esquece não.

Daquela quadra eu faço ainda estudo
Relembro tudo e dou louvor a Deus,
Versos saudosos a minh'alma canta
Lagoa D'Anta dos prazeres meus.

Faz muito tempo, mas relembro aquelas
Noites tão belas, bem enluaradas,
Você, repleta de vigor e graça,
Lavava massa pelas farinhadas.

Eu, rude bardo, uma paixão cantava
E lhe julgava nos meus doces cantos,
A camponesa minha preferida,
Para na vida consolar meus prantos.

Esperançosos fomos nos amando,
Ambos pensando em um feliz noivado,
Até que um dia o nosso lindo sonho
Sempre risonho foi realizado.

Cumprindo as juras com prazer infindo
Cantando e rindo pela vida afora
A gente via no conjugal ninho
Luz e carinho de uma nova aurora.

Trinta e seis anos nós assim vivemos
Exemplos demos de coração nobre,
Com paciência dentro da guarida
A nossa vida de família pobre.

Aos trinta e sete, que tristeza a nossa!
Deixei a roça como a gente vê
E conduzido pelo negro fado
Vivo afastado, longe de você.

Longe e saudoso neste meu retiro,
Triste suspiro do meu peito arranco.
Eu quero ainda no meu lar viver!
Eu quero ver o seu cabelo branco.

Querida esposa, guia do meu norte,
Vejo que a sorte veio contra mim;
Para quem tem um coração sensível,
É muito horrível padecer assim.

Guanabara, novembro de 1974

Meu protesto

Minha gente, o frigorico
Lá das terra de Bom Fim,
Promode abatê jirico
É coisa qui eu acho ruim.
Isto é um grande chafurdo,

Um dos maió abisurdo
Cronta a lei da criação.
Com pezá me manifesto,
E aqui lanço meu protesto
Com direito e com razão.

A farta de caridade
Cronta o jegue sem defesa,
É uma brabaridade
Que dá desgosto e tristeza;
Aquele que faz campanha,
Com certeza inté se acanha
De falá do grande horrô;
Dizem que ali é Bom Fim,
Mas fim de jumento é ruim,
Se acabá no matadô.

O pobre animá, coitado!
O paciente jumento
Tá sendo sacrificado
Mode servi de alimento.
É uma coisa humiante
Rupunante e revortante,
Sabê qui, de dia im dia,
Do nosso Ciará segue
Os carro cheio de jegue
Pra sê morto na Bahia.

– Meu paciente jumento
Que tanta crise padece,
Seu grande merecimento
Munta gente não conhece,
É tão grande o seu valô,
Qui o mais saibo professô,
De conhecimento além
Nas coisa da Facurdade,
Tarvez não diga a metade
Do valô qui você tem.

Porém, você, meu amigo,
Bom animá de transporte,
Veve sempre no castigo,
Sem isperança e sem sorte,
Sem achá um quebra gaio;
E além de tanto trabaio
Levando a carga pesada,
Padece ainda a narquia
De sê levado à Bahia
Pra entrá na chacriada.

Jirico, que vida amarga!
Como é triste o seu vivê!
Quando lhe estragam na carga,
Vão sua carne comê.
Meu pensativo jumento,
Isto é munto atrevimento,
Um crime, um grande pecado,
Um sacrilejo, um capricho,
Comê a carne do bicho
Que Jesus andô muntado.

Seu valô, não há quem tome,
Sua fama é celebrada,
Eu já li inté seu nome
Nas Iscritura Sagrada.
Lhe rebaxá ninguém pode;
No tempo do Reis Herode,
Se você não tem mostrado
O seu prestijo tão fino,
In Belém, o Deus Menino
Tinha sido assassinado.

Meu bom Jesus Nazareno,
Venha a este mundo, ou mande,
Pois seu animá piqueno,
Mais porém dum valô grande,
Qui fez o papé bonito
Lhe conduzindo ao Egito

Junto com José e Maria,
O povo sem compaxão,
Sem arma e sem coração
Tá matando na Bahia.

Distinto Padre Viêra,
Que sobre o jegue escreveu,
Veja que grande sujêra
Fizero cronta o lepeu!
Para o sinhô, iscritô,
Do jumento o defensô,
É grande a decepição;
Meu prezado reverendo,
A Bahia tá comendo
O Jumento nosso irmão.

Ó Crasto Arve, incelente
E primoroso poeta,
Que no poema "O VIDENTE"
Tombém mostrô sê profeta,
Peça na sua gulora
A licença de uma hora
Dum segundo ou dum momento,
E venha vê o grande agravo,
Você defendeu o iscravo
Venha defendê o jumento!

Apelo de um agricultor

Seu dotô, não lhe aborreço,
Venho é fazê um pedido
E como sei qui mereço,
Espero sê atendido,
Não quera se aborrecê,
Pois ante de lhe dizê
O meu desejo sagrado,
Vou minha história contá
E o senhô vai iscutá
Todo meu palavriado.

Vevi sempre a trabaiá
De ferramenta na mão
Tenho no rosto o siná
Do quente Só do sertão.
Tratando de agricurtura
Já mostrei grande bravura
Sempre dei uma premêra,
Naquele tempo passado,
Fui o herói do machado,
Foice, inxada e roçadeira.

Sei qui o dotô inguinora,
E tem bastante razão,
Pois quem na cidade mora
Não vai pensá no sertão;
E por isto eu vou assim
Contá tin-tin por tin-tin
Como é que tenho vivido,
Minhas razão eu dizendo
O dotô fica sabendo
Quanto eu tenho lhe servido.

Sou pai de quatôze fio,
Cabras macho de valô,
Pois não tem nem um vadio,
São todos trabaiadô,
Cada um destes cabôco
Aprendeu a lê um pôco,
Mais porém mode votá,
Nunca nem um levô pau,
Já são quatôze degrau
Pra seu dotô se atrepá.

Quando o dia amanhecia,
Que meu café eu tomava,
Para meu roçado ia
E os fio me acompanhava;
Pra roça eu levava tudo

Era os miúdo e os graúdo,
Era os menino e os rapaz,
Eu sastifeito e contente
Ia seguindo na frente
E aquela infiêra atraz.

O mais veio dava um grito:
– Anima rapaziada!
Era um truvejo bonito
No manejá das inxada;
Com licença da palavra,
Eu tinha da minha lavra
Munta gente em meu serviço
Trabaiando no roçado
Mode abastecê os mercado
Com os gêno alimentiço.

Defendendo a vida alêia,
Vivi sempre a trabaiá
E nunca fiz cara feia
Promode imposto pagá,
Pois todo aquele que tem
Budega, loja, armazém
E ôtras venda de valô
O seu lucro nunca estraga,
Pruquê o imposto quem paga
É sempre o consumidô.

Fui um correto sujeito
E nunca baruio fiz,
Bradando cronta os dereito
Criado em nosso país.
Eu nunca me revortava
Quando pra fêra eu levava
Mio, farinha e fejão
Mode vendê no mercado
Qui chegava um impregado
Trazendo um papé na mão.

O agricurtô é desposto,
Mas nunca ajunta vintém
Se ele vende, paga imposto,
Se compra, paga também.
Nesta coisa maginando
Vejo qui venho pagando
Imposto derne menino,
Quando comprava bom-bom
Qui chupava e achava bom
Quando eu era pequenino.

Mesmo assim, falando errado,
Já contei a seu dotô,
Quem eu já fui no passado,
Honesto e trabaiadô.
A linguage tá errada
Mas a verdade é sagrada.
E agora preste tenção,
Tenha a bondade de uvi
O qui eu venho lhe pedi
Com dereito e com razão:

Não lhe minto e nem lhe nego
Já tenho sessenta ano,
Sofro munto, não sossego,
Já vivo mole, sem prano;
E por isto, nesta idade,
Cheio de necessidade,
Eu venho aqui lhe rogá
Pra eu sê apusentado
Com dereito carimbado,
Por meio do FUNRURÁ.

Sessenta ano, pra mim,
É uma carga pesada,
Tô achando munto ruim
O peso da minha inxada;
Os fio todos casado

Eu, doente, fracassado,
E além de vivê doente,
Sou da percisão cativo
Sei lá se eu ainda vivo
Mais cinco ano pra frente?

Sei que o dotô considera
O meu dito verdadêro.
Que diabo é que a gente espera
Já com sessenta janêro?
Esta idade é um castigo
E é por isto que lhe digo:
Minha aposentadoria
Já é tempo de fazê,
Eu não posso mais vivê
Dando murro todo dia.

Eu, novo, resorvi tudo
Qui fiquei de peia grossa,
Fui cabra bamba, peitudo
Iguá um boi de carroça;
Passei minha vida intêra
Naquela grande cansêra
Da paioça pro roçado.
Se o nosso Brasi falasse,
Tarvez alegre contasse
O lucro que eu tenho dado.

Já tô de cabelo branco,
A cara toda incuída,
Eu lhe digo e falo franco
Nesta viage da vida
Já tô no fim do caminho;
Seu dotô, vá de pouquinho
Mandando de lá pra cá,
Pra este meu cativêro,
Uma parte do dinhêro
Que mandei daqui pra lá.

Conversa de matuto

Zé Fulô e João Moiriço.

Zé Fulô:

Meu amigo João Moiriço,
Eu agora fiquei certo
Que nóis já tamo bem perto
De saí do sacrifiço.
Eu onte uvi um comiço
De um dotô que é candidato,
Home sero e munto isato
E ele garantiu que agora
Vai havê grande miora
Para o pessoá do mato.

No comiço ele falou
Que depois que ele vencê,
Vai com gosto potregê
A cada um inleitô.
O povo trabaiadô
Que padece no roçado,
Pode votá sem coidado
Que depois das inleição,
Com a sua potreção
Vai tudo recompensado.

Aquele é home de bem,
Quando desceu do palanco,
Falou com preto, com branco,
Com rico e pobre também;
Ali não ficou ninguém
Pra ele não abraçá,
Veve sempre a conversá,
É alegre e sastifeito,
Num home daquele jeito
Faz gosto a gente votá.

Do palanco ele desceu
Alegre dizendo graça
E mais tarde lá na praça
Palestrando apareceu,
Se assentou pertinho deu
Lá num banco da venida,
Perguntou por minha vida
E disse na mesma hora
Que a sua grande vitora
Já tá quage dicidida.

E pediu que eu precurasse
Com munta dilicadeza
Aqui nesta redondeza
Gente que nele votasse
Que depois que ele ganhasse
Ia as coisa resorvê.
A premêra era fazê
Aqui no nosso lugá
Um grande grupo escolá
Pra nossos fio aprendê.

Depois, um mioramento
Pra nóis podê trabaiá,
Semente pra nóis prantá
Sem precisá pagamento,
Quarqué coisa no momento
É nóis querê e pedi
E depois de conseguí
Esta premêra vantaje,
Vem uma bela rodage
Da cidade até aqui.

Eu tenho isperança e fé
Nas promessa do dotô
E pedi a ele eu vou
Um imprego pra José.
Mais tarde, se Deus quisé,

O meu fio faz figura,
Saindo da agricurtura,
Este cansado chamego
E arranjando um bom imprego
Lá dentro da Prefeitura.

E tanto, que vou caçá
Argum voto por aqui;
Já cunversei com Davi,
Com Vicente e Vardemá,
Fuloriano, Mozá,
Mané Chico e Zé Lavô,
Dona Suzana e Lindô,
Napoleão e Romeu,
E tudo me prometeu
Que vai votá no dotô.

João Moiriço, meu amigo,
Sei que você acredita,
Não venho fazê visita
Hoje aqui no seu abrigo;
Oiça bem o que lhe digo
Você nunca me faltou
E a ocausião chegou
De pedi seu voto isato
Para o dotô candidato
De prestijo e de valô.

Isto que eu tou lhe falando
É bom pra nosso futuro,
Nóis tamo num grande escuro
E uma estrela vem briando;
Veja que você votando
Neste home de tanto brio,
Em quem com gosto confio,
É um negoço importante
Vai havê de agora em deante
Escola pra nossos fio!

João Moiriço:
Meu amigo Zé Fulô,
Vou lhe dizê a verdade:
É veia a nossa amizade
Porém você se enganou.
Pode pedi, que eu lhe dou
Uma quarta de fejão
Uma arroba de argodão
E cinco metro de fumo,
Tudo com gosto lhe arrumo,
Porém o meu voto, não!

Lhe dou, se você quisé,
Minha boa lazarina
E o meu galo de campina
Que eu amo com muita fé,
Dou minha porca Baié
E o meu cachorro Sultão,
Maria dá um capão
E o Chico dá um cabrito,
Isto tudo eu admito
Porém o meu voto, não!

Meu amigo Zé Fulô,
Não siga por esta tria,
Você ainda confia
Em premeça de dotô?
Aquilo que ele falou
É somente imbromação.
Quando é tempo de inleição
Esse home se prepara
Trazendo um santo na cara
E o diabo no coração.

Você não dê confiança,
Pois quando a campanha vem,
Com ela chega tombém
A pabulage e a lembrança.
As vez os matuto dança

Com as fia do dotô,
É aquele grolôlô,
Tudo alegre e sastifeito,
Ante do dia do preito
Tudo é prefume e fulô.

Mas depois que passa o preito,
O desmantelo renova,
Palavriado não prova
A bondade do sujeito.
Pra garrafa deste jeito
Não iziste sacarrôia.
Não quera fazê iscôia
Se não você sai perdendo,
Este dotô tá inchendo
As suas venta de fôia.

Isto já vem do passado
E a pisada ainda é essa,
Por causa dessas premessa
Meu avô foi inganado,
O meu pobre pai, coitado!
Foi inganado tombém
E eu, que já conheço bem,
Pra votá sou munto franco,
Mas porém só voto em branco,
E não confio em ninguém.

Em branco eu tenho votado,
Pois só assim me convém
Proquê votando em arguém,
Traz o mesmo risurtado,
Com certos palavreado
Ninguém pode me inludí,
Vivo trabaiando aqui
Nesta vida aperreada,
Mas, não sou dregau de escada
Pra seu fulano subi.

Zé Fulô, repare bem,
As premessa é só na hora,
Porém, depois da vitóra,
Premessa valô não tem
E esperá por quem não vem
Matrata, dói e acabrunha,
Digo e tenho testemunha,
Quage todos candidato
Tem a mamparra do gato,
Dá um bote e esconde a unha.

Na campanha eleitorá
Quando eles incronta agente,
Chama de amigo e parente,
Naquele parrapapá,
Mas, depois de eles ganhá
E recebê posição,
A ninguém presta tenção,
Assim que a gente repara,
Vê logo a cara do cara
Como cara de lião.

Zé Fulô, não seja bruto
Seja mais inteligente,
Repare que aquela gente
Não faz conta de matuto.
Não dou crença e nem escuto
Premessa desses dotô,
Pra não passá o que passou
Sendo inganado e inludido,
O meu pobre pai querido
E o finado meu avô.

Tome esta boa lição,
Dêxe logo esta veneta,
Seja sero, não se meta
Com fuxico de inleição;
Este dotô sabidão
Que agora lhe apareceu

E tudo lhe prometeu,
Depois da vitóra pronta,
Fica fazendo de conta
Que nunca lhe conheceu.

E se você se afobá
E pegá com lerolero,
Zangado, falando sero,
Querendo se revortá,
Pedindo pra lhe pagá
Todas premessa que fez,
Ele, com estupidez,
Fica cheio de maliça,
Dá logo parte à puliça
E lhe mete no xadrez.

Portanto, vá se aquetá
Não entre neste curtiço,
Não vá dexá seu serviço
Pra sê cabo eleitorá.
Vá sua casa zelá,
Vá cuidá do seu trabaio,
Não pegue neste baraio,
Se não você perde o jogo.
Água é água e fogo é fogo
Cada macaco em seu gaio.

A muié qui mais amei

Era um modelo prefeito
A muié qui mais amei,
Linda e simpate de um jeito
Que eu mesmo dizê não sei.
Era bela, munto bela;
Mode cumpará com ela,
Outra coisa eu não arranjo
E por isso tenho dito
Que se anjo é mesmo bonito,
Era o retrato dum anjo.

Sei que arguém não me acredita,
Mas eu digo com razão,
Foi a muié mais bonita
De riba de nosso chão;
Era mesmo de incomenda
E do amô daquela prenda
Eu fui o merecedô,
Eu era mesmo sozinho
Dono de todo carinho
Daquele anjo incantadô.

Era bem firme a donzela,
Só neu vivia pensando.
Quando eu oiava pra ela,
Ela já tava me oiando.
Mode a gente cunversá
E o amô continuá
Quando eu não ia, ela vinha,
Um do outro sempre bem perto
Nosso amô dava tão certo
Que nem faca na bainha.

E por sorte ou por capricho,
Eu tinha prata, oro e cobre.
Dinhêro in mim era lixo
In casa de gente pobre.
Nóis nunca perdia os ato
De cinema e de triato
De drama e mais diversão,
Não fartava coisa arguma,
As nota eu tinha de ruma
Pra nóis andá de avião.

Meu grande contentamento,
Não havia mais maió
E nossos dois pensamento
Pensava uma coisa só.
Pra disfrutá minha vida

Perto de minha querida
Eu não popava dinhêro.
Tanta sorte nóis tivemo
Que muntas viage demo
Nas terras dos estranjêro.

E quando nóis se trajava
E saía a passiá
O povo todo arredava
Mode vê nóis dois passá
Cada quá mais prazentêro
Deste nosso mundo intêro
Nóis dois era os mais feliz,
Vivia nas artas roda
E só trajava nas moda
Dos modelo de Paris.

Assim a vida corria
E o prazê continuava
Aonde um fosse o outro ia
Onde um tivesse o outro tava;
Pra festa de posição
Das mais arta ingorfação
Nunca fartava cunvite
Mode dizê a verdade
A nossa felicidade
Já passava do limite.

Era boa a nossa sorte
E não mudava um segundo
Ninguém pensava na morte
E o céu era aqui no mundo.
Na refeição nóis comia
Das mais mió iguaria
Sem falá de carne e arroz
E por isso munta gente
Ficava ringindo os dente
Com ciúme de nóis dois.

Foi uma coisa badeja
A vida qui eu desfrutei,
Mas pra quem tivé inveja
Dessa vida que eu levei
Com tanta felicidade,
Eu vou dizê a verdade,
Pois não ingano a ninguém.
Aquele anjinho risonho
Eu vi foi durante um sonho;
Muié nunca me quis bem!

A história não foi verdade,
Todo sonho é mentiroso
Aquela felicidade
De tanto luxo e de gozo
Sem o menó sacrifiço,
Foi negoço fictiço,
Não foi coisa verdadêra.
Eu fiquei dando o cavaco:
"Estes alimento fraco
Só dá pra sonhá bestêra".

De noite eu tinha jantado
Um mucunzá sem tempero
E acordei arvoroçado
Sem muié e sem dinhêro;
Ainda reparei bem
Mode vê se via arguém
De junto de minha rede
Mas, invez de tudo aquilo
Só uvi cantando os grilo
Nos buraco das parede.

Quando acordei tava só
Sem tê ninguém do meu lado,
Era munto mais mió
Que eu não tivesse sonhado.
Quem já vai no fim da estrada
Levando a carga pesada

De sofrimento sem fim,
Doente, cansado e fraco
Vem um sonho inchendo o saco
Piorá quem já tá ruim.

Mal de amor

O doutor me falou que eu morro agora?
Não estou no seu dito acreditando.
Se dentro sinto o coração falhando,
Forte energia eu tenho aqui por fora.

Se o compasso no peito ele demora,
É porque está calado, recordando
O belo tempo em que viveu amando
E os lindos sonhos que já teve outrora.

Médico amigo, estas razões perdoe:
Muito enganado na receita foi;
O segredo não viu, senhor doutor.

Seu estudo, a ciência e seu diploma
Nunca podem saber nem um sintoma
De um poeta que sofre mal de amor.

Amanhã

Amanhã, ilusão doce e fagueira,
Linda rosa molhada pelo orvalho:
Amanhã, findarei o meu trabalho,
Amanhã, muito cedo, irei à feira.

Desta forma, na vida passageira,
Como aquele que vive do baralho,
Um espera a melhora no agasalho
E outro, a cura feliz de uma cegueira.

Com o belo amanhã que ilude a gente,
Cada qual anda alegre e sorridente,
Como quem vai atrás de um talismã.

Com o peito repleto de esperança,
Porém, nunca nós temos a lembrança
De que a morte também chega amanhã.

Professor J. de Figueiredo Filho

Subiu com os louros, depois da peleja,
Que Deus o proteja na Corte Celeste.
A morte chorando do filho querido,
O Crato, dorido, de luto se veste.

Foi bravo, foi forte, na lida constante,
Exemplo brilhante nos dando na vida,
Bem moço ele teve nas letras ingresso,
A bem do progresso da terra querida.

Humilde, pacato e por todos amado,
Fiel, esforçado, zelando a cultura,
Aos moços mostrava carinho paterno,
Num gesto fraterno de paz e doçura.

Deixou cada amigo de alma dolorida,
A sua partida, sua eterna ausência,
Não há quem não sinta, não há quem não chore,
Suspira o folclore, soluça a ciência.

Amigo, partiste feliz, venturoso,
Teu berço, saudoso, velará por ti.
Teu nome, gravado nas folhas da história,
Será sempre a glória do teu Cariri.

A brisa bafeja, teu nome invocando
E a fonte, jorrando na fralda da serra,
Entoa uma prece de santa piedade,
Cantando a saudade de um filho da terra.

Antônio Gonçalves da Silva (Patativa)
Fortaleza-1973

Filosofia de um trovador sertanejo

Seu dotô pede que eu cante
Coisa da filosofia;
Escute que eu vou agora
Cantá tudo em carretia;
O senhô pode escutá,
Que se as corda não quebrá,
Nem fartá minha cachola,
Eu lhe atendo num instante:
Nada existe que eu num cante
Nas corda desta viola.

Sobre este mundo crué,
De turmento e confusão,
Os poeta sempre gosta
De dá sua pinião;
Um descreve de proviso
Que o mundo é um paraíso
Enfeitado de fulô;
Já ôto, que é mais izato,
Diz que o mundo é um triato
Cheio de cena de horrô.

E afiná, todos poeta
Falando neste respeito,
Descreve este mundo veio,
Cada um lá do seu jeito;
Por isso, eu agora vou
Pedi ao senhô dotô
Um poquinho de tenção;
No causo que possa sê,
Que eu quero tombém fazê
A minha comparação.

Não vou dizê que os poeta
Não tão comparando bem.
Mas como o assunto me cabe,
Eu quero falá tombém.

O mundo é uma cadeia
Que de preso veve cheia,
Ninguém me diga que não;
A morte é seu sentinela,
E é quem arranca as tramela
Das porta desta prisão.

O mundo é uma cadeia
Onde se véve a pená;
Nós somo os prisionêro
Deste carce universá;
Vivendo nesta prisão,
Tudo de argema nas mão,
Os grião é as doença;
Dentro deste calaboço
Sofre o veio e sofre o moço,
Que a vida é dura sentença!

Tudo geme neste carce,
Grita um – ai! ôto – ôi!
E a causa dessa derrota
Eu vou lhe dizê quem foi:
Apois bem, todo motivo
De hoje nós vivê cativo,
No mais horrive pená,
Foi Adão e sua esposa,
Que os mais veio faz as coisa
Mode os mais novo pagá.

No mêrmo tempo que Deus
Fez o Céu, o Má, e o Chão,
Fez tombém de barro um home,
Que é justamente esse Adão;
Ele era um belo vivente,
Santo, fié, inocente,
Mas depois foi treiçoêro,
Fez uma grande desorde,
Pruquê não cumpriu as orde
Do nosso Deus Verdadêro.

Por essas causa, no mundo
Sofre o grande e o pequenino,
Eu inté fico abusado,
Seu dotô, quando magino
Em Adão, esse marvado
Sacudi nós no pecado,
Podendo nós tá inocente!
Mas não tem jeito que dá,
O jeito é nós perdoá,
Pruque Deus perdoa a gente.

No dia que Deus fez ele,
Incalocou num lugá
Que os home sabido chama
Paraíso Terreá,
Tarvez uma bela charca,
Dessas de premêra marca,
Que tem todas prantação;
Ou entonce, como a quinta
De seu Mané da Jacinta,
Moradô no Buquerão.

Entonce, naquela charca,
Ou por ôta, Paraíso,
Era mêrmo um céu aberto,
Tudo era riqueza e riso;
Mas Adão, se achando só,
Pediu a Deus um xodó,
Que a vida tava crué;
Deus, vendo essa choradêra,
Lhe entregou por companhêra
Uma formosa muié.

E eu vou já lhe contá tudo
Do jeito que aconteceu;
Tarvez inté vamincê
Saba mió do que eu,
Apois vejo que o senhô

Tem a carta de dotô,
Remexe em todos papé
E sabe lê e escrevê,
Mas vou sempre lhe dizê
Cumo Deus fez a muié.

Deus mandou Adão drumi
E logo, assim que mandou,
Sem demorá um momento
Adão no sono pegou.
E nesse sono pesado,
Deus aparpando dum lado
Arrancou-lhe uma costela,
E sem perpará o esboço,
Daquele pequeno osso
Fez Eva, formosa e bela.

Daquele ossinho pequeno
Num momento Deus fez Eva,
Pois pra fazê quarqué coisa
Munto tempo Deus não leva;
Aquele artista profundo
Fez aquilo num segundo,
Sem nunca tê estudado;
Entonce, Adão acordou,
E quando se levantou,
Eva já tava dum lado.

Morando no Paraíso,
Adão com Eva ficou,
Aquele santo casá
Feito por Nosso Senhô;
Sastifeito eles vivia,
Pruque de tudo eles via
Uma fartura sem fim;
Sem trabaio e sem cansêra,
Toda sorte de fruitêra
Tinha naquele jardim.

Mas entre as fruitêra boa
Havia a da triste sorte,
Que quem comesse o seu fruito
Ficava sujeito à morte.
Se Eva e Adão percisava,
Dos ôtos todos tirava
E comia a se fartá;
Mas daquele não comia.
Pruquê comendo, fazia
Grande pecado mortá.

Esse fruito do pecado
Parece que tinha um quê,
Que a gente vendo, ficava
Com vontade de comê.
Seu Dotô, eu não sei não,
Mas faço avaliação
Que aquele fruito dali
Agradava a nosso orfato,
Como essa fruita do mato
Que o povo chama piqui.

Deus pediu a Adão e a Eva
Que eles nunca se esquecesse:
Comesse dos ôto todo,
Mas aquele não comesse,
Pruquê se Adão não uvisse,
E um dia nele bolisse,
Vinha fome, peste e guerra
Pra castigá sua raça,
E tudo que era desgraça
Aparecia na terra.

Mas Adão, esse sujeito
A quem tou me referindo
(Que Jesus lhe tape as oiça,
Mode ele não tá me uvindo)
Era munto cabeçudo!

Pruquê Deus ensinou tudo
Do jeito que era preciso,
E o pateta de ateimoso
Comeu do fruito gostoso
Que tinha no Paraíso.

Da cabeça dele mêrmo
Podia não tê comido,
Mas a muié sempre faz
A desgraça do marido!
Veio uma cobra das treva,
E tanto fez, inté que Eva
Do fruito pôde comê,
E na mêrma casião
Deu a seu marido Adão,
Mode o pobe se perdê.

Eu sei que Adão é curpado
E no pecado caiu,
Mas porém não foi por gosto,
Foi pruque Eva inludiu;
Apois ela, seu dotô,
Foi quem premêro porvou
Do fruito da perdição
Quebrando a santa premessa,
E o povo, quando convessa,
Só bota a curpa em Adão.

Se Adão vivesse sozinho,
Tava livre de pecá,
Mas o home é bem tolo e caça
Sarna mode se coçá;
Quando o fruito Eva lhe deu,
Ele, de bobo, comeu,
E eu penso que o pobre inté
Nem tava com essa fome,
É pruque ele era um home
Gunvernado por muié.

Logo que comêro o fruito
Aqueles dois mal uvido,
Quando cuidaro, era tarde:
Tava todos dois despido;
Um do ôto envergonhado,
Cada quá mais acanhado
Queria se escapulí.
Ô hora triste e mesquinha!
Eva, coitada, não tinha
Um pano pra se cobrí.

Deus, vendo aquilo, ordenou
A um Anjo da Gulóra
Que expursasse Adão mais Eva
Do Paraíso pra fora;
E eles dois fôro sofrê
Inté um dia morrê,
Mode assim podê gozá.
Diz as Leitura Sagrada
Que a morte foi inventada
Daquele tempo pra cá.

Ante daquele pecado
A vida era uma deliça;
Mas despois dele ficou
Cheia de dô e maliça.
Por causa de Eva e de Adão
O mundo é uma prisão,
Cumo eu dixe a seu dotô:
Foi Eva mais seu esposo
Os premêro criminoso
Que nesta cadeia entrou.

Entonce Deus resorveu,
Pra se vingá dessa afronta,
Entregá o mundo à morte,
Mode ela tomá de conta;
E a morte, cumo vigia,

Veve sempre, noite e dia,
Do Brasi ao estrangêro,
Com sua foice na mão
Vigiandó esta prisão
E sortando prisionêro.

Com a grande farsidade
Que Eva a seu marido fez,
Dexou tudo padecendo
Nas grade deste xadrez.
Só se goza boa sorte
Despois de uma boa morte;
E deste xadrez imundo
A morte é quem nos trensporta,
Cada um tem sua porta
De saí pro ôto mundo.

A pessoa, quando tá
Bem doente, quage morta,
A morte tá com certeza
Bem no pé da sua porta;
Já tá pegada na tranca,
E no momento que arranca,
O esprito avoa veloz
De dentro desta prisão,
Que Eva e seu marido Adão
Dexou de herança pra nós.

Seu dotô, eu falo franco,
Se eu morrê não dou cavaco,
Eu mêrmo tenho vontade
De saí deste buraco;
Juro por Nossa Senhora
Que chegando a minha hora
Eu não digo nem adeus
A este triste recanto,
E vou gozá dos encanto
Das santa coisa de Deus.

Se a vida traz o tromento
E a morte o descanso traz,
Não dou cavaco em morrê,
Pra gozá da santa paz.
Eu inté tenho alegria,
Pruquê vejo todo dia
Que a morte qué me levá;
Já oiço a zoada dela,
Sacolejando a tramela
Da porta, pra me sortá.

Seu dotô, e agora mêrmo
Que eu já fiz o seu mandado,
Dê licença pr'eu findá
Este assunto tão puxado.
Penso que já lhe agradei,
Apois boa prova dei
Da minha comparação,
Lhe jurando com franqueza,
E afirmando com certeza
Que o mundo é uma prisão.

E eu só não canto mió,
Lhe espricando tudo a fundo,
É pruque nunca estudei
E só conheço no mundo
A minha veia paioça,
Os trabaiadô da roça
E os vaquêro da fazenda;
Sou matuto de verdade
E só vou lá na cidade
Comprá minhas encomenda.

Mêrmo o jeito é eu dexá:
Que a viola se danou,
Pipocou uma das prima
E o bordão desafinou;
Tombém, eu já cantei munto,
Tá treminando esse assunto

Que vasmicê me pedia,
E o que dixe já porvei;
Descurpe se eu não cantei
Coisa da filosofia.

Ingratidão

Meu Jesus Reis dos Judeu,
Saibo, Divino e profundo
Que padeceu e que morreu
Pra miorá este mundo,
Que pregou na Palestina
A pura e santa dotrina
De paz, amô e ingualdade
E deu na sua insistença
Um inzempro de cremensa
Para toda humanidade.

Que do seu grande podê
Querendo uma prova dá,
Fez alejado corrê
Fez morto ressucitá.
Foi preso, foi amarrado
E pelo chão arrastado,
Meu Divino e bom Jesus,
E deu ainda o perdão
Para a corja de ladrão
Que lhe cravaro na cruz.

Isto tudo o Senhô fez
Para o mundo consertá,
Sendo poderoso Reis,
Quis a todos se umiá.
Mas a farsa humanidade
Não quis sabê das verdade
Dos insinamento seu,
No nosso mundo de ingano
São bem pôco os pubricano
Quage tudo é fariseu.

Meu Divino e Bom Juiz,
Veve na face da terra
Os país cronta os país
Na mais sanguinara guerra.
É o maió ispaiafato;
Não tão seguindo os ingrato
As lição que o Senhô deu.
Cheio de inveja e imbição
Tão seguindo é a lição
Do juda que lhe vendeu

Os home sem piedade
Não qué paz, nem qué amô.
Não pratica a caridade
Que o Senhô tanto pregou.
Somente nas istrução
Na ciença e na invenção
Tem desinvorvido bem;
Já entraro inté na lua,
Mas a natureza é crua,
Não tem pena de ninguém.

Na terra inquanto a ciença
Se espaia, cresce e domina,
Vai diminuindo a crença
Nas coisa santa e divina.
Uns já vai de passo a passo
Tomando conta do espaço.
Não duvido e nem descreio
Que em breve um destes incréu
Vá baté aí no céu
Socado num apareio.

Tá tudo disinvorvendo
Nas descoberta importante,
Mas o sabido vivendo
A custa do inguinorante.
Meu Jesus, meu Pai querido,

Tudo aqui tá disunido,
Iscute, que eu vou contá
Um causo munto penoso,
Um inzempro monstruoso
De ingratidão patroná.

A historia do pobre João,
Aconteceu mesmo aqui,
Nesta invejada nação,
Nas terra do meu Brasí.
Sem um raio de esperança
Começou derne criança
A trabaiá no roçado,
Pro causa das consequença
Dos home sem consiença,
Já nasceu sendo agregado.

Por bem pequena quantia
Trabaiando o dia intêro
Aquele pobre vivia
No seu trabaio grossêro
E o patrão sempre a mandá
João prali, João pracolá,
Faça isto, e faça aquilo,
E o pobrezinho às carrêra
Naquela grande cansêra
Pulando que nem um grilo.

E não era ele sozinho,
O João não sofria só
No mesmo estado mesquinho
Sofrendo de fazê dó,
Sua mãe e duas irmã,
Agarrava dimenhã
Na mesma labutação,
Trabaiando, trabaiando
Cada vez mais omentando
A riqueza do patrão.

O patrão vendo vantage
Naquelas quatro pessoa,
Com gracejo e pabulage,
Com piadinha e com loa,
Repreto de pocrisia,
Tratava aquela famia
Com uma certa tenção,
Se fingindo sastifeito
Achando que deste jeito
Conformava o pobre João.

A prova do fingimento
Do fazendêro judeu
Tá toda no sufrimento
Que com João aconteceu,
Pois tando aquele rocêro
Cortando de um cajuêro
Os gaio seco que havia,
Com vinte parmo de artura
Caiu sobre a terra dura
E esbagaçou a bacia.

O pobre se achava só,
Ficou ali sem sintido;
Era munto mais mió
Que ele tivesse morrido.
Nessa situação misquinha
Lhe acharo ditardezinha,
Já perto do só se pô,
Naquele ponto istirado
Com os seus ossos quebrado
Todo passado de dô.

Meu Divino Redentô,
Veja que brabaridade;
Que crime de grande horrô,
Que farta de caridade
Daquele patrão marvado.

Mandou botá o agregado
Na sala de um hospitá,
No mais compreto abandono,
Como cachorro sem dono
E nunca mais andô lá.

Naquela crise penosa
Ninguém ligou sua vida,
Só as muié piedosa
Ia lhe dando comida;
O patrão ali não ia,
Pois o ingrato não queria
De forma arguma ligá
Do João a grande cancêra,
Nem este tinha a cartera
Do Sindicato Rurá.

Isto é cronta a natureza,
É triste, bastante triste,
Uma das maió tristeza
Que inriba da terra isiste.
Muntas vez eu penso bem
Que quem faz assim não tem
Nem arma nem coração;
Qui farta de piedade
De amô e de caridade
Daquele ingrato patrão.

A lamentá toda hora
Ficou o agregado ali,
A gemê, sem tê miora,
Quage sem podê drumí.
Depois chegou uns parente
E levaro o penitente
Pra vivê perto dos seus,
Debaxo do seu barraco
Alejado, triste e fraco
Chorando e pensando in Deus.

Meu Jesus, Reis dos Judeu,
Saibo, Divino e profundo
Que padeceu e que morreu
Pra miorá este mundo,
Ninguém qué lhe acompanhá,
Tá tudo matéria.
Meu bom Jesus Nazareno,
Neste mundo desgraçado
O grande veve iscanchado
No cangote do pequeno.

Todos sofrimento e dô
Que isiste no mundo intêro
Não é só do moradô
Da queda do cajuêro,
Do pobre João agregado;
Este mundo de pecado
Tá todo cheio de João
Padecendo vida amarga
Tudo debaxo da carga
A serviço do patrão.

A menina e a cajazêra

Arguém diz que o mundo presta,
Grita mêrmo em arto som,
Mas é tolo e nada sabe
Quem diz que este mundo é bom.
Como é que ele tem bondade
Se a nossa felicidade
Voa como o pensamento,
E da praça inté no campo
O gozo é cumo o relampo,
Que abre e fecha num momento?

Dêrne do premêro dia
Que Adão mais Eva pecou,
A rosa criou espinho,
Tudo se desmantelou.

E Deus, vendo que a desgraça
De Adão, o chefe da raça,
Percisava sê comum,
Depressa sentenciou,
E uma pacela de dô
Reservou pra cada um.

Inté as arve do campo,
Que não ofende a ninguém,
Herdou daquela miséra,
Tem suas mágua também.
Muntas vez, um pau bonito
Que os gaio vai no infinito,
Parece alegre e feliz
Mas quando o raio lhe acerta,
Sapeca todo e conserta
Da copa inté a raiz.

Que curpa tem este pau,
Promode o raivoso raio
Lhe queimá de meio a meio,
Lascando gaio por gaio?
Se o pobre é um inocente
E o corisco, de repente,
Faz a maió anarquia,
Tá quage certo e provado
Que tudo vem do pecado
De Adão, o pai da famia.

Tudo quanto a terra cria
Tem que passá sofrimento,
Tem seus momento de gozo
E os seus ano de tormento.
As pobre arve, coitada,
Sem a ninguém devê nada
Sofre martiro e cansêra.
Cumo prova eu conto agora
A triste e penosa histora
Da menina e a cajazêra.

Num sito munto distante,
Na bêra de uma lagoa,
Morava um casá fié,
Uma gente munto boa.
Tinha uma linda criança,
Risonha cumo a esperança,
Era linda e prazentêra.
E brincava todo o dia
Na sombra fresca e sadia
De uma bela cajazêra.

Bem de juntinho da casa
A cajazêra nasceu,
Linhêra, iguá uma frecha,
No rumo do céu cresceu.
Era franzina, dergada,
Mas a copa arredondada
Não podia havê maió.
Quem reparava dizia
Que a mêrma só parecia
Um grande chapé de só.

Entonce, a linda criança,
Aquela boa menina,
Era o prazê e era a paz
Da cajazêra franzina.
Naquela sombra vevia,
Durante as horas do dia
Não se afastava dali,
Sempre contente, brincando,
Cheia de vida, zelando
Os seus brinquedo infantí.

Aquela copa vistosa
Pra inocente criança
Era um céu, um paraíso
Verde, da cô da esperança.
As ave fazia festa,

Tinha graça a doce orquesta
Daqueles musgo de pena,
Com seus requebrado canto,
Lovando o riso e o encanto
Daquela santa pequena.

Se o vento vinha de longe,
Todo amoroso, brincá,
Encrespando na lagoa,
As água cô de cristá,
Na cajazêra chegando
Era tão macio e brando
Cumo quem faz a escôia
De um amô e de um carinho,
Soprando devagarinho
Mode não derrubá fôia.

Tudo quanto era bondade,
Paz, inocença e beleza,
Vinha ali fazê morada
E de toda essa riqueza
A menina era a rainha,
Dava a entendê que Deus tinha
Pra o nosso mundo de incréu,
Em favô daquele sito,
Mandado lá do infinito
Um pedacinho do céu.

Se em cima, na verde copa,
A passarada cantava,
Em baxo, na fresca sombra,
A criancinha brincava.
Aquela arve tão amiga,
Caridosa, sem fadiga,
De tudo era a potreção.
Sua copa arredondada
Vivia sempre enfoiada,
Que fosse inverno ou verão.

Mas a nossa curta vida,
Quando começa a sê bela,
O vento da negra sorte
Dá um sopro e desmantela.
Se o sito era um paraíso
De sossego, paz e riso,
Se aquela doce união
Foi grande felicidade,
Maió foi a crueldade,
E a dô da separação.

A amiga da cajazêra,
Tão nova, tão pequenina,
Perdeu ali um tesoro,
Pois a mão da triste sina
Robou-lhe a felicidade.
E umas água de orfandade
Dos oio dela caiu.
Quem era tão prazentêra,
Da querida cajazêra
Chorando se despediu.

Foi se embora saluçando
Aquela criança boa,
Dexando luto e tristeza
Lá na bêra da lagoa.
E a cajazêra copada
Vendo a sua camarada
Da sombra se retirá
Levando o pranto no rosto,
De tanto sofrê desgosto
Nunca mais botou cajá.

Sentindo a sombra vazia,
Aquela pobre infeliz
Foi ficando deferente,
Acabrunhando as raiz.
E com a marcha dos ano
E o choque dos desengano
Que o mau destino lhe deu,

A cajazêra franzina,
Com sodade da menina
Muchou a copa e morreu.

Morreu a pobre, sem curpa,
Sem devê nada a ninguém.
Inté as arve do campo
Tem suas mágua tombém.
Ficou entonce em memora
Do dia e da crué hora
Daquele amargoso adeus,
Seca, no sito deserto,
Com os seus braços aberto,
Pedindo o socorro a Deus.

Quem tinha lhe conhecido
Na doce filicidade,
Vendo o seu grande abandono
Chorava de piedade,
Pois aquela cajazêra,
Bonita, alegre e linhêra,
Tava um pau veio, cacundo,
De gaio tingido e preto,
Parecendo um esqueleto
Chorando as dô deste mundo.

No gaio, onde os passarinho
Gorjeava de menhã,
Ficou cantando somente
A feia e triste coã.
E de noite o vento afoito,
Roncando e lhe dando açoito,
Formava uma entoação
De causá medonho espanto,
Acompanhada do canto
Do agorento corujão.

E pra ficá bem provado
Que tudo o que a terra cria
Tem seus momento de gozo

E os seus ano de agonia,
Ela foi, pôco a pôco,
Banindo e criando ôco,
Num desmantelo sem fim,
E sujeita aos bicho mau:
O besôro serra-pau,
A broca, a traça e o cupim.

Tudo sofre, tudo pena,
A vida é pesada cruz,
Ninguém se julgue feliz,
Que aquilo que agora é luz
Mais tarde pode sê treva.
A curpa de Adão mais Eva
Se espaiou na terra intêra.
Tudo ali tornou-se em ruína,
Com a farta da menina
E a morte da cajazêra.

Inté a prope lagoa
Perdeu a quilaridade,
Criou nas água uma sombra
Roxa, da cô da sodade.
Tudo neste mundo passa,
O sito perdeu a graça,
Daquele sonho de amô
Hoje ali já nada existe,
Apenas o choro triste
Da rola fogo-pagou.

A foguêra de São João

Meu São João, meu São Joãozinho!
Quanto amô, quanto carinho,
Quanto afiado e padrinho
Nesta terra brasilêra
Não tem a gente arranjado,
No quilaro abençoado,
Tão belo e tão respeitado,
Da sua santa foguêra.

Meu querido e nobre santo,
Que a gente qué e ama tanto,
Sua foguêra é o encanto
Da gente do meu sertão.
Não pode sê carculada
A porva que vai queimada
Nessas noite festejada
Da foguêra de São João.

Quantos veio bacamarte
Virge, que nunca fez arte,
Não tão guardado de parte,
Com amô e devoção,
Mode o povo sertanejo
Com eles fazê trovejo,
No mais alegre festejo
Da foguêra de São João!

Pois quarqué arma ferina,
Bacamarte ou lazarina,
Já criminosa, assassina,
Como é a do caçadô,
Não tem a capacidade
De atirá com liberdade
Na santa quilaridade
Desta foguêra de amô.

Meu São João! Meu bom São João!
Santo do meu coração,
Repare e preste tenção
Quanto é lindo o seu festejo.
Repare lá do infinito
Como isto tudo é bonito,
Sempre digo e tenho dito
Que o senhor é sertanejo!

O homem pode sê ruim
E tê mardade sem fim,

Vivê da intriga e moitim,
Socado na perdição,
Mas a farta mais grossêra,
Mais e feia e mais agorêra,
É de quem não faz foguêra
Na noite de São João.

No mundo tem tanta gente
Veia, já quage demente,
Que não sente o que nós sente
E desfruita por aqui,
Gente sem gosto e sem sorte,
Que já vai perto da morte,
Sem vê um São João do norte,
Nas terras deste Brasí.

Quem veve lá na cidade
Não conhece de verdade
A maió felicidade,
Pois nunca viu no sertão
Três cabôco empareiado,
Com seus bacamarte armado
Dá três tiro encarriado:
– Pei! pei! pei! viva São João!

E o foguete e o busca-pé,
E o traque faz rapapé,
Arvoroçando as muié,
Quando elas vai sê madrinha,
E a contente criançada,
Na mais doce gargaiada,
Vai puxando uma toada,
Brincando de cirandinha.

Nesta noite alegre e rica
O prazê se mutiprica,
Na latada de oiticida
Tudo dança com despacho.

O veio Jirome Guéde,
Que sacrifiço não mede,
Toca o que o povo lhe pede
Numa armonca de oito baxo.

Meu São João! Meu bom São João
Chuvinha, tiro e balão
Nós lhe manda do sertão,
Do nosso grande país,
Damo viva a toda hora
Quando o bacamarte estora,
Dos santo lá da Gulora
O senhô é o mais feliz!

A cinza santa e sagrada
De sua foguêra amada,
Com fé no peito guardada
Quem tira um pôquinho dela
Despois que se apaga a brasa
E bota em roda da casa,
Na vida nunca se atrasa,
Se defende das mazela.

É tão grande, é tão imensa
A minha fé e minha crença,
Que se Deus me dé licença,
Quando eu morrê, vou levá
Grosso fêcho de madêra
De angico e de catinguêra,
Pra fazê uma foguêra
Lá no céu, quando eu chegá.

O castigo do vaidoso

Quando ele viu um cabelinho branco
Na sua negra e farta cabeleira,
Disse, com raiva e cheio de canseira:
Demora, diabo, que eu te pego e arranco!

Porém, o tempo, sério, rijo e franco,
Que não gosta daquela brincadeira,
Da planície o levou para a ladeira
E colocou bem no cimo do barranco.

E hoje o vaidoso, sem consolo, chora,
Bem diferente do que foi outrora,
Doente e magro qual um esqueleto.

Com um espelho quando se depara
Triste e choroso, sem prazer repara
Se ainda tem algum cabelo preto.

A sorte do Joli

Dezesseis anos tinha o velho cão;
De tão velho, o coitado já não via,
Somente pelo faro conhecia
As pessoas de sua habitação.

Certa noite saiu pelo portão.
Era noite sem luz, chuvosa e fria
E o cachorro a vagar, sem companhia,
Ficou perdido pela escuridão.

Eu, no dia seguinte, impaciente
Perguntei com cuidado, a muita gente,
Mas do mesmo notícia ninguém deu.

Levou fim, pelas ruas da cidade;
Guardo ainda comigo esta saudade.
Nunca mais o Joli apareceu.

Dia das Mães

Hoje é dia das mães! Quanta saudade
Meu coração a palpitar encerra!
De você, minha mãe, na eternidade
E eu, sobre um leito, a padecer na terra.

Do meu destino, sinto a crueldade
Que me maltrata, me constrange e aterra,
Me expulsando do berço, sem piedade
Constantemente, a declarar-me guerra.

Você, mãezinha, boa e carinhosa,
Que deste mundo já partiu ditosa
Para viver no Paraíso santo.

Deixando aqui, a sua bela história,
Peça saúde aí na Santa Glória,
Para seu filho que padece tanto.

13 de agosto

Foi a 13 de agosto que um transporte
Me colhendo, quebrou a minha perna,
E ainda hoje padeço o duro corte
Que me aflige, me atrasa e me consterna.

Diz alguém que esta data é quem governa
Os desastres, nos dando triste sorte;
Apesar da ciência tão moderna,
Nossa estrela se apaga, não tem norte.

Mesmo sofrendo a minha sorte crua,
Não direi nunca que esta culpa é sua
Calmoso agosto de setenta e três.

Porém tratado com desdém será.
E a classe ingênua não perdoará
Porque te chama de agourento mês.

O Pica-Pau

Eu quero dizê premêro
Qui sou José Pituí
Sou eu o mais verdadêro
Do sertão onde naci,

Gosto da sinceridade;
In matera de verdade,
Ninguém me passa quinau,
Só conto o qui foi passado,
Sou como diz o ditado:
Mato a cobra e mostro o pau.

No sertão onde eu vivia,
Toda noite de luá
O povo se reunia
Mode me uví cunversá;
Quando uma historia vagava
Que arguém dela duvidava,
Aquela gente dali
Mode a verdade sabê,
Só bastava uví dizê
Quem dixe foi Pituí.

Meu dereito ninguém tira,
Só a verdade eu assino
Nunca dixe uma mintira
Nem quando eu era menino.
Se tem pessoa isquisita,
Que iscuta e não me acredita,
Diz inté que eu sou um tolo,
É só pruque, infilizmente,
O mundo tem munta gente
Da cabeça sem miolo.

Mas a pessoa inducada,
Que tem os papé bonito,
Sei que não duvida nada
Das coisa que eu tenho dito.
Mermo que arguém me recrame,
E argum safado me chame
Mintiroso ou vagabundo,
Vou contá uma verdade,
A maió casualidade
Que aconteceu neste mundo.

Se Deus do Céu deu a cada
Vivente a sua missão,
Não me admiro de nada
Inriba do nosso chão
Derne o elefante ao inseto
O mundo é todo compreto;
O mundo de tudo tem,
E por isso mesmo eu digo:
Pra ninguém teimá comigo,
Nunca teimei com ninguém.

Tem gente que se admira
Dos astronata í na lua,
Já ôtro diz que é mintira,
Não crê na corage sua;
Eu creio de conciença,
Pois a Santa Providênça,
O nosso Pai Criadô,
Com o seu sabê profundo,
Trabaiô, fez este mundo,
Depois aos home intregô.

E os home com seus istudo
Sabe vê e sabe jurgá
Capaz de descobri tudo
Entre as coisa naturá
Isto eu vejo, sinto e creio;
Neste mundo todo cheio
De verdade e de pecado,
Só uma coisa incrontei
Qui munto me adimirei
E inda vivo adimirado.

Conheço um pé de aruêra
Bem perto do meu roçado,
Que nesta mesma madêra
Tem um gaio seco e ocado.
Um pica-pau todo dia

Naquele gaio batia...
Batia... sem isbarrá.
Inquanto ele ia batendo
Ia, sem querê, fazendo
Todas nota musicá.

Naquele seu disadôro,
Com seu bico de pião,
Caçava broca e bisôro
Que é sua alimentação,
Pois todos nós tem certeza
Que as coisa da Natureza
Ninguém vai contrariá;
Que seja ou não inocente,
Deus não fez nenhum vivente
Pra comê sem trabaiá.

Inquanto ia martelando
No seu constante vai e vem,
No gaio seco ia dando
As nota que a musga tem;
E o pruquê daquilo tudo,
Ninguém percisa de istudo,
Pois inté mesmo o menino
Esta razão adivinha
Com certeza este oco tinha
Lugá grosso e lugá fino.

Todo dia in meu trabaio
Eu uvia achando bom
O pica-pau lá no gaio,
Biliscando e dando som.
Não sei que jeito ele fez,
Inté qui uma certa vez
Casuarmente tocou
Uma musga toda certa,
Eu fiquei de boca aberta
Com isto que se passou.

Eu juro no santo nome,
Como aquele pica-pau,
Tarvez pro causa da fome,
Omentou mais o seu grau
Apressando as bicorada,
Dando jeito de toada,
Lá no gaio da aruêra
E tanto e tanto intuou,
Inté que ele terminou
Tocando a "Muié Rendêra".

Foi um ato casuá
O que aconteceu ali
Como aquele de Cabrá
Quando discubriu o Brasí.
Como era num gaio oco,
o som era munto moco,
Mas ele inzecutõ bem,
Eu vi, ouvi e dei fé,
Não é historia quarqué,
Contada por seu ninguém.

Nunca me deu sugestão
I na lua os astronata,
Eles tem suas lição
De jografia e gramata,
Deus lhe deu intiligênça,
Mexeu com munta ciênça
Inté que pôde aprendê.
Quando ele sai no fuguete
Pra dá na lua um rodete,
Já sabe o que vai fazê.

É coisa bem naturá
Pois ele é home, tem mente
O que faz adimirá
É um bichinho inocente,
Um pobre inracioná
Andando pra lá e pra cá

Inguá uma lançadêra,
Num gaio cheio de inrusga,
Sem nada sabê de musga,
Tocando a "Muié Rendêra".

Tem gente besta que pensa
Que ele queria aprendê,
Mas porém, foi a inocênça;
Ele tocou sem querê.
Foi um fato casuá
Não foi querendo tocá
Como na armonca se toca;
Se ele daquela manêra
Tocou a "Muié Rendêra"
Era precurando broca.

O mundo de tudo tem
Por isso mesmo é que digo,
Nunca teimei com ninguém,
Pra ninguém teimá comigo,
Mas porém tenho incrontado
Sujeito má inducado
Que não qué me acreditá;
Diz inté que eu tô mintindo,
Mas Deus no Céu tá mi uvindo
E o resto fique pra lá.

Vou vortá

Vou vortá pro meu sertão
Não posso me acostumá
Com o grande reboliço
Das rua da capitá.
Vem um carro em minha frente
E depressa, de repente,
Já vem outro por detrás.
É uma coisa sem soma,
O fôrgo que a gente toma
É só catinga de gás.

Vou vortá pro meu sertão,
Eu não me acostumo aqui.
Vou vivê no meu cantinho,
Lá perto do Cariri.
Vou vê a minha paioça,
Minha muié, minha roça,
Que eu vivo é do meu trabaio,
É da minha prantação,
E diz um veio rifrão:
– Cada macaco em seu gaio.

Já tou com munta sodade
Lá das minha capoêra,
Do meu cavalo Peitica
E da vaca lavadêra,
De Zefa, minha muié,
De João, de Chico e José,
E de tudo, finalmente.
Vossimincêis não conhece
O tanto que se padece
Longe da casa da gente.

Dêrne que eu saí de casa
Nunca mais comi pirão
Mexido em prato de barro,
Como se faz no sertão.
Eu por aqui não me aprumo,
Eu morro e não me acostumo
Com comida de pensão,
Que por mais que eu faça a escôia,
Só vejo é fôia e mais fôia,
E eu não sou lagarta, não!

Eu não gostei do rejume
Da vida da capitá,
Eu aqui só gostei munto
Do má, deste grande má.
Que poço d'água, pai d'égua!

Ele tem légua e mais légua,
A gente só sabe é vendo,
Veve a roncá com orgúio,
De longe se oice o barúio
Das água se arremexendo.

Aquilo é que é sê bonito,
Eita, mazão colossá!
Não goza nada da vida
Quem morre sem vê o má.
Eu atarentado fico
De vê aquele fuxico,
A zoada da maré,
Aquela grande peleja
O má tem um qué que seja
Que só Deus sabe o que é.

Vi o má, vorto contente,
A viagem não perdi,
Ele faz eu me alembrá
Lá dos campo onde nasci
Vendo as verdura das água,
Uma sodade, uma mágua
Dentro do meu coração
Como preaca furou.
Essa água tem a cô
Das mata do meu sertão.

Eu gostei munto do má,
Vou vortá munto sodoso,
E tou certo que ele é grande,
É bonito e é perigoso
E mais perigoso fica
Quando se encói e se estica
Naquele constante jogo,
Todo inquieto e renitente
Parece um cabra valente
Quando tá puxando fogo.

Eu inté peço descurpa
Da minha comparação.
Mas ele tem as levada
De um caboco valentão,
Apois tem argumas hora
Que o má se joga pra fora,
Escuma, pinota e berra,
Todo raivoso e afobado,
Roncando desesperado,
Querendo enguli a terra.

É o grande açude de Deus,
Tão grande que faz espanto,
Que mêrmo sem tê parede,
Nunca sai daquele canto.
É ali firme e seguro,
Eu inté garanto e juro
Como a tá de Inspetoria
Não faz um daquele jeito,
E Deus tarvez tenha feito
Em meno de meio dia.

Deus é grande, é poderoso,
É o mestre da santa paz,
Fez tantas coisa no mundo
Que os home morre e não faz,
Peleja, mas nem imita,
E o má é das mais bonita,
Das beleza que Deus fez,
Se eu não morrê brevemente,
Eu vorto cá novamente
Pra vê o má ôta vez...

O vaquêro

Eu venho dêrne menino,
Dêrne munto pequenino,
Cumprindo o belo destino
Que me deu Nosso Senhô.

Eu nasci pra sê vaquêro,
Sou o mais feliz brasilêro,
Eu não invejo dinhêro,
Nem diproma de dotô.

Sei que o dotô tem riqueza,
É tratado com fineza,
Faz figura de grandeza,
Tem carta e tem anelão,
Tem casa branca jeitosa
E ôtas coisa preciosa;
Mas não goza o quanto goza
Um vaquêro do sertão.

Da minha vida eu me orgúio,
Levo a jurema no embrúio
Gosto de vê o barúio
De barbatão a corrê,
Pedra nos casco rolando,
Gaios de pau estralando,
E o vaquêro atrás gritando,
Sem o perigo temê.

Criei-me neste serviço,
Gosto deste reboliço,
Boi pra mim não tem feitiço,
Mandinga nem catimbó.
Meu cavalo Capuêro,
Corredô, forte e ligêro,
Nunca respeita barsêro
De unha de gato ou cipó.

Tenho na vida um tesôro
Que vale mais de que o ôro:
O meu liforme de côro,
Pernêra, chapéu, gibão.
Sou vaquêro destemido,
Dos fazendêro querido,

O meu grito é conhecido
Nos campo do meu sertão.

O pulo do meu cavalo
Nunca me causou abalo;
Eu nunca sofri um galo,
Pois eu sei me desviá.
Travesso a grossa chapada,
Desço a medonha quebrada,
Na mais doida disparada,
Na pega do marruá.

Se o bicho brabo se acoa,
Não corro nem fico à toa:
Comigo ninguém caçoa,
Não corro sem vê de quê.
É mêrmo por desaforo
Que eu dou de chapéu de côro
Na testa de quarqué tôro
Que não qué me obedecê.

Não dou carrêra perdida,
Conheço bem esta lida,
Eu vivo gozando a vida
Cheio de sastifação.
Já tou tão acostumado
Que trabaio e não me enfado,
Faço com gosto os mandado
Das fia do meu patrão.

Vivo do currá pro mato,
Sou correto e munto izato,
Por farta de zelo e trato
Nunca um bezerro morreu.
Se arguém me vê trabaiando,
A bezerrama curando,
Dá pra ficá maginando
Que o dono do gado é eu.

Eu não invejo riqueza
Nem posição, nem grandeza,
Nem a vida de fineza
Do povo da capitá.
Pra minha vida sê bela
Só basta não fartá nela
Bom cavalo, boa sela
E gado pr'eu campeá.

Somente uma coisa iziste,
Que ainda que teja triste
Meu coração não resiste
E pula de animação.
É uma viola magoada,
Bem chorosa e apaxonada,
Acompanhando a toada
Dum cantadô do sertão.

Tenho sagrado direito
De ficá bem sastifeito
Vendo a viola no peito
De quem toca e canta bem.
Dessas coisa sou herdêro,
Que o meu pai era vaquêro,
Foi um fino violêro
E era cantadô tombém.

Eu não sei tocá viola,
Mas seu toque me consola,
Verso de minha cachola
Nem que eu peleje não sai,
Nunca cantei um repente
Mas vivo munto contente,
Pois herdei perfeitamente
Um dos dote de meu pai.

O dote de sê vaquêro,
Resorvido marruêro,
Querido dos fazendêro

Do sertão do Ceará.
Não perciso maió gozo,
Sou sertanejo ditoso,
O meu aboio sodoso
Faz quem tem amô chorá.

Carta ao Patativa
Hélder França

Caro amigo Patativa
Que todo o Brasil aprova
Lhe faço esta missiva
Pra você ler coisa nova,
Pois sei que você no Rio
Não encontra desafio
Como aqui tem encontrado
E é uma oportunidade
De ver essa sumidade
Rimando de "pé quebrado".

Vou esperar a resposta
Sei que ela vem muito farta
E eu até faço posta
Que logo recebo a carta;
Carta que vai ter valor
Feita pelo trovador
Que já é muito afamado,
Porém hoje é diferente
Se encontra muito doente
Rimando de "pé quebrado".

Eu sei que isso lhe dói
Mas é verdade patente.
O programa do Elói
Diz que você está doente
E que foi num "pau de arara"
Se tratar na Guanabara
Que é lugar adiantado
E eu sei que você melhora

Mas você está por hora
Rimando de "pé quebrado".

É a maior novidade
Que se sabe por aqui.
Se fala em toda a cidade
Que compõe o Cariri.
O povo está curioso
E ao mesmo tempo ansioso
Pra saber do resultado.
É grande a expectativa
Para ver o Patativa
Rimando de "pé quebrado".

Seus versos de pé quebrado
Irão ficar na história;
Você, poeta afamado
Que já galgou sua glória
Se achar hoje no Rio
Sem plateia e elogio
Num hospital internado
Fazendo aquele repente
E só porque está doente
Rimando de "pé quebrado".

Não venha com desaforo
Na resposta que vai dar
Não tenho medo de "coro"
Até gosto de brigar;
Se quer partir assim, parta
Pode fazer sua carta
Com verso desaforado
Pois o que é mais importante
É que você daí cante
Seus versos de "pé quebrado".

— Por Deus, não me leve a mal —
Eu escrevi o que pude

E neste ponto final
Só lhe desejo saúde.
Fico aqui fazendo prece
Desejando que regresse
Com o pé recuperado
Que é para eu gritar "viva"
E abraçar o Patativa
Perfeito, sem "pé quebrado".

Hélder França
Crato, abril de 1975

Resposta ao meu amigo e colega José Hélder França (Dedé)

Bem dizia o Mariano,
Avô do Chico Raimundo,
Que esta vida é um engano
E há muita gente no mundo
Que à procura de questões,
De suas ocupações
Um pouco do tempo furta,
Sem temer o próprio azar
E procura cutucar
O diabo com vara curta.

Dedé, bancário e "banqueiro",
Poeta cabra da peste;
O seu verso tem o cheiro
Das flores do meu nordeste.
A sua espontaneidade
Aumentou minha saudade
E vejo que o conteúdo
Da sua alegre missiva
Parece iniciativa
De um poeta barrigudo. (Elói)

Embora sobre o meu leito,
Tal qual a onça na toca,

Fico muito satisfeito
Quando um cabra me provoca;
Você, me vendo doente,
Transformou-se em um valente
E com a fúria do raio,
Se atreve a me provocar;
Foi que aprendeu a brigar
Na terra do papagaio?

Zomba do meu pé quebrado,
De minhas dores eternas,
Só porque vivo sentado
Num "banco de quatro pernas"
Eu, mesmo de pé quebrado,
Nas moletas apoiado,
Andando bastante manco,
Da maneira em que me vejo
Não invejo e nem desejo
As pernas deste seu banco.

O poeta Patativa
Nunca fez cara de choro,
Quando li sua missiva
Repleta de desaforo,
Conheci que a ironia
Desta sua poesia,
Tem sentido vice-verso;
Você está muito enganado,
Eu rimo de pé quebrado,
Mas não quebro o pé do verso.

Deixe aí o seu xodó,
Seja legal, seja franco,
Peça licença ao Icó,
Saia de cima do banco
E venha muito ligeiro
Ver o Rio de Janeiro,
Esta parte do Universo,
E ouvir um "cabra danado"

Rimando de pé quebrado
Sem quebrar o pé do verso.

Tenho força de um atleta,
Pego no primeiro arranco,
Nunca temi a poeta
Que bota banca no banco.
Tenho sido para o povo
Velho do coração novo;
Sempre digo onde converso,
Que desde o ano atrasado
Eu rimo de pé quebrado
Sem quebrar o pé do verso.

Dedé, me mande outra carta,
Nem que seja de anarquia,
Peço que você reparta
Comigo a sua alegria;
Isto é grande lenitivo
Para quem está cativo,
Pois estou vivendo aqui
É contra a minha vontade,
Pipocando de saudade
Das coisas do Cariri.

"Quem com muitas pedras bole
Uma lhe dá na cabeça"
Porém você não é mole
Convém que não esmoreça,
Temos a mesma noção;
Eu não lhe peço lição,
Nem lição você me pede;
Vamos pelo mesmo traço,
Receba meu forte abraço,
Poeta de Rosa Guede.

Patativa
Hospital São Francisco de Assis
Rio de Janeiro, maio de 1975.

Vaca lavandeira

A inveja é rancorosa,
Traidora, falsa e cruel.
Transformou em um dragão
O formoso anjo Lusbel.
Caim, por causa da inveja,
Matou seu irmão Abel.

Nunca mais vesti gibão,
Nunca mais calcei perneira,
Desde que a inveja roubou-me
Um animal de primeira,
Que era a joia do sertão,
Minha vaca Lavandeira.

Fui vaqueiro, quinze anos,
Nas fazendas do sertão,
Carregado de família,
Coberto de precisão.
Toda sorte que eu tirava
Ia vendendo ao patrão.

Ficou uma bezerrinha,
Atacada de manqueira.
O patrão não quis comprá-la,
Tratei dela a vida inteira
E botei na bezerrinha
O nome de Lavandeira.

Lavandeira foi crescendo
Com proteção milagrosa
E, depois dela novilha,
Tornou-se inda mais famosa,
Era uma peça importante,
Bonita, mansa e mimosa.

Lavrada de preto e branco,
Tendo bonita armação,

Orelhas acabanadas
E, na testa, um coração,
A cauda muito comprida,
Quase arrastando no chão.

Conhecia a minha voz,
De admirável maneira,
Que, na hora que eu chamava:
Lavandeira! Lavandeira!
Para lamber minhas mãos,
Ela vinha na carreira.

O coronel da fazenda,
Um ricaço interesseiro,
Dizia: eu compro esta rês,
Inda que custe dinheiro,
Que a rês melhor da fazenda
Não pode ser do vaqueiro.

E, certo dia, bem cedo,
Em minha casa chegou;
Com os modos diferentes,
Do cavalo desmontou
E num banco de aroeira,
Ao meu lado se sentou.

E foi logo me dizendo:
Eu venho aqui, seu Praxede,
Porque fiz agora um plano,
Do qual não há quem me arrede.
Quem quer vai, quem não quer manda,
Quem pode comprar não pede.

A novilha Lavandeira
Quero que você me venda.
Ela é bonita e famosa,
Tem o valor de uma prenda.
Só dá certo para mim,
Que sou dono da fazenda.

Trocamos por outra vaca
Ou compro a mesma a dinheiro.
É preciso ter valor
Meu nome de fazendeiro
E a rês melhor da fazenda
Não pode ser do vaqueiro.

Eu respondi: coronel,
Não vendo aquela novilha.
Ela é a minha esperança,
Que no meu futuro brilha,
Criei aquela bichinha
Como quem cria uma filha.

Quando ela era bezerrinha,
Eu quis vendê-la, uma vez.
Porém, devido à doença,
O senhor conta não fez;
Já hoje não há dinheiro,
Para comprar minha rês.

Depois que, desenganado,
O coronel foi-se embora,
Fiquei pensando comigo:
Estou desgraçado agora,
Todo objeto invejado
Termina sendo caipora.

Passei dias e mais dias
Bastante impressionado,
Pois, no mundo, sempre foi
Muito triste o resultado
Do pobre pai de família,
Que mora subordinado.

E, enquanto a minha impressão
Aumentava, dia a dia,
Sempre ouvindo certas coisas

Que o fazendeiro dizia,
A fama da Lavandeira
De boca em boca corria.

Depois que ela deu bezerro,
Causou admiração.
Vinte e dois litros de leite
Dava sem comer ração:
Ainda mais aumentou
A inveja do patrão.

Pois este, vendo que a rês
Era famosa e leiteira,
Ia sempre à minha casa,
Com sua infernal cegueira,
Pedindo que eu lhe vendesse
Minha vaca Lavandeira.

Certa vez, ele me disse:
Quero um negócio propor,
Eu lhe dou por sua vaca
Dois animais de valor,
A minha vaca Bonina
E um cavalo corredor.

Lhe respondi: coronel,
Eu resultado não vejo,
Pois somente a minha vaca
Satisfaz o meu desejo.
Os meus filhos vivem fartos
De leite, coalhada e queijo.

Agora veja, leitor,
O que foi que aconteceu.
O malvado ambicioso
Tanto fez, tanto mexeu,
Que, dentro de pouco tempo,
A Lavandeira morreu.

A pobre amaneceu morta,
Num dia de sexta-feira.
Foi um dia de juízo,
Quando morreu Lavandeira.
Dentro da minha choupana,
Chorava a família inteira.

E eu vendo assim se acabar
Meu recurso, meu tesouro,
Cavei uma grande cova
E sem estancar meu choro,
Sepultei a minha vaca,
Nem dela tirei o couro.

Cada um, triste, chorava
Como quem se desengana.
Leitor, veja o quanto a inveja
É vil, traidora e tirana:
Até o próprio bezerro
Morreu, na mesma semana.

Saí daquela fazenda,
Não voltei mais ao sertão,
Pois o vaqueiro trabalha
Para enricar o patrão,
Este fica com o gado
E aquele, sem proteção.

Na profissão de vaqueiro,
Tive uma sorte mesquinha.
A negra inveja roubou
Uma esperança que eu tinha:
Minha vaca Lavandeira,
Que eu chamava e ela vinha.

Muitas vezes, inda choro,
Lembrando a tarde fagueira
Que eu subia e me apoiava

Sobre o mourão da porteira
Dava um aboio e chamava
Minha vaca Lavandeira.

E hoje, como minha família,
Não sei onde irei parar.
Tal qual o judeu errante,
Vivo no mundo a vagar,
Sem vaca pra comer leite,
Sem terra pra trabalhar.

O sabiá e o gavião

Eu nunca falei à toa.
Sou um cabôco rocêro,
Que sempre das coisa boa
Eu tive um certo tempero.
Não falo mal de ninguém,
Mas vejo que o mundo tem
Gente que não sabe amá,
Não sabe fazê carinho,
Não qué bem a passarinho,
Não gosta dos animá.

Já eu sou bem deferente.
A coisa mió que eu acho
É num dia munto quente
Eu i me sentá debaxo
De um copado juazêro,
Prá escutá prazentêro
Os passarinho cantá,
Pois aquela poesia
Tem a mesma melodia
Dos anjo celestiá.

Não há frauta nem piston
Das banda rica e granfina
Pra sê sonoroso e bom
Como o galo de campina,

Quando começa a cantá
Com sua voz naturá,
Onde a inocença se incerra,
Cantando na mesma hora
Que aparece a linda orora
Bejando o rosto da terra.

O sofreu e a patativa
Com o canaro e o campina
Tem canto que me cativa,
Tem musga que me domina,
E inda mais o sabiá,
Que tem premêro lugá,
É o chefe dos serestêro,
Passo nenhum lhe condena,
Ele é dos musgo da pena
O maió do mundo intêro.

Eu escuto aquilo tudo,
Com grande amô, com carinho,
Mas, às vez, fico sisudo,
Pruquê cronta os passarinho
Tem o gavião maldito,
Que, além de munto esquisito,
Como iguá eu nunca vi,
Esse monstro miserave
É o assarsino das ave
Que canta pra gente uví.

Muntas vez, jogando o bote,
Mais pió de que a serpente,
Leva dos ninho os fiote
Tão lindo e tão inocente.
Eu comparo o gavião
Com esses farso cristão
Do instinto crué e feio,
Que sem ligá gente pobre
Qué fazê papé de nobre
Chupando o suó alêio.

As Escritura não diz,
Mas diz o coração meu:
Deus, o maió dos juiz,
No dia que resorveu
A fazê o sabiá
Do mió materiá
Que havia inriba do chão,
O Diabo, munto inxerido,
Lá num cantinho, escondido,
Também fez o gavião.

De todos que se conhece
Aquele é o passo mais ruim
É tanto que, se eu pudesse,
Já tinha lhe dado fim.
Aquele bicho devia
Vivê preso, noite e dia,
No mais escuro xadrez.
Já que tô de mão na massa,
Vou contá a grande arruaça
Que um gavião já me fez.

Quando eu era pequenino,
Saí um dia a vagá
Pelos mato sem destino,
Cheio de vida a iscutá
A mais subrime beleza
Das musga da natureza
E bem no pé de um serrote
Achei num pé de juá
Um ninho de sabiá
Com dois mimoso fiote.

Eu senti grande alegria,
Vendo os fiote bonito.
Pra mim eles parecia
Dois anjinho do Infinito.
Eu falo sero, não minto.

Achando que aqueles pinto
Era santo, era divino,
Fiz do juazêro igreja
E bejei, como quem bêja
Dois Santo Antõi pequenino.

Eu fiquei tão prazentêro
Que me esqueci de armoçá,
Passei quage o dia intêro
Naquele pé de juá.
Pois quem ama os passarinho,
No dia que incronta um ninho,
Somente nele magina.
Tão grande a demora foi,
Que mamãe (Deus lhe perdoi)
Foi comigo à disciprina.

Meia légua, mais ou meno,
Se medisse, eu sei que dava,
Dali, daquele terreno
Pra paioça onde eu morava.
Porém, eu não tinha medo,
Ia lá sempre em segredo,
Sempre iscondido, sozinho,
Temendo que argúm minino,
Desses perverso e malino
Mexesse nos passarinho.

Eu mesmo não sei dizê
O quanto eu tava contente
Não me cansava de vê
Aqueles dois inocente.
Quanto mais dia passava,
Mais bonito eles ficava,
Mais maió e mais sabido,
Pois não tava mais pelado,
Os seus corpinho rosado
Já tava tudo vestido.

Mas, tudo na vida passa.
Amanheceu certo dia
O mundo todo sem graça,
Sem graça e sem poesia.
Quarqué pessoa que visse
E um momento refritisse
Nessa sombra de tristeza,
Dava pra ficá pensando
Que arguém tava malinando
Nas coisa da Natureza.

Na copa dos arvoredo,
Passarinho não cantava.
Naquele dia, bem cedo,
Somente a coã mandava
Sua cantiga medonha.
A menhã tava tristonha
Como casa de viúva,
Sem prazê, sem alegria
E de quando em vez, caía
Um sereninho de chuva.

Eu oiava pensativo
Para o lado do Nascente
E não sei por quá motivo
O Só nasceu diferente,
Parece que arrependido,
Detrás das nuve, escondido.
E como o cabra zanôio,
Botava bem treiçoêro,
Por detrás dos nevoêro,
Só um pedaço do ôio.

Uns nevoêro cinzento
Ia no espaço correndo.
Tudo naquele momento
Eu oiava e tava vendo,
Sem alegria e sem jeito,

Mas, porém, eu sastifeito,
Sem com nada me importá,
Saí correndo, aos pinote,
E fui repará os fiote
No ninho do sabiá.

Cheguei com munto carinho,
Mas, meu Deus! que grande agôro!
Os dois veio passarinho
Cantava num som de choro.
Uvindo aquele grogeio,
Logo no meu corpo veio
Certo chamego de frio
E subindo bem ligêro
Pr'as gaia do juazêro,
Achei o ninho vazio.

Quage que eu dava um desmaio,
Naquele pé de juá
E lá da ponta de um gaio,
Os dois veio sabiá
Mostrava no triste canto
Uma mistura de pranto,
Num tom penoso e funéro,
Parecendo mãe e pai,
Na hora que o fio vai
Se interrá no cimitéro.

Assistindo àquela cena,
Eu juro pelo Evangeio
Como solucei com pena
Dos dois passarinho veio
E ajudando aquelas ave,
Nesse ato desagradave,
Chorei fora do comum:
Tão grande desgosto tive,
Que o meu coração sensive
Omentou seus baticum.

Os dois passarinho amado
Tivero sorte infeliz,
Pois o gavião marvado
Chegou lá, fez o que quis.
Os dois fiote tragou,
O ninho desmantelou
E lá pras banda do céu,
Depois de devorá tudo,
Sortava o seu grito agudo
Aquele assarsino incréu.

E eu com o maió respeito
E com a suspiração perra,
As mão posta sobre o peito
E os dois juêio na terra,
Com uma dô que consome,
Pedi logo em santo nome
Do nosso Deus Verdadêro,
Que tudo ajuda e castiga:
Espingarda te preciga,
Gavião arruacêro!

Sei que o povo da cidade
Uma ideia inda não fez
Do amô e da caridade
De um coração camponês.
Eu sinto um desgosto imenso
Todo momento que penso
No que fez o gavião.
E em tudo o que mais me espanta
É que era Semana Santa!
Sexta-fêra da Paixão!

Com triste rescordação
Fico pra morrê de pena,
Pensando na ingratidão
Naquela menhã serena

Daquele dia azalado,
Quando eu saí animado
E andei bem meia légua
Pra bejá meus passarinho
E incrontei vazio o ninho!
Gavião fí duma égua!

"Ave noturna"

É muito feio o corujão da mata
E bem poucos lhe votam simpatia.
Para a pessoa ingênua e insensata,
O seu canto é horrível profecia.

Porém, se o mesmo é feio, e não encanta
A sua voz, também não causa mal.
E com certeza, o pobrezinho canta,
Cumprindo, assim, a ordem natural.

Quando o seu canto, à noite, escuto, ao longe
No coração eu sinto uma surpresa.
E tenho a sensação de ouvir um monge
Obedecendo à sábia Natureza.

Se ele vive a vagar como o assassino,
Pelas trevas da noite temerosa,
Deus traçou, desta forma, o seu destino:
Ninguém lhe chame de ave criminosa.

O mocho, para mim, é um beato
Desapegado do prazer do mundo
E quando penso sobre o seu recato,
Vejo um sentido muito mais profundo.

É porque, revoltado, não concorda
Da humanidade a sua falta enorme.
Por isso, dorme, quando a gente acorda
E sempre acorda, quando a gente dorme.

"Cousa estranha"

Esta noite, já quase madrugada,
No silêncio melhor de toda gente,
Despertei do meu sono de inocente
Pelo doido ladrar da cachorrada.

E fiquei a dizer: não devo nada,
Criminoso não sou, vivo contente.
Quem me vem perturbar, tão insolente,
O repouso feliz desta morada?

Me fugiram os pulsos, pois sou fraco
E lembrei-me de gato, de cassaco
E raposa, mexendo no poleiro.

Porém logo notei estranha coisa:
Nem cassaco, nem gato, nem raposa.
Era um vice-prefeito em meu terreiro.

"O retrato do sertão"

Se o poeta marinheiro
Canta as belezas do mar,
Como poeta roceiro
Quero o meu sertão cantar
Com respeito e com carinho.
Meu abrigo, meu cantinho,
Onde viveram meus pais.
O mais puro amor dedico
Ao meu sertão caro e rico
De belezas naturais.

Meu sertão das vaquejadas,
Das festas de apartação,
Das alegres luaradas,
Das debulhas de feijão,
Das Danças de S. Gonçalo,

Das corridas de cavalo
Das caçadas de tatu,
Onde o caboclo desperta
Conhecendo a hora certa
Pelo canto do nambu.

É diferente da praça
A vida no meu sertão;
Tem graça, tem muita graça
Uma Noite de São João.
No clarão de uma fogueira,
Tudo dança a noite inteira
No mais alegre pagode,
E um caboclo bronzeado
Num tamborete sentado
Tocando no pé de bode.

Os que não querem dançar
Divertem com adivinha,
Outros brincam a soltar
Foguete, traque e chuvinha.
A mulher quer ser comadre
E o homem quer ser compadre,
Um ao outro dando a mão.
Assim, o festejo cresce
E o sertão todo estremece
Dando viva a São João.

Se por capricho da sorte,
Eu sertanejo nasci,
Até chegar minha sorte
Eu hei de viver aqui,
Sempre humilde e paciente
Vendo, do meu sol ardente
E da lua prateada,
Os belos encantos seus
E escutando a voz de Deus
No canto da passarada.

Aqui, do mundo afastado,
Acostumei-me a viver,
Já nasci predestinado,
Sabendo amar e sofrer.
Neste meu sertão bravio,
Nas belas tardes de estio,
Da chapada ao tabuleiro,
Eu louvo, adoro e bendigo
O ladrar do cão amigo
E o aboiar do vaqueiro.

Se a clara noite aparece,
Temos a mesma beleza.
Tudo é riso, paz e prece,
E a festa da natureza
Seu compasso continua.
A noturna mãe-de-lua
Solta o seu canto agoureiro,
Sua funérea risada,
Vendo a filha imaculada
Brilhando o sertão inteiro.

Que prazer! que grande gozo,
Que bela e doce emoção,
Ouvir o canto saudoso
Do galo do meu sertão,
Na risonha madrugada
De uma noite enluarada!
A gente sente um desejo,
Um desejo de rezar
E nesta prece jurar
Que Jesus foi sertanejo.

Meu sertão, meu doce ninho,
De tanta beleza rude,
Eu conheço o teu carinho,
Teu amor, tua virtude.
Eu choro triste, com pena,

Ao ver a tua morena
Sem letra e sem instrução,
Boa, meiga, alegre e terna
Torcendo um fuso na perna,
Fiando o branco algodão.

Cantei sempre e hei de cantar
O que o meu coração sente,
Para mais compartilhar
Do sofrer de minha gente.
Com as rimas de meu canto
Quero enxugar o meu pranto,
Vivendo só na sodade
Com esta gente querida,
Modesta e destituída
De orgulho, inveja e vaidade.

Esta gente boa e forte
Para enfrentar consequência,
Que zomba da própria sorte
Com sobrada paciência,
Que trabalha e não se cansa,
Porque a sua esperança
É sempre a safra vindoura;
O sonho do sertanejo,
Seu castelo e seu desejo
É sempre o inverno e a lavoura.

Desta gente eu vivo perto,
Sou sertanejo da gema
O sertão é o livro aberto
Onde lemos o poema
Da mais rica inspiração.
Vivo dentro do sertão
E o sertão dentro de mim,
Adoro as suas belezas
Que valem mais que as riquezas
Dos reinados de Aladim.

Porém, se ele é um portento
De riso, graça e primor,
Tem também seu sofrimento,
Sua mágoa e sua dor.
Esta gleba hospitaleira,
Onde a fada feiticeira
Depositou seu condão,
É também um grande abismo
Do triste analfabetismo,
Por falta de proteção.

Sou sertanejo e me orgulho
Por conhecer o sertão
Durmo na rede e me embrulho
Com um lençol de algodão.
De alpercata de rabicho
Penetro no carrapicho,
Sofrendo a vida penosa
Do trabalho do roçado
E por isso sou chamado
Poeta de mão calosa.

Da mais cruel desventura
Conheço o amargo sabor,
Pois vivo da agricultura,
Sou poeta agricultor.
Eu sei com toda certeza
Como é que vive a pobreza
Do sertão do Ceará,
A sua manutenção
É almoço de feijão
E a janta de mugunzá.

Sou sertanejo e conheço
Meu sertão em carne e osso,
Trabalho muito e padeço
Com a canga no pescoço,
E trago no pensamento

Meu irmão do sofrimento
Que, no duro padecer,
Levando o peso da cruz,
É quem trabalha e produz
Para a cidade comer.

Eu não ignoro nada
Deste sertão sofredor
Que puxa o cabo da enxada
Sem arado e sem trator.
Pobre sertão esquecido
Que já está desiludido
E não acredita mais
Nas promessas e nos tratos
E juras de candidatos
Nas festas eleitorais.

Meu sertão da sariema,
Sertão queimado do sol,
Que não conhece cinema,
Teatro, nem futebol,
Sertão de doença e fome
Onde o pobre assina o nome
Com uma pena na mão,
Para, enganado e inocente,
Dar um voto inconsciente
Quando é tempo de eleição.

Este sertão que persiste
Soltando os mesmos gemidos
É qual purgatório triste
Das almas dos desvalidos.
Ele não tem providência
De remédio ou de assistência
Pra sua gente roceira,
Dentro do mais pobre quarto
A mulher morre de parto
Nos braços da cachimbeira.

O burro

Vai ele a trote, pelo chão da serra,
Com a vista espantada e penetrante,
E ninguém nota, em seu marchar volante,
A estupidez que este animal encerra.

Muitas vezes, manhoso, ele se emperra,
Sem dar uma passada para diante,
Outras vezes, pinota, revoltante,
E sacode o seu dono sobre a terra.

Mas contudo! Este bruto sem noção,
Que é capaz de fazer uma traição,
A quem quer que lhe venha na defesa,

É mais manso e tem mais inteligência
Do que o sábio que trata de ciência
E não crê no Senhor da Natureza.

Mote

Com o grito do dinheiro
A justiça não se apruma.

Glosas

Ante o seu brado guerreiro,
A honra desaparece,
A razão empalidece
Com o grito do dinheiro;
O sujeito interesseiro,
Que com ele se acostuma,
De qualquer forma se arruma,
Desconhece o próprio pai,
Pois onde dinheiro vai,
A justiça não se apruma.

Movimenta o mundo inteiro
Este metal cobiçado,

Fica tudo alvoroçado
Com o grito do dinheiro,
Onde ele forma um berreiro,
Não respeita coisa alguma,
Grita, guincha, berra, espuma,
Derruba a lei do conceito,
Pobre ali não tem direito,
A justiça não se apruma.

Serra de Santana

Minha Serra de Santana,
Meu pedacinho de chão,
Lá ficou minha choupana
E o meu pé de framboão.
Ficou também no terrêro
Meu galo madrugadêro
Que canta inriba da hora.
Minha Serra! minha Serra!
O destino me faz guerra
E a sodade me devora.

O meu cavalo relampo
Que é baxero e corredô,
Nem na estrada, nem no campo
Nunca mais me carregô.
Meu Deus! que martiro imenso
Quando nestas coisa penso
Eu penso e torno a pensá,
Uma sodade maluca
Me cutuca, me cutuca
Pedindo mode eu vortá.

Vortá pra vivê gozando
Das obras da criação,
O vento forte rodando
As fôia sêca no chão,
As abêia em seus cardume

Mexendo com o perfume
Das fulô dentro da mata,
E se o dia a porta tranca,
Traz a noite a lua branca
Cobrindo a terra de prata.

Tão longe destes incanto
Vivo passado de dô,
Nunca mais uvi o canto
Da rola fogo-pagô.
Minha Serra de Santana,
Você é muito bacana,
Eu lhe adoro e quero bem.
Meu coração tá maguado
Proque veve separado
Das coisa que você tem.

Eu conheço e não estranho,
Derne menino eu me acho
Presionêro dos banho
Das água dos teus riacho.
Todo dia da semana
Uma lembrança tirana
Sinto das coisa de lá;
A gente não oice aqui
Nem o cachorro latí,
Nem o vaquêro aboiá.

Doente inriba da cama
Vejo com a minha mente
O seu belo panorama
Que agrada a vista da gente.
Toda vez que eu tou dromindo,
Sonho que tou vendo e uvindo
Dos passarinho as canção
Nas copa destes coquêro
Aí perto do lagêro
Na Baxa do Cacimbão.

Eu não dou estes coquêro
Onde grugêia o xexéu,
Pelo Rio de Janêro
Com os seus arranhacéu
Feito de cimento armado
Que nunca vai derrubado.
Pra mim, a maió beleza
Que eu adoro e faço escôia,
Tá retratada nas fôia
Do livro da Natureza.

Eu quero vortá do Rio,
A sodade me aperrêia,
Eu quero abraçá meus fio
Que é sangue de minhas vêia,
Quero vê quem não tou vendo.
Como o reloge batendo
Marcando cada segundo,
Bate no meu coração,
Sodade de Pedro, João,
Geraldo, Afonso e Raimundo.

Diga, destino crué,
Quá foi o má que te fiz,
Pra não vê o meu Assaré
E a sua igreja matriz?
Quero abraçá minha gente,
Quero vê meu só ardente,
Minha risonha manhã
E minhas fia querida
Que é vida de minha vida,
Lúcia, Inez e Mirian.

Eu quero abraçá Belinha
Minha querida muié,
Que é a dona da cozinha
E quem faz o meu café,

Este café saborôso,
Tão bom e delicioso
Feito com as suas mão,
Nem munto forte nem fraco,
Torrado mesmo no caco
E moído no pilão.

De tudo eu vivo sodoso,
É grande a minha cancêra,
Penso em meu gato Mimoso.
Que faz tanta brincadêra
E que de noite e de dia
É sintinela e vigia,
Coidadoso manda brasa,
Cumprindo com o seu devê,
Não dêxa os rato mexê
Nas coisa de nossa casa.

Meu Sinhô Deus Verdadêro,
Meu Divino Pai Celeste,
Deste Rio de Janêro
Me leve para o Nordeste;
Lá na Serra de Santana
Ficou a minha chopana,
Minha pobre moradia.
Meu sofrimento é sem fim;
Meu Deus! tenha dó de mim!
Meu mundo é minha famia.

Hospital São Francisco de Assis
Rio de Janeiro, maio de 1975

Carta ao escritor Padre Antônio Vieira

A inveja, a imbição
Ou a curiosidade,
Atacou meu coração

Com tanta perversidade
Até que veio o momento
Do meu grande atrivimento.
Me perdoi, padre Viêra,
Meu distinto reverendo,
A carta que eu tou fazendo
Em rude rima rastêra.

Estas rima positiva
É de um matuto da roça,
Do cabôco Patativa,
O poeta de mão grossa.
Certo de sê atendido,
Venho fazê um pedido,
Não é pra me confessá,
Pois este ano eu já fiz,
Aqui na nossa matriz,
Minha comunhão pasquá.

Pra não sê tempo perdido,
Pra não robá suas hora,
Este meu grande pedido
Vou lhe dizê sem demora
Neste verso sertanejo.
Com vontade e com desejo
Lhe peço de coração
O seu volume bonito
Que na capa tem escrito
"O Jumento, nosso Irmão".

A histora eu não conheço
Mas vi o livro no Crato,
Não perguntei nem o preço
Não sei se é caro ou barato,

Pois neste tempo presente
O dinheirinho da gente

Só dá pra comprá feijão,
E devido a quebradêra,
Lhe peço, padre Viêra,
O Jumento, nosso Irmão.

Lá no Crato, neste dia,
Munto contente fiquei,
Tive a maió alegria
Quando o seu livro avistei
Por detrás de uma vidraça
Na livraria da Praça.
Meu Deus! que livro bonito!
Vi a figura do jegue,
Mas, não sei o que se segue,
Não sei o que tem escrito.

Vi o volume, é verdade,
Mas, do mesmo nada li,
Só fiquei com a vontade
E por isto resorvi
Lhe pedi um inzemprá.
E se o reverendo achá
Que eu tenho merecimento,
Me remeta sem demora,
Que eu sou doido por histora
De matuto e de jumento.

Mode não lhe dá maçada,
Mode não lhe incomodá,
Desta carta má notada
Vou fazê ponto finá,
Nada mais tenho a dizê
E na certeza de lê
Essa historia de jumento,
Além do meu forte abraço,
Vai no derradêro traço
O meu agradecimento.

Coisas do Rio de Janeiro

Prezado amigo e colega,
Sei que você não me nega:
Leia esta relação,
Pois não me esqueço da fama
Do seu bonito programa
Que é "Coisas do Meu Sertão".

Todo rôxo de sodade,
Tou aqui nesta cidade,
Meu prezado amigo Elói,
Sofrendo calô e frio,
Nesta cidade do Rio,
Pertinho de Niterói.

Eu vivo pensando aqui
Nas coisas do Cariri
E em tudo do nosso Estado.
E além de vivê sodoso,
Vivo tombém com nervoso
De morrê atropelado.

Pois este Rio é de morte,
Aqui tem tanto transporte
Fora caminhão e jipe,
Que a gente fica lembrado
Dos formiguêro assanhado
Lá da Serra do Araripe.

Procurando destração,
Vou vê na televisão
As munganga dos artista
E vou vê os animá
Todos inracioná
Na Quinta da Boa Vista.

Já fui à Copacabana,
Fui ao Campo de Santana,

Leblon, Misquita e Bangu.
Senti um desgosto forte,
Por sabê que o nosso Norte
É uma colônia do Su.
Aqui tem munta beleza,
Tem umas da Natureza,
E outras artificiá.
Sei que você me acredita:
É tanta coisa bonita
Que ninguém sabe contá.

Vi uma biblioteca
Tão grande que nunca seca,
Chamada Nacioná
Pois tanto livro ela tem,
Que vinte vagão de trem
Tarvez não possa levá.

No Morro do Corcovado,
Fiquei quage amalucado
Com o meu juízo fraco
Por vê como um iscurtô
Fez o Cristo Redentô
Inriba deste pinaco.

O Pão de Açuca é um monte
De uma artura sem desconte
Como nunca vi assim.
É uma coisa maluca
Porém, se fosse de açuca,
Já tinha levado fim.

O Rio é bastante lindo,
Eu devia aqui tê vindo
No tempo de cabra moço,
Porém fui um desastrado,
Já cheguei veio, cansado,
Com a canga no pescoço.

Nesta bonita cidade
É tão grande a vaidade
Que passa das encomenda,
Não há vigaro que acabe,
É terra onde as muié sabe
Inconomizá fazenda.

A sinhora inducação
E a tá civilização,
Tudo pode transformá.
A moça aqui dêxa a saia
E vai de maiô à praia,
Pra tomá banho de má.

Eu fico assim maginando,
De boca aberta, pensando,
E faço o seguinte estudo:
Neste Rio de Janêro,
O cabra tendo dinhêro
Tá no céu com tripa e tudo.

O peixe

Tendo por berço o lago cristalino,
Folga o peixe, a nadar todo inocente,
Medo ou receio do porvir não sente,
Pois vive incauto do fatal destino.

Se na ponta de um fio longo e fino
A isca avista, ferra-a inconsciente,
Ficando o pobre peixe, de repente,
Preso ao anzol do pescador ladino.
O camponês também do nosso Estado
Ante a campanha eleitoral, coitado!
Daquele peixe tem a mesma sorte.

Antes do pleito, festa, riso e gosto,
Depois do pleito, imposto e mais imposto
Pobre matuto do sertão do norte!

A menina mendiga

De pés descalços sobre o frio chão,
Roto o vestido, em desalinho a trança,
De porta em porta a mendigar o pão,
Vai pela rua uma infeliz criança.

O seu estado causa compaixão,
Ninguém lhe nota um riso de esperança,
Sempre a estender a sua magra mão,
Canta, pedindo com voz fraca e mansa:

– Ó nobre rico, tende piedade!
Vede como inda no verdor da idade
São dolorosos os martírios meus!

Olhai a pobre que com fome cai:
Não tenho mãe nem conheci meu pai,
Dai-me uma esmola pelo amor de Deus!

Minha serra

Quando o sol ao Nascente se levanta,
Espalhando os seus raios sobre a terra,
Entre a mata gentil da minha serra,
Em cada galho um passarinho canta.

Que bela festa! que alegria tanta!
E que poesia o verde campo encerra!
O novilho gaiteia, a cabra berra,
Tudo saudando a natureza santa.

Ante o concerto desta orquestra infinda
Que o Deus dos pobres ao serrano brinda,
Acompanhada da suave aragem.

Beijando a choça do feliz caipira,
Sinto brotar da minha rude lira
O tosco verso do cantor selvagem.

O casebre

Bem no cimo do monte florescente,
Em lembrança do nosso amor passado,
Inda encontra-se, exposto ao sol ardente,
Um casebre sem dono abandonado.

Quando, às vezes, ali fico cismando,
Recordando da vida uma passagem,
No terreiro da choça me acenando
Parece-me surgir a tua imagem.

Outras vezes, eu penso estar ouvindo,
Atraente, suave e encantador,
Teu cantar sonoroso, terno e lindo,
Entoando a canção do nosso amor.

Entro, então, na palhoça, com cautela,
Procurando te ver, mulher amada,
Mas tudo quanto encontro dentro dela
São corujas, morcegos e mais nada...

O Pau d'arco

Aquela árvore, pobre e ressecada,
Pelos feios carunchos corroída,
Foi outrora, na luz da sua vida,
Qual rainha do campo coroada.

É um velho pau d'arco, e quem da estrada
O contempla, sente a alma dolorida.
A sua haste parece, assim erguida,
A estátua da glória já passada.

Aqui dentro do peito eu também tenho
Infeliz coração – fiel desenho
Do pau d'arco daquela soledade.

Com o peso dos anos abatido,
Sem prazer, sem amor e carcomido
Dos carunchos cruéis de uma saudade.

Se existe inferno

Se existe inferno, como diz a Briba,
Se lá de riba é que o castigo vem,
Se o esprito vai se derretê queimado,
Purgá os pecado que o sujeito tem.
Se os home escravo de ôro, prata e cobre,
A quem é pobre com rigor domina,
Fazendo tudo cronta a baxa crasse,
Não vê a face da Visão Divina.

Se é grande crime pro dotô Juiz
Traí o país com a cruê maliça,
Jurgando as causa só do lado oposto,
Cuspindo o rosto da fié justiça.

Se é um pecado o poderoso rico
Fazê fuxico e começá questão,
Pra não pagá seu operáro forte,
Que enfrenta a morte pra ganhá o pão.

Se o cabra ruim quando morrê padece
E triste desce os inferná dregau,
Se os anjo preto lá nos tacho ardente
Dá banho quente castigando os mau.

Se geme as alma dos pió canaia
Nessas fornáia onde o demônio tá,
Nas brasa acesa desse forno imundo,
O nosso mundo vai se escangaiá!

Luís de Camões

Eu sou o poeta selvagem,
Não recebi instruções,

É rude a minha linguagem
E fracas as expressões
Para render homenagem
Ao grande poeta Camões,
Que com o seu pensamento
Deu à Pátria um monumento.

Daqui, da distante serra
De Camões o que direi?
Quer na paz ou quer na guerra,
Que ele foi grande eu bem sei.
Exaltou a sua terra
Mais do que o seu próprio rei.
Este poeta imortal
É orgulho de Portugal.

O poeta de alma fraterna,
Que alcançou grande vitória,
Sua musa doce e eterna
Cantou a mais bela história
Subiu para a Glória Eterna,
Dando ao berço eterna glória
E por isso é sempre novo
No coração de seu povo.

E eu que das coisas terrestres
Tenho bem poucas noções,
Porque não tive dos mestres
As preciosas lições,
Só tenho flores silvestres
Pra coroa de Camões.
Vejo a minha pequenez,
Ante o bardo português.

Rogaciano Leite

"Aquele 7 de outubro
Vive sempre em minha mente:
O sol nasceu muito rubro

Com sua luz diferente.
Naquele inditoso dia,
Com um tom de nostalgia,
A natureza gemeu
E o Brasil todo chorou,
Quando o rádio anunciou:
Rogaciano morreu!

Aquela notícia triste
Foi grande desolação,
Que continua e persiste,
Desde a cidade ao sertão.
Geme e soluça enlutado
O berço do poeta amado,
O solo pernambucano.
E o vento, soprando as tonas
Das águas lá do Amazonas,
Murmura: Rogaciano!

Sentindo a falta do artista,
O prado pergunta à flor:
Onde está o jornalista,
Poeta e compositor?
O vale pergunta ao monte
E o rio pergunta à fonte:
O que foi que aconteceu?
E entre as folhas do arvoredo,
A brisa fala, em segredo:
Rogaciano morreu!

Depois de espinhoso estudo,
Eu sei, amigo, morreste,
Mas, no céu, tu serás tudo;
Na terra, nada perdeste,
Pois, como prova inegável
Do lutador incansável,
Tendo Deus por protetor,
Teu suspiro derradeiro

Foi lá no Rio de Janeiro,
Junto ao Cristo Redentor.

Tu, primoroso poeta,
Tinhas no Parnaso ingresso;
Tua musa predileta
Visava sempre ao progresso.
Trilhando tristes caminhos,
Pisando pedras e espinhos,
Procurando a própria vida,
Passaste de violeiro
A poeta condoreiro
De nossa terra querida.

Deixando o choro toante
Que tem a nossa viola,
Seguiste muito brilhante
Da poesia outra escola.
Tua lira sonorosa,
De força miraculosa,
Tudo sabia cantar.
Com a tua poesia
Só 'Eulália' bastaria
Para te imortalizar.

Quem poderá ler com calma,
Sem suspiros nem gemidos,
Os teus livros *Carne* e *Alma*
E *Poemas Escolhidos*?
Com a alma apaixonada,
Cantaste a glória passada
Da linda Caruaru
E, na Terra de Iracema,
Cantaste a miséria extrema
Do bairro de Pirambu.

Cantaste as ondas revoltas
De nosso rio gigante,

Raivosas, bravias, soltas,
No seu marulhar constante,
E, provando que eras forte,
Abraçaste a própria morte
E partiste para o Além,
Com o teu gênio profundo,
Para cantar, no outro mundo,
O que este mundo não tem.

Hoje, o teu estro se expande
Na Eterna Mansão Divina.
Para musa assim tão grande
Esta terra é pequenina.
Foste levar teus abraços
Ao insigne Guimarães Passos
E Antônio Gonçalves Dias.
Terás ponto de destaque
Junto a Olavo Bilac,
Castro Alves e Tobias.

Guiado por santo lume,
Foste simples cantador,
Mas, como o pássaro implume,
Que se transforma em condor,
Tanto voaste e subiste,
Até que, um dia, partiste,
Com os louros da vitória.
Dorme em paz, Rogaciano:
O Céu, a Terra, o Oceano,
Cantarão a tua glória."

Ao dotô do avião

Seu dotô, fique ciente,
Tudo aqui tá bem contente
Proque no sertão chuveu.
Tudo mudou de sintido,
Tem mio e fejão nascido
E a chapada enverdeceu.

Toda noite e demenhã
O sunga neném e a rã,
A gia e o foi-não-foi,
Canta e não para um momento,
Com o acompanhamento
Do berro do sapo-boi.

Onde as água já fez poço,
Que beleza, que colosso,
Se uvi os sapo cantá,
O cururu baculeja,
Parece dentro da igreja
Munto devoto a rezá.

E inquanto o pobre rocêro
Todo esperto e prazentêro,
Trata do trabaio seu,
Depressa fazendo as pranta,
Todo passarinho canta
Com as voz que Deus lhe deu.

De verde a terra se cobre,
Do sofrimento dos pobre
Jesus agora deu fé;
A chuva aqui não foi fraca
Escangaiou a barraca
Do compadre Zé Quelé.

Senhô dotô, me perdoi,
Porém, estas chuva foi
Obra das leis naturá,
É esta, que é a chuva nossa,
Eu nunca segurei roça
Com chuva artificiá.

No Nordeste do país
O dotô propaga e diz
Que o avião faz chuvê.

Se o senhô tanto comenta.
Proque no ano 70
Dexou tudo se perdê?

Com as chuva de artifiço
Proque não fez benifiço
Ao povo do Ceará?
Socorrendo esta pobreza
Pra não dá tanta despesa
À Sudene e à Cobá?

Se Jesus não socorresse
E o povo daqui vivesse
Esperando a solução
Da sua triste ingrisia,
Eu sei que tudo morria
Sem vê um pé fejão.

A chuva que moia e cria
E quando o relampo bria,
Depois estôra o truvão;
Dêrne o vale até a serra,
Nunca vi chuva na terra
Mandada por avião.

Quando as nuve se avoluma,
Formando uma grande ruma
Que não pode resisti
Cai a chuva verdadêra
De roncá na cachuêra
E o morro se demoli.

Seu dotô, tome conseio,
Já que este seu apareio
Não pode inverno mandá
Impregue em ôtro trabaio
Arranje ôtro quebra gaio,
Que deste jeito não dá.

Chuvê quero proque quero,
É coisa que eu não tolero
E é fato que eu nunca vi,
Eu vivo inda incabulado,
Proque no ano passado
A minha roça eu perdi.

Seu avião, seu bisôro,
Tá fazendo um grande agôro
Cronta as coisa naturá,
Respeite o Deus Verdadêro,
Não mexa nos nevuêro,
Seu dotô, vá se aquetá!

Boa noite, Fortaleza

(Versos recitados pelo autor, em julho de 1973, por ocasião do Sesquicentenário de Fortaleza).

Mesmo com grande acanhez,
Assim sem jeito e sem prano,
Como pobre camponês
Cercado de praciano,
Tão longe de meus parente,
Minha terra e minha gente,
Nesta cansada veíce;
Tô aqui bem sastifeito
Mode atendê ao prefeito
E a professora Lirice.

Sou um correto sujeito
Quando prometo não faio,
Venho atendê ao prefeito
Dotô Vicente Fiaio,
Pois neste belo festejo,
Como pobre sertanejo,
Sem estudo e sem perparo,
Quero com munta fineza

Dá lovô a Fortaleza
No seu sesquicentenaro.

Boa noite, Fortaleza,
Capitá do meu Estado,
Descurpe esta singeleza
De um cabôco bronziado
Pois quero em rude linguage
Lhe rendê minha homenage
Pela idade que compreta,
Por tudo que você tem,
Receba estes parabém
De um sertanejo poeta.

Eu gosto destes primô
Das coisa que você tem
Eu moro no interiô
Mas munto lhe quero bem
Fortaleza, Fortaleza,
Bela cidade prencesa,
Você tombém me pertence,
Eu conheço a sua Histora
E tenho a grande gulora
De tombém sê cearense.

Fortaleza, a sua idade
A gente não adivinha,
Proque sua mocidade
Nunca se afasta da linha.
Com a sua nova boça,
Cada dia mais remoça
Presto tenção e tou vendo
Que a beleza mutuprica
E quando mais veia fica,
Mais nova tá parecendo.

Isto digo e não me ingano,
Quem repará vê a prova,

Pois com cento e cinquenta ano
Sua feição é bem nova.
Munto goza no presente
E mais gozará pra frente,
Mais prazê e mais ventura,
Mais proguesso no trabaio
Com o prefeito Fiaio
Nas rédia da prefeitura.

Feliz desejo que seja
Neste seu itineraro
Com praça, venida, igreja,
Os prédio e os inducandaro.
Com a sua simpatia
É sempre a estrela que bria
No Nordeste brasilêro
Toda risonha e bacana,
Mimosa fada praiana
Orguio dos jangadêro.

Meu peito sente e parpita
Por seus incanto sem pá,
As suas praia bonita
Cantada por Juvená.
Munto lhe estimo e lhe adoro,
Se por aqui não demoro,
Eu não posso lhe negá
E lhe digo sem segredo:
É só proque tenho medo
Dos carro me atropelá.

Você é moça galante
Mora na bêra do má
Tem munta praça elegante
Tem prédio de munto andá
E eu sou um pobre rocêro
Que trabaio o dia intêro
Isposto ao frio e ao calô,

Na minha lida pesada,
Puxando o cabo da inchada
Sem arado e sem tratô.

Sou pobre, não tenho fama,
Sou um camponês da roça,
Por isso o povo me chama
O poeta de mão grossa.
Eu reparo e vejo bem,
Das coisa que você tem
Eu gozo pôco, bem pôco.
Proque você, Fortaleza,
É uma rica prencesa
E eu sou o pobre cabôco.

Você é munto decente
Na beleza é a maió,
É tanto que munta gente
Lhe chama noiva do só.
De noite bria à vontade
Com esta eletricidade
Qui os grande ingenhêro fez
Pra alumiá suas rua;
E eu no sertão tenho a lua
Cheia e nova em cada mês.

Mas, meu coração lhe adora,
Mesmo com a deferença,
Você na sua gulora
E eu com a minha sentença.
Peço com todo respeito
Pra colocar no seu peito
Esta saudação isata
De um matuto do Nordeste,
Cabôco Cabra da Peste,
Poeta cabeça chata.

Lembrança do dia 12 de julho de 1973

Pesão

Quero falar sobre um pé,
Mas ninguém pense que é
Pé de serra ou pé de vento.
Eu falo entusiasmado
Sobre o pé agigantado
Do baiano Sacramento.

É filho de Salvador
E faz ali, com amor,
O terceiro colegial.
Todos lhe chamam pesão,
Por causa da dimensão
De seu pé fenomenal.

O pesão para calçar
É preciso encomendar,
Nos curtumes da Bahia,
Para o seu pé desmedido:
É um trabalho perdido
Caçar na sapataria.

Para não andar descalço
E no pé botar um calço,
Precisa fazer contratos:
Alguém me disse que foi
Um grande couro de boi
Para o seu par de sapatos.

Porém, o nosso estudante,
Com seu pé extravagante,
Goza de atenção e fé,
Mora no bairro Três Braços,
Pois foi onde achou espaços
Pra colocar o seu pé.

A Bahia, terra amada,
Muito privilegiada,

Sempre foi e ainda é:
De tudo a Bahia goza,
Na cabeça, Rui Barbosa
E o Sacramento no pé.

Mote

Só desgraça traz a guerra,
Defendemos, pois, a paz.

Glosas

Deve a paz sempre reinar
Em todo e qualquer sentido,
Pois a guerra nos tem sido
A causadora do azar;
Rouba o nosso bem-estar
E o nosso sonho desfaz,
Chora o ancião e o rapaz
Na hora em que o canhão berra,
Só desgraça traz a guerra,
Defendemos, pois, a paz.

A paz é um bem comum
Que nos enche de prazer,
Deve sempre florescer
No peito de cada um,
Da guerra o triste zum-zum
É obra de satanás,
O vil inimigo audaz
Tudo destrói, tudo aterra,
Só desgraças traz a guerra,
Defendemos, pois, a paz.

A paz é a salvação,
A vida e a felicidade,
A guerra é a barbaridade,
O luto, a dor, a aflição,

A miséria e a traição,
Com seu instinto mordaz;
Portanto, a todos apraz
Implantar a paz na terra,
Só desgraças traz a guerra,
Defendemos, pois, a paz.

Fui certa noite cantar
No sítio do Jenipapo,
E ouvi lá um bate-papo
Que me fez admirar;
Dizia, à luz do luar,
O velho Juca Tomaz:
– Perca o guerreiro o cartaz
Desde o vale até a serra!
Só desgraças traz a guerra,
Defendemos, pois, a paz.

O rouxinol e o ancião

Ao meu filho Geraldo

Meu filho querido, escuta:
Com verdade absoluta
Quero dar-te uma lição.
Guarda na tua memória
Esta proveitosa história
Do rouxinol e o ancião.

Um ancião imprevidente
Criava, muito contente,
Na gaiola o rouxinol.
E extasiado escutava
Quando o pássaro cantava
Nas horas do pôr do sol.

O bom velho estudou tanto
Aquele sonoro canto

De melodia sem par,
Com tal cuidado e vantagem
Que daquela ave a linguagem
Aprendeu a decifrar.

Um certo dia ele lendo
Naquele canto e fazendo
Os seus estudos sutis,
Viu que o pobre, com saudade,
Reclamava a liberdade
Para poder ser feliz.
Cantava e fazia acenos,
Pedindo ao senhor, ao menos,
Um pouco de permissão,
Voar um pouco queria,
E de novo voltaria
Para dentro da prisão.

O dono, com muita pena
Daquela prisão pequena,
Uma portinha abriu,
E o preso, as asas abrindo,
Voou, subindo, subindo,
E no espaço se sumiu.

Mas ó, que fatalidade!
Nessa curta liberdade
Para voar na amplidão,
Foi cair tão inocente
Irremediavelmente
Nas garras de um gavião.

O carancho esfomeado,
Segurando o desgraçado,
Ligeiro à terra baixou,
E o ancião sem conforto,
Vendo o passarinho morto,
De arrependido chorou.

Meu filho, és um passarinho
A quem parternal carinho
Envolve na santa paz
Nesta poesia rasa,
A gaiola é a nossa casa
Onde feliz viverás.

Enquanto os conselhos sábios
Escutares de meus lábios
Ouvindo minhas lições
Como filho obediente
Não cairás facilmente
Nas garras das seduções.

Meu castigo

Ao meu neto Expedito

Por campo, vila e cidade,
Andei no mundo à vontade,
Atrás da felicidade,
Esta flor tão desejada.
Andei tanto, que cansei
E a mesma não encontrei,
Até que, por fim, me achei
Com uma perna quebrada.

A minha dor a carpir,
Passei noites sem dormir
Procurando descobrir
De onde o meu castigo vem;
Pois, digo de consciência,
Atendendo a providência,
Durante a minha existência
Nunca ofendi a ninguém.

Sem saber se era culpado,
Já vivia encabulado,
Mas, depois de ter pensado

Toda a noite e o dia inteiro,
Me veio a triste lembrança
Com certa desconfiança,
Que no tempo de criança
Fui menino bodoqueiro.

De qualquer um camarada
Sempre eu ganhava a parada,
Não errava uma balada,
Era escopeteiro exato
No bodoque já fui rei
E no tempo em que cacei,
Muitas pernas eu quebrei
De passarinho no mato.

Aquelas aves, coitadas!
Com suas pernas quebradas
Por minhas cruéis baladas,
Perdiam até seus ninhos.
Estas causas recordando,
Eu fico triste pensando
Que agora é que estou pagando
As pernas dos passarinhos.

Você, netinho Expedito,
É atirador perito,
Com o seu bodoque bonito,
Nunca balada perdeu,
Porém, ouça o que lhe digo:
Fuja do grande perigo,
Pense no triste castigo
Que comigo aconteceu.

A minha hora chegou,
Muito sofre o seu vovô,
Por isso um conselho dou:
Trate as aves com carinho;
Guarde no seu coração

A minha situação,
Deixe o bodoque de mão,
Não mate mais passarinho!

Instituto Dr. José Frota,
Pavilhão B
Fortaleza, setembro de 1973

Sodade é assim

Ao jornalista Antônio Vicelmo,
locutor da Rádio Educadora do Cariri.

Vicermo, eu tou bem ciente
Sei que o seu programa é cheio
De coisa bem diferente,
Não tem verso pelo meio,
Porém do jeito que eu tou,
Lhe peço pelo valô
Da nossa veia amizade,
Que apresente os versos meu
Para os que nunca sofreu
A verdadêra sodade.

Só conhece o que é sodade,
Sodade como se chama,
Quem veve numa cidade
Deitado inriba da cama
Com uma perna quebrada
Longe da terra adorada,
Passando o tempo sozinho,
Sem uvi o canto do galo,
Nem o rincho do cavalo,
Nem musga de passarinho.

Tê sodade é tá doente
Com o pensamento inquieto
E além disto, tá osente
De esposa, de fio e neto.

Quem sofreu esta sentença
E já fez isperiença
Passando por este apuro,
Com certeza considera
Que isto é sodade divera,
Isto é sodade no duro.

Meu caro amigo Vicermo,
Eu por aqui tou vivendo
Como Fogo de Santermo,
Se apagando e se acendendo.
Neste meu grande pená,
Pra ninguém desconfiá,
Eu faço transformação
Me fingindo sastifeito,
Mas a sodade no peito
Me arribita o coração.

Mas porém, eu sei vivê,
Não desagrado a ninguém;
Quem se mostra sem prazê
Tira o prazê de quem tem.
No meu sembrante e na vista
Eu finjo o papé de artista,
Sei o meu truque fazê:
Me apresento deferente,
Me fazendo de contente
Pra ninguém intristecê.

Aquele que vem aqui
Mode apertá minha mão,
Não dá nem pra descobri
Se eu tenho sodade ou não,
Pois todos têm a doença
De jurgá pela parença.
Mas, a Serra de Santana
A minha Serra querida,

Tá no peito rifritida
Todo dia da sumana.

Me orguio e sinto ventura
De sê um Cabra da Peste,
Sou uma grande mistura
Das coisa do meu Nordeste.
Eu lhe digo com certeza
Não tou ligando as beleza
Deste Rio de Janêro;
Eu prefiro vê o Crato
Com praça, fonte, regato,
Itaitera e Grangêro.

A minha sodade rôxa
Que sempre omentando vem,
Já dá uma grande trôxa,
E carga pra mais de um trem
Esta sodade danada
Que tá ligada e pregada
No poeta do Assaré,
Parece aquela cocêra
Que o povo chama friêra:
Quanto mais coça, mais qué.

Agora neste segundo,
Minha referença mudo
Pois não há saibo no mundo
Que se atreva a dizê tudo.
Já deu pra desabafá;
Mode o assunto tremená,
Só tá fartando que eu mande
Pra todos dessa cidade,
Meu abraço de sodade,
Sodade com "S" grande.

Hospital São Francisco de Assis
Rio de Janeiro, maio de 1975

O controlista

Ao Francisco Agostinho

O proprietaro grande
Que tem lavôra crescida,
Seu nome logo se ispande,
É coisa bem conhecida.
Depois da safra chegá,
Mode o argodão carregá,
Roda tanto caminhão
Que os camponês se admira,
Pois de ano em ano ele tira
Grande safra de argodão.

Daquele proprietaro
Que tanto argodão tirou,
O povo faz comentaro,
Mas não diz quem trabaiou,
Não diz que foi os cabôco
Que pisa inriba de tôco
Nas lavôra de argodão,
Pois os cabôco trabaia,
Trabaia que se escangaia,
Mas a fama é do patrão.

No mesmo estado precaro
Sofrendo munto também,
Eu conheço um operaro
Que a istação de rádio tem.
Já sabe quem tá me uvindo,
A quem tou me referindo
Sei que todos tão na pista
Deste pobre que padece,
Pois quem é que não conhece
O coitado controlista?

Da vida deste operaro
Já faz tempo que eu dei fé,
Eu não sou tolo e reparo

Vejo as coisa como é.
Controlista é um coitado
Trabaia iguá um criado,
Veve sempre no aperreio
E ninguém lhe dá valô,
É como o trabaiadô;
Que mora em terreno aleio.

Ele ali no seu emprego,
Na sua labutação,
Naquele grande chamêgo
É a mola da estação.
Mas mesmo correndo estreito,
Tá sempre do mesmo jeito,
Nunca chega umas miora,
Da mesma manêra veve,
Proque se ele fizê greve,
Botam da rádio pra fora.

Se acaba mês e vem mês,
Mas pra ele é sem vantage,
Controlista não tem vez
E também não tem mensage.
Canta nas rádio os cantô,
E os famoso locutô
As suas notiça espaia,
Com o seu papé de artista;
Mas, não tendo controlista,
Uma estação não trabaia.

Nesta verdade eu confio,
É certo o que eu digo aqui,
É tanto que eu desafio
A quem quizé discuti,
Eu mesmo sem tê istudo
Sempre gostei de lê tudo,
Mas nunca pude incrontá
O nome do controlista

Nas fôia de uma revista
Ou nas página de um jorná.

Mas porém, seu deretô,
E tombém o seu gerente
E os famoso locutô
Sai nas coluna da frente;
Os jorná de mão em mão
Faz bela propagação
De fulano e de bertrano,
Tudo querido e abraçado,
E o controlista, coitado!
É quem entra pelo cano.

Um controlista eu conheço,
O quá merece respeito,
Mas do jeito que eu padeço,
Ele tombém corre estreito
No seu trabaio penoso
E embora seja bondoso
Lutando sempre sozinho,
Na sua dura sentença,
Sem tê boa recompensa,
Todos lhe chamam doidinho.

Além de ele sê tratado
Como um pobre vagabundo,
É tombém apilidado
Da coisa pió do mundo.
Faz tudo inriba da hora,
Mas porém, ele é caipora,
Doidinho é seu apelido.
Que grande barbaridade!
Que farta de caridade!
Meu Deus, ô povo atrivido!

Inquanto ele vai correndo
Ligêro como o curisco,

O seu trabaio fazendo
Bota disco e tira disco,
Os filizardo dali
Diz: Doidinho, venha aqui,
Vai ali, vai aculá,
Com estes grande vai e vem,
O pobrezinho não tem
Nem tempo pra namorá.

Sou poeta do roçado,
Mas tombém sou com certeza
Um matuto adevogado
Dos que merece defesa.
Este, a quem eu me refiro,
Que sofre grande martiro,
Merece grande carinho,
Pois só veve trabaiando,
Os meus bofe fica inchado
Quando lhe chamam doidinho.

Doidinho não, macriado!
Respeite o bom controlista,
O livro dos batizado
Tem o seu nome na lista.
Ele é um moço dereito,
Merece munto respeito,
Não é troço, nem é cisco,
E já foi moiado um dia
Nas água da santa pia,
O nome dele é Francisco.

Brasi de cima e Brasi de baxo

Meu compadre Zé Fulô,
Meu amigo e companhêro,
Faz quage um ano que eu tou
Neste Rio de Janêro;
Eu saí do Cariri
Maginando que isto aqui

Era uma terra de sorte,
Mas fique sabendo tu
Que a miséra aqui no Su
É esta mesma do Norte.

Tudo o que procuro acho.
Eu pude vê neste crima,
Que tem o Brasi de Baxo
E tem o Brasi de Cima.
Brasi de Baxo, coitado!
É um pobre abandonado;
O de Cima tem cartaz,
Um do ôtro é bem deferente:
Brasi de Cima é pra frente,
Brasi de Baxo é pra trás.

Aqui no Brasi de Cima,
Não há dô nem indigença,
Reina o mais soave crima
De riqueza e de opulença;
Só se fala de progresso,
Riqueza e novo processo
De grandeza e produção.
Porém, no Brasi de Baxo
Sofre a feme e sofre o macho
A mais dura privação.

Brasi de Cima festeja
Com orquesta e com banquete,
De uísque dréa e cerveja
Não tem quem conte os rodete.
Brasi de Baxo, coitado!
Vê das casa despejado
Home, menino e muié
Sem achá onde morá
Proque não pode pagá
O dinhêro do alugué.

No Brasi de Cima anda
As trombeta em arto som
Ispaiando as porpaganda
De tudo aquilo que é bom.
No Brasi de Baxo a fome
Matrata, fere e consome
Sem ninguém lhe defendê;
O desgraçado operaro
Ganha um pequeno salaro
Que não dá para vivê.

Inquanto o Brasi de Cima
Fala de transformação,
Industra, matéra prima,
Descobertas e invenção,
No Brasi de Baxo isiste
O drama penoso e triste
Da negra necissidade;
É uma cousa sem jeito
E o povo não tem dereito
Nem de dizê a verdade.

No Brasi de Baxo eu vejo
Nas ponta das pobre rua
O descontente cortejo
De criança quage nua.
Vai um grupo de garoto
Faminto, doente e roto
Mode caçá o que comê
Onde os carro põe o lixo,
Como se eles fosse bicho
Sem direito de vivê.

Estas pequenas pessoa,
Estes fio do abandono,
Que veve vagando à toa
Como objeto sem dono,
De manêra que horroriza,

Deitado pela marquiza,
Dromindo aqui e aculá
No mais penoso relaxo,
É deste Brasi de Baxo
A crasse dos marginá.

Meu Brasi de Baxo, amigo,
Pra onde é que você vai?
Nesta vida do mendigo
Que não tem mãe nem tem pai?
Não se afrija, nem se afobe,
O que com o tempo sobe,
O tempo mesmo derruba;
Tarvez ainda aconteça
Que o Brasi de Cima desça
E o Brasi de Baxo suba.

Sofre o povo privação
Mas não pode recramá,
Ispondo suas razão
Nas coluna do jorná.
Mas, tudo na vida passa,
Antes que a grande desgraça
Deste povo que padece
Se istenda, cresça e redrobe,
O Brasi de Baxo sobe
E o Brasi de Cima desce.

Brasi de Baxo subindo,
Vai havê transformação
Para os que veve sintindo
Abondono e sujeição.
Se acaba a dura sentença
E a liberdade de imprensa
Vai sê legá e comum,
Em vez deste grande apuro,
Todos vão tê no futuro
Um Brasi de cada um.

Brasi de paz e prazê,
De riqueza todo cheio,
Mas, que o dono do podê
Respeite o dereito aleio.
Um grande e rico país
Munto ditoso e feliz,
Um Brasi dos brasilêro,
Um Brasi de cada quá,
Um Brasi nacioná
Sem monopolo istrangêro.

Ao locutor da Rádio Araripe, Elói Teles

Seu Elói, o seu programa
É uma atraente chama;
Demadrugada, na cama,
Ninguém drome, nem cuchila,
Depois do dia raiá,
Nossos cabôco de cá
Vai tudo se amunquecá
Perto do rádio de pila.

Seu bom dia customêro
Dêxa o pessoá rocêro
Todo alegre e prazentêro,
Cheio de amô e de carinho;
Pois além da poesia
Que a gente tanto aprecia,
Tem a doce melodia
Da musga dos passarinho.

O seu programa é da roça,
Do terrêro da paioça,
Da sombra da mata grossa,
Das pedra do tabolêro;
Tudo é coisa do sertão,
Tem foguêra de São João,

Pernêra, chapéu, gibão,
Cavalo, gado e vaquêro.

É uma grande salada
A mais boa misturada;
Dentro dele tem munfada
Da cabôca fazê renda;
Tem o canto da cigarra,
Da Mãe da Lua, a ganzarra,
E os boi puxando a manjarra
Mode rodá três moenda.

Tem baladêra e bornó,
Tem girau, tem caritó,
Tem balaio de cipó,
Chapéu de paia e surrão;
Tem bode, cabra e cabrito,
Cangaia, mala e cambito.
Eita! programa bonito
Das coisa do meu sertão!

Ninguém pode avaliá
O grande prazê que dá
Estas coisa naturá
Que você tanto radia.
Continui e não demore,
Pois não é bom que descore
Estas fulô de folclore
Que chega aqui todo dia.

Não tem nada da cidade
Tudo é a pura verdade
Da nossa simpricidade,
Dos veio e tombém dos novo.
Quando o seu programa escuto,
Oiço um poeta matuto
Cantando alegria e luto
Da vida do nosso povo.

Seu Elói, munto obrigado
Desponha do seu criado;
No sertão você tem dado
De amigo uma boa prova.
Faça o que o povo recrama,
Não vá perdê sua fama
Não misture o seu programa
Com musga de boça nova.

Proque dexei Zabé

Seu moço, eu nunca menti,
Nem nunca gostei de manha.
Se do meu sertão saí
Pra vivê na terra istranha,
É só proque sou casado,
Mas porém, sou separado,
Parece mesmo um castigo,
Sofro o maió aperreio
Por causa de um nome feio
Que a muié dixe comigo.

Hoje a minha vida é perra,
Mas a uns seis ano atrás,
Eu era na minha terra
O mais feliz dos rapaz,
Amei munto e fui amado
E depois de tê noivado,
No santo mês de São João,
Na igreja de São José,
Eu me casei com Zabé,
Fia de Zé Militão.

As leis eu não inguinoro,
Casando logo nos dois,
Na igreja e no cartóro,
Pra não chafurdá depois;
Pois, seu moço, o meu prazê

Era com Zabé vivê
Bem unido inté no fim,
Inté no dia da morte,
Mas porém não tive sorte,
A coisa não deu pra mim.

Zabé com quem sou casado
Nasceu da beleza cheia,
Por hoje eu vivê largado
Não vou dizê que ela é feia.
Mesmo sofrendo a amargura
De sua discompostura,
Via naquela caboca
A forma de um anjo lindo,
Pois mesmo sem tá sirrindo
Tem um risinho na boca.

De quarqué manêra é bela
E rica de prefeição
Inté mesmo o rasto dela
Quando anda de pé no chão;
Com relação a beleza,
Eu vejo que a Natureza
Não se inganou na bitola;
Os dente arvo e pequenino,
Mão pequena e dedo fino
E a cintura de viola.

Tudo que de amô parpita
Ela no seu corpo traiz:
Tando parada, é bonita
E quando anda é munto mais.
Os dois oio prenetante
Comparo com dois briante
Cravado num belo rosto,
Ou de parença mudando,
Duas estrela briando
Nas noite do mês de agosto.

O seu cabelo agastado
Lhe compreta a fromusura,
Bem riluzente, increspado
E da cô da noite iscura,
Já frisado de nascença,
Dando assim umas parença
De uns miudinho pendão;
Se fosse verde, eu dizia
Que na cabeça trazia
Um pé de mangiricão.

De boniteza e primô
É um modelo perfeito.
Só nosso Pai Criadô
Faz coisa daquele jeito.
Quem oiá pra cara dela,
O jeito é ficá com ela
Guardada no pensamento,
E o mió desta caboca
É o risinho na boca
Que ela herdou de nacimento.

Mas Deus, que é saibo profundo,
Fez as suas coisa assim.
Tudo o que é bom neste mundo,
Tem sempre um pedaço ruim.
Zabé com tanta beleza
Que lhe deu a natureza,
É arenguêra e afobada,
O que ela tem de fromosa
Tem de briguenta, raivosa,
Atrevida e macriada.

A caboca é um perigo,
Os nome feio mais fraco
Que ela dizia comigo,
Era paiaço e macaco.
Mas, mesmo tando medonha,

Quando inchava na coronha,
Gritava e se infurecia,
Quage perdendo o juízo,
O diabo daquele riso
De seus laibo não saía.

Por quarqué coisa Zabé
Bem grossêra me xingava,
Ficava queimando os pé
E muntas vez me taxava
Sem iscrupo ou cirimonha,
De cachorro sem vergonha
E ôtras piléra indecente,
Fio desta, fio daquela;
Mas, como gostava dela,
Aguentava paciente.

Sempre eu lhe dava consêio
E ela sem querê tomá,
Inté que um dia ela veio
Mexê na minha morá.
Eu nunca aprendi a lê
Nem a carta de A B C,
Mas porém amo a verdade
E mesmo sem tê estudo,
Eu prezo acima de tudo
O valô da honestidade.

Certa vez ela teimava
Me dizendo desaforo,
Parece que Zabé tava
Com o capeta no côro;
Como a cobra venenosa
Tava inchada e rancorosa
Já no ponto de brigá
E me chamou de chifrudo;
Com isto, ela dixe tudo
E eu vim me imbora de lá.

Quando ela dixe este nome,
Eu só não matei Zabé
Proque é covarde o home
Que assarsina uma muié,
Mas, fiquei me ardendo em brasa
E resorvi dexá a casa,
Infezado, infuricido,
Fiquei inchando o gogó;
Este é o nome mais pió
Que a muié diz com o marido.

Foi grande a prevecidade
Mas, mesmo com a desfeita,
Não nego a minha verdade,
Se ela de corpo é bem feita
É mais bem feita de cara;
Não sei com que se compara
Esta caboca tão bela.
Tudo aquilo eu padeci,
Mas porém nunca esqueci
O riso da boca dela.

Desilusão

Por ordem divina, cheguei certo dia,
Incauto e sem guia,
No mundo a sorrir.
Seguindo o meu sonho de ingênua criança,
Eu tive a esperança
De um belo porvir.

A brisa amorosa beijou-me na fronte,
Um lindo horizonte
Ao longe avistei.
Se tudo falava de amor e poesia,
Um tom de harmonia
Em tudo eu notei.

De peito ansioso, corri à procura
De gozo, ventura,

Mistério e condão.
Vaguei pela terra, de abrigo em abrigo,
Qual pobre mendigo
Em busca do pão.

E sempre encontrando em meus tristes caminhos
Os duros espinhos
Que a mágoa contém.
E a voz da ilusão a dizer-me, de lado:
O teu eldorado
Está mais além.

Além eu passava, à procura do norte,
Porém sempre a sorte
Fatal contra mim.
Enquanto os martírios eu ia carpindo,
Mais via surgindo
Tormentos sem fim.

Na longa viagem, vi monstro homicida,
Vi luta renhida
De irmão contra irmão.
E vi entre os homens a falta de siso,
Nos lábios, um riso,
No peito, um dragão.

Nas noites escuras, ouvi o bulício
Dos filhos do vício
No doido tropel.
E vi a loucura da mais linda dama
Socada na lama
Do negro bordel.

Vi tudo envolvido na baixa matéria,
Um caos de miséria,
Sem ordem nem lei.
Voltei desolado, de peito vazio,
Nem honra nem brio
Na terra encontrei.

De tanta tristeza, pezar e desgosto,
Senti pelo rosto
Correr-me o suor.
Se neste universo só reina tortura,
Devo ir à procura
De um mundo melhor.

A morte vem perto, conheço que morro,
Não peço socorro,
Preciso morrer.
Aquele que pensa, não morre gemendo,
Pois ele está vendo
Que cumpre o dever.

Não levo saudade guardada na mente,
Da vida presente
Eu nada fruí.
Em vez de conforto, sossego e delícias,
Somente malícias
E dores eu vi.

O rico orguioso

Quando Jesus Cristo andou
Pregando a santa verdade,
A todos ele insinou
Paz, amô e fraternidade,
Perdão, ternura e cremensa,
Padecê com paciença,
Derramá nosso suó
Sem lamentá nossa sorte,
Promode depois da morte
Tê uma vida mió.

Pra ninguém tratá de guerra
Veio lá da internidade
Padecê aqui na terra
Pra tirá nossa ruindade
Promode a gente tê crença,

Com sua santa ciença
Fez surdo mudo falá,
Fez ladrão se convertê,
Fez alejado corrê
E morto ressuscitá.

Ele mandava constante
Quando fazia o sermão,
Para em cada simiante
A gente vê um irmão
Mostrando as coisa divina,
Pregando a santa dotrina,
Entrou em todos os meio,
Porém, o rico orguioso
Teimoso, sempre teimoso
Não quis uvi seus conseio.

Sem pensá no seu futuro,
Sem mudá seu coração
Todo teso, todo duro,
Não quis sabê das lição,
Das aula de Jesus Cristo.
E é mesmo por causa disto
Que ele veve todo inchado
No mundo de Norte a Sú,
Parecendo o cururu
Na hora que é cutucado.

E ainda hoje ele assim anda,
Da mesma manêra veve,
Pensando que tudo manda
E achando que nada deve.
Não crê na santa verdade
Da Divina Majestade.
Só dinhêro e mais dinhêro
Ele guarda em sua mente;
O seu Deus é deferente
Do nosso Deus Verdadêro.

Quando ele incronta um sujeito
Que é de sua mesma laia,
Fica munto sastifeito
Fala contente e gargaia,
Mas de pobre não faz conta,
Quando a pobreza ele incronta
Se aborrece e se incomoda,
Seu orgúio inda mais cresce,
Comparando bem parece
Um peru fazendo roda.

Será que ele não descobre
O seu medonho defeito?
Não sabe que o povo pobre
Tombém merece respeito?
Será que no pensamento
Não guarda os insinamento
Das Escritura Sagrada?
Será que ele não dá fé
Que nasceu de uma muié,
Chorando e sem sabê nada?

No seu jeitão de zebu,
Era bom que ele pensasse
Que quando nasceu foi nu
Do jeito que o pobre nasce.
Mas o teimoso não pensa,
Ele não tem concienca,
Destas coisa não dá fé
Sua comprensão é pôca
E a sua cabeça é oca,
A inteligença é nos pé.

Veve do jeito que gosta
Pisando sobre os piqueno,
Levando o mundo nas costa
E vomitando veneno.
Mas, quando a hora é chegada

E a morte dele se agrada,
Nem mesmo o Dotô socorre,
Não tem orgúio que impate,
O seu cachimbo ele bate
Do jeito que os pobre morre.

Quando um orguioso morre,
Se argum tem pena e perdoa,
Depois que a notiça corre,
Outro diz: ô coisa boa!
Ele agora vai pagá.
Já outro diz, de aculá:
Cadê tanta soberbia
E tanta preversidade?
Toma, bicho sem piedade,
Era o que você queria!

Hospital São Francisco de Assis
Rio de Janeiro, 22 de julho de 1975

"Vingança de matuto"

Tu sabe, Chico, que é crué e marvado
O adevogado quando qué robá?
E que a justiça nas mão dele rola
Como essas bola de jogá biá?

Se tu não sabe vai uvi agora
A minha histora de arribá chapéu;
É uma histora do maió canudo,
Que crama tudo, a terra, o má e o céu.

Repare, Chico, aquele belo sito
Munto bonito, que nós tamo vendo,
Do meu pai era aquele belo sito
E o Binidito, um orguioso horrendo.

Criou inveja e começou questão,
Com imbição, cronta meu pai fez guerra,

Gastou dinhêro com feroz maliça
E a injustiça lhe intregou a terra.

Duas vaquinha de nós comê leite
E o burro Azeite, corredô e bonito
Meu pai gastou, pra defendê seu lado
E o resurtado foi perdê seu sito.

Nossa escritura era um papé bem feito,
Dava o dereito com largura e fundo,
Mas, o dotô, que escurecia tudo,
Passou o canudo mais pió do mundo.

Meu pai saiu de onde viveu morando
Ficou vagando sem achá incosto
E de pensá no seu penoso estado
Morreu, coitado! de crué desgosto.

Meu pai morreu e me deixô sem nada,
Triando a estrada de um sofrê sem fim,
Tá vendo, Chico, como eu fui robado
E o adevogado foi safado e ruim?

Nem sei dizê, meu camarada Chico,
Como é que eu fico de paxão de horrô!
Quando eu reparo e vejo aquele sito
Que o Binidito de meu pai tomou.

Minha vingança é que depois da morte,
Tem ele a sorte de vivê afrito,
Lá nas caldêra do purão do Inferno,
Tem fogo eterno para o Binidito.

"Minha viola"

Minha viola querida,
Certa vez, na minha vida,
De alma triste e dolorida
Resolvi te abandonar.

Porém, sem as notas belas
De tuas cordas singelas,
Vi meu fardo de mazelas
Cada vez mais aumentar.

Vaguei sem achar encosto,
Correu-me o pranto no rosto,
O pesadelo, o desgosto,
E outros martírios sem fim
Me faziam, com surpresa,
Ingratidão, aspereza,
E o fantasma da tristeza
Chorava junto de mim.

Voltei desapercebido,
Sem ilusão, sem sentido,
Humilhado e arrependido,
Para te pedir perdão,
Pois tu és a joia santa
Que me prende, que me encanta
E aplaca a dor que aquebranta
O trovador do sertão.

Se, às vezes, fico tristonho,
Vendo desfeito o meu sonho,
Contigo ao peito, componho
A minha poesia rude.
Tocando corda por corda,
O meu coração acorda
E apaixonado recorda
Os dias da juventude.

Num abraço doce e amigo,
Quero estar sempre contigo.
Se nós não temos abrigo,
Palácio nem bangalô,
Temos, com grande franqueza,
Misteriosa grandeza,

Incomparável riqueza,
Que a Natureza criou.

Se nós vivemos por fora
Das coisas que o mundo adora,
Da grande ambição que explora
Ouro, prata e posição,
Temos, em nosso caminho,
Da mansa brisa o carinho
E de cada passarinho
A mais sonora canção.

Sei que, com tua harmonia,
Não componho a fantasia
Da profunda poesia
Do poeta literato,
Porém, o verso na mente
Me brota constantemente,
Como as águas da nascente
Do pé da serra do Crato.

Viola, minha viola,
Minha verdadeira escola,
Que me ensina e me consola,
Neste mundo de meu Deus.
Se és a estrela do meu norte,
E o prazer da minha sorte,
Na hora da minha morte,
Como será nosso adeus?

Meu predileto instrumento,
Será grande o sofrimento,
Quando chegar o momento
De tudo se esvaicer,
Inspiração, verso e rima.
Irei viver lá em cima,
Tu ficas com tua prima,
Cá na terra a padecer.

Porém, se na eternidade,
A gente tem liberdade
De também sentir saudade,
Será grande a minha dor,
Por saber que, nesta vida,
Minha viola querida
Há de passar constrangida
Às mãos de outro cantador.

"Coisas do meu sertão"

"Seu dotô, que é da cidade
Tem diproma e posição
E estudou derne minino
Sem perde uma lição,
Conhece o nome dos rio,
Que corre inriba do chão,
Sabe o nome das estrela
Que forma constelação,
Conhece todas as coisa
Da historia da criação
E agora qué i na Lua
Causando admiração,
Vou fazê uma pergunta,
Me preste bem atenção:
Pruque não quis aprendê
As coisa do meu sertão?

Por favô, não negue não
Quero que o sinhô me diga
Pruquê não quis o roçado
Onde se sofre fadiga,
Pisando inriba do toco,
Lacraia, cobra e formiga,
Cocerento de friêra,
Incalombado de urtiga,
Muntas vez inté duente,
Sofrendo dô de barriga,

Mas o jeito é trabaiá
Que a necessidade obriga.

Seu dotô aprendeu tudo,
Mas não quis esta lição,
Mode não sofrê na vida
Sacrifiço e percisão,
Pois aqui veve o matuto,
De ferramenta na mão.
A sua comida é sempre
Mio, farinha e fejão
E, se às vez, mata um porquinho,
Come iguamente a um barão.

Mas, como não tem custume,
Dá logo uma indigestão,
Ele geme, chora e grita,
Não é caçuada, não,
Mas, como não tem dinhêro,
Mode comprá injeção,
O jeito é bebê das pranta,
Que nasce inriba do chão:
Macela com quina-quina,
Chá de fôia de mamão
E mais ôtras beberage
Que eu não vou dá relação,
Pois, se eu fosse dizê tudo,
Dava um bonito livrão.
Mas, porém, eu não lhe digo,
Pois faz cortá coração,
Apenas dou um começo
Das coisa do meu sertão.

Se quisé sabê o que foi
Que o Diabo amassô com rabo,
Seu dotô, venha ao sertão,
Venha muntá burro brabo,
Comê fejão com farinha,

Sem tomate e sem quiabo
E manejá uma inxada
Segurada pelo cabo,
Limpando a sumana intêra,
De segunda até no sabo.
Venha cá vê os cabôco,
Da paciença de Jó,
Agarrá demenhãzinha
Até chegá o pô do só.
Vim da roça do patrão
Onde derramô suó
E entrá na sua casinha
Tão pobre de fazê dó,
Sem tê mais fejão na lata,
Sem tê mio no paió
E a muié desarrumada,
Que a rôpa é remendo só,
Magra, triste e pensativa,
Com oito fio em redó.

O sinhô nunca sofreu.
Na vida só tem gozado,
Pois nunca comeu do pão
Que o Diabo tem amassado.
Vê chegá janêro seco,
Fevereiro esturricado
E os seus menino com fome
Chorando pra todo lado
E o sinhô pegá um saco
E saí bem apressado
Pra porta da casa grande,
Medroso e desconfiado
E o patrão vim lá de dentro
Falando munto zangado,
Dizendo: 'dagora em diante,
Não lhe vendo mais fiado,
Que, além de não tá chuvendo,
Você tá individado!'

E o sinhô, de vista baxa,
Uvindo tudo calado,
Vortá de saco vazio
Pra casa, desconsolado,
Desconjurando o patrão,
Que lhe dexou desprezado.

O sinhô nunca passou
Sofrimento nem azá,
Tendo somente uma rôpa
Pra trabaiá e passeá
E aquela dita ropinha
Começando a se grudá
E a muié vim lhe dizê:
'Tire a rôpa pra lavá',
E o sinhô incabulado,
Sem tê ôtra pra mudá,
Se escondê dentro de um quarto
Até a rôpa inxugá.

Sei que o sinhô não conhece
Sofrimento nem cansêra,
Pois não viu a sua esposa,
Sua boa companhêra
Sofrendo pra descansá,
De vela na cabicêra.
E o sinhô, à meia-noite,
Saí doido, na carrêra,
Sem se importá com buraco,
Sem se importá com ladêra,
Em noite de tempestade,
Percurando uma partêra.

Pelo jeito que eu tou vendo,
Seu dotô é sabidão,
Vem passando a sua vida,
Só de caneta na mão,
Vivendo sempre na sombra,

Nas bancada do salão.
Aprendeu fazê discuço,
Aprendeu ganhá questão
E mais aquelas coisinha
Do preito das inleição,
Porém, não quis aprendê
As coisa do meu sertão:
Macaco veio não mete
A mão na cumbuca, não!"

História de uma cruz

Papai, conte a historia daquela cruizinha
tão triste, sozinha,
no pé da ladêra,
com seus braço aberto, chorosa, coitada!
na bêra da istrada,
qui vai pra rebêra.

Me conte o motivo daquilo que vejo,
me faça o desejo,
me faça a vontade.
Pois lá tenho visto muié saluçando
e a cruz infeitando
de reza e sodade.

Papai me arresponda! Me conte, me diga
se a historia é intriga,
o qui foi qui se deu?
Eu, vendo a cruizinha, sinto uma cansêra,
no pé da ladêra,
quem foi qui morreu?

– Se é tu nesta vida que mais eu confio,
iscuta, meu fio,
meu fio querido.
Que, imbora eu sintindo uma dô no meu peito,
eu vou com respeito
fazê teu pidido.

Aquela cruizinha, na bêra da istrada,
qui veve infeitada
cum tanta fulô...
aponta o passado de um crime de ispanto,
de luto e de pranto,
de raiva e de horrô.

A mão da disgraça só pranta veneno
naquele terreno,
cum feia treição,
ainda no tempo qui eu era minino,
um monstro assarsino
matou Zé Morão.

O monstro assarsino era um rico orguioso
e o moço bondoso
era seu moradô.
Morreu de desgraça, naquele diserto,
e agora tá perto
de Nosso Sinhô.

Ele era sortêro, rapaiz ainda novo
quirido do povo
do nosso sertão.
Repare o motivo da grande caipora
e veja na histora
quem tinha razão.

Um ano ele tinha uma roça tão boa
qui arguma pessoa
dizia a brincá:
Quem vê esta roça depressa conhece
qui o dono parece
qui vai se casá.

Na roça bonita fejão bagiava,
o mio já tava
criando caroço.

E o rico, soberbo, mandou seu criado
botá todo gado
na roça do moço.

Morão, com aquilo, ficô cum disgosto
e munto disposto
saiu sem demora.
Abriu a portêra, correu apressado,
tangeu todo gado
da roça pra fora.

Foi logo falá sobre aquela questão
e dixe: Patrão,
o sinhô tenha dó,
num quêra fazê minha sorte misquinha,
aquela rocinha
custou meu suó.

Pur Nossa Sinhora não bote o seu gado
naquele roçado
qui tanto custô.
E o rico orguiôso ficô gaguejando,
ficô rismungando
cum grande rancô.
Vortô sem resposta, o rapaz pensativo,
pruquê sem motivo
se achava o patrão.
De cara inrusgada, danado, trumbudo,
zangado, sisudo,
formando questão.

A mãe do agregado, um nervoso sintia,
e sempre dizia:
— Meu fio querido,
saímo, qui o monstro já qué fazê guerra.
Por causa da terra
morreu meu marido.

Meu fio, esta noite, quando eu já durmia,
sonhei qui nóis ia
sofrê prijuízo.
E, perto da nossa chupana de paia,
o rasga-mortaia
passô dando aviso.

— Mamãe, eu não posso perdê meu trabaio,
daqui eu num saio,
daqui num me mudo.
Saí sem distino... qui sorte essa nossa!
dexando uma roça
represa de tudo!

Razão ele tinha, cum toda certeza,
fazia defesa
do prope roçado.
Porém da viúva, os consêio era certo,
pois tava bem perto
do mau resurtado.

Depois de dez dia, no pé da ladêra,
fazendo trinchêra
de um rompe-gibão.
O rico orguiôso, bandido, patife,
de tiro de rife
matô Zé Morão.

O monstro foi preso, mas nada sofreu,
alguém protegeu
sua grande maliça,
pois ele era rico. O maió fazendêro,
cum munto dinhêro,
logrô a justiça.

A pobre viúva, chorando, coitada,
dizia maguada:
"Perdi meu incosto".

De tanto pensá no seu fio defunto
ficô sem assunto,
morreu de disgosto.

Contei toda historia, de cena horrorosa,
da morte assombrosa,
de um moço de bem.
Repara, meu fio, quanto é disgraçado
o pobre coitado
qui terra não tem.

Meu fio quirido, tu oia pra cruz
e pede a Jesus,
o maió potretô,
e à Vige Maria, rainha quirida,
pra nunca na vida
tu sê moradô".

"Maió decepção"

Seu moço, que é viajante,
Conhece o sertão e a praça,
Deve conhecê bastante
O que é bondade e desgraça.
Sei que o Senhô teve estudo,
Conhece um pôco de tudo,
Pois munta coisa aprendeu,
Quêra escutá com tenção
A maió decepção
Que comigo aconteceu.

O meu nome é Malaquia,
Sou honrado, honesto e sero,
Sou o maió da freguezia
Na bondade e no critero.
Seu moço, eu sou tão isato
Que, quando faço o meu trato,
Só chego inriba da hora,

Tanto que, por causa disto,
Não dou valô a registo,
Ricibo nem promissôra.

Meus papé resorvo tudo,
Mas divido eu sê assim,
Já levei munto canudo,
Jurgando os ôtro por mim.
Daqui a três légua e meia,
Fica a cidade de Areia,
Que é sede municipá.
Foi lá que passei, patrão,
A maió decepção
Que a gente pode passá.

Chegou ali um sujeito
Há seis ou sete ano atrás,
Sem vergonha, sem respeito,
Ladrão, cabreiro e sagaz,
Chamado Mané José.
Tinha a fala de muié,
Que fazia aborrecê.
A fala do tal gaiato
Era o miado de um gato,
Quando pede dicumê.

Lá na cidade, o sujeito
Vivia meio introsado
Com escrivão e prefeito,
Com juiz e delegado.
E o cara lisa, sabido,
Aduladô, inxirido,
Divido alguém lhe informá,
Ficou sabendo que eu era
Uma pessoa sincera
E intendeu de me robá.
Eu tava, uma menhãzinha,
Mais Raqué, minha muié,

Lá no fugão da cozinha,
Tomando o nosso café,
Quando uvi uma voz fina,
Parecendo uma buzina:
"Ô de casa! ô de casa!"
Seu moço, eu, naquela hora,
Saí de dentro pra fora,
Pisando inriba de brasa.

E aquele marmanjo horrendo,
Da cara de intipatia,
Quando me viu, foi dizendo:
"Como vai, seu Malaquia?
Não lhe conheço de vista,
Porém, a gente benquista
Já me deu informação:
Na cidade, me dissero
Que o senhô é o mais sincero
Dos home deste sertão".

Sabendo desta verdade,
Fiquei munto satisfeito,
Eu gosto da honestidade,
Pois sou deste mesmo jeito.
Pra sê pontuá e honrado,
Eu já nasci inducado
E, mesmo sem tê estudado,
A minha fala segura
Tem o valô da iscritura,
Com selo, carimbo e tudo.

Se qué sabê se é ou não,
Vá preguntá na cidade.
Lá, eu tenho relação
Com todas oturidade.
E é por isso que hoje venho
Aqui, com bastante impenho,
Falá com seu Malaquia,

Pra me imprestá um dinhêro,
Quatrocento mil cruzêro,
A juro, por quinze dia.
Pode crê neste meu dito,
O meu trato é tiro e queda,
Pra fazê papé bonito,
Pôca gente me arremeda;
É tanto que eu sou um sóço
De uma casa de negóço
Que tem lá na capitá
E ganho mais um salaro,
Pruquê sou funcionaro
Do guverno estaduá.

Nunca a ninguém inganei,
Provo e faço um juramento
E, mesmo fora da lei,
Eu lhe pago a dez por cento,
O lucro não esperdice,
Pois gente boa me disse
Que o dinhêro o senhô tem,
Não injeite risurtado,
Pruquê dinhêro guardado
Nunca deu lucro a ninguém.

Seu moço, eu sou verdadêro,
É certo o que tou dizendo.
"Eu intreguei o dinhêro
Com as duas mão tremendo."
E ele, quando recebeu,
Fingindo me respondeu,
Dizendo: "Seu Malaquia,
Os pé que veio buscá,
Os mêrmo vêm lhe pagá,
Quando interá quinze dia".

Na hora que foi saindo
O cabra Mané José,

Desconfiança sentindo,
A minha esposa Raqué,
Pra ele não precebê,
Veio logo me dizê,
Baixinho, com a voz fraca,
Como quem faz um cuchicho
"Malaquia, aquele bicho
Tarvez te passe na maca!"

O que a muié me dizia
Foi dito e feito, patrão!
Quando interou quinze dia,
O cabra não chegou, não,
Desonrou o trato que fez
E eu fui atrás do freguez,
Daquele peste ladrão.
Era mió não tê ido,
Pruquê não tinha sofrido
A maió decepção.

Andei atrás do imbruião,
Rua arriba, rua abaxo,
Dizendo com os meu botão:
"Miserave, eu hoje te acho!"
Ja tava perdendo a fé,
Quando vi Mané José
Na sala de um botequim,
Numa banca de bebida,
Com sua cara lambida
E o jeito de muié ruim.

Quando eu vi Mané José,
Foi me esquentando as urêia,
Da cabeça até nos pé,
Fugiu-me o sangue das vêia
E eu disse: "Seu voz de gato!
Você quebrou nosso trato,
Vagabundo sem futuro!
Me diga se já tá pronto

Os meus quatrocento conto,
Que você tomou a juro!"

E o cabra me respondeu:
"Tá doido, seu Malaquia?
Juro por Nosso Senhô,
Não lhe devo esta quantia".
E, depois de risingá,
Negá, negá e negá,
Dizendo que não devia,
Me chamou, na mesma hora,
Pra eu contá minha historia,
Dentro da Delegacia.

Depois daquele chamado,
Eu tive grande alegria,
Pruquê o senhô delegado,
Há tempo, me conhecia,
Mas lá na repartição,
Ele não me deu tenção,
Do meu dito não deu fé,
Fez um papé munto preto,
Puxando brasa pro espeto
Do cabra Mané José.

Eu disse: "Seu delegado,
Seu Mané José, um dia,
Chegou alegre e vexado,
Lá na minha moradia,
E eu lhe imprestei um dinhêro,
Quatrocento mil cruzêro,
Toda minha inconomia.
O trato já se findou
E hoje aqui ele jurou
Que não deve esta quantia.

Pra juntá este dinhêro,
Que tem seu Mané José,
Eu passei um ano intêro

Mais Raqué, minha muié,
Trabaiando todo dia
E fazendo inconomia,
Com o maió sofrimento.
Com aquele capitá
O meu prano era comprá
Meia duza de jumento.

Sei que o senhô delegado
Conhece bem o meu tipo,
Eu sou munto acreditado,
Dentro deste municipo,
Nunca fiz um papé ruim".
E ele respondeu pra mim:
"– Para prová a verdade,
Sem testemunha não presta,
Isto de palavra honesta
Foi coisa da antiguidade".

Ali, o cabra safado
Falou com estupidez:
– "Munto bem, seu delegado,
Gostei do seu português,
E o senhô, seu Malaquia,
Me cobrando esta quantia,
Tá manchando o meu conceito,
É um grande atrevimento,
Se quisé comprá jumento,
Vá procurá ôtro jeito.

Eu nunca dei prejuízo,
Sou um cidadão de bem
E pra vivê, não preciso
De dinhêro de ninguém.
A sua falsa cobrança
Prova a sua inguinorança,
É um caso de prisão.
Eu devia processá

Porém, vou lhe perdoá,
Eu tenho um bom coração".

Seu moço, basta que eu toque
Nisto que tou lhe falando
Pra muié sinti um choque.
Ói Raqué, ali, chorando!
"Não chore não, Raquezinha!
Vá lá pra sua cozinha
Se esqueça daquela praga,
Daquela infeliz desgraça.
Destá, que a sua trapaça,
Lá nos inferno ele paga!"

Meu senhô, vou lhe pedi
Não me chame inguinorante,
Mas, por favô, quêra uvi,
A histora inda vai adiante,
Pois o nosso ingrato mundo
Cria certos vagabundo
Da mais baxa natureza:
O senhô inda não viu
Até em que grau subiu
Aquela sem-vergonheza.

Depois que o diabo tramou
Aquela feia injustiça,
Lá da cidade azulou,
Sem mais ninguém tê notiça.
E o tempo foi se passando
E foi gastando, gastando
Aquela negra impressão
Que eu tinha do condenado,
Eu já tava miorado
Da minha decepção.

Porém, o prope inocente
Não tem sossego compreto,
O diabo, com seus argente,

Não dêxa ninguém tá queto.
Eu, certa vez, resorvi
E um dia saí daqui,
Fui batê na capitá;
Não fui visitá parente,
Fui à capitá, somente,
Vê as beleza do má.

Pois, mesmo sem tê estudo
Sei que o má de tudo tem;
Ele é brando, ele é sisudo
E tanto vai como vem,
Tem de tudo uma parcela;
É das beleza mais bela
Das obra do Criadô.
O má representa briga,
Prazê, tristeza, cantiga,
Gemido, sodade e amô.

Eu fui, com grande alegria,
Vê as beleza do má.
E naquele mêrmo dia
Que cheguei na capitá,
Indo armuçá num hoté,
Lá eu vi Mané José
Trabaiando de garçom.
Naquela hora, seu moço,
Eu sinti tanto sobroço,
Que a fala mudou de tom.

Eu tinha pedido um prato,
Quando avistei o bandido.
Pensei que aquele gaiato
Não tinha me conhecido,
Mas tive sorte mesquinha.
Eu ainda bem não tinha
Nem começado a comê
Meu prato de refeição,

A cuié caiu da mão,
Quando uvi ele dizê:

Como vai, seu Malaquia?
Se o senhô qué se hospedá,
Vai tê toda garantia,
Este é o hoté populá,
Onde a honestidade mora.
Tem de tudo, a toda hora,
É esta a pensão que agrada
A todo e quarqué freguez
E o quarto número 6
Tem cama desocupada.

Senti medonha surpresa,
Fiquei danado da vida,
Fastei pro meio da mesa
O meu prato de comida,
Fiz depressa o pagamento
E, nesse mesmo momento,
Sem uma palavra dá,
Saí pra rua apressado,
Como quem tinha escutado
A mãe do diabo rinchá.

Fiquei todo diferente,
Fiquei leso, fiquei tonto.
Veio logo em minha mente
Os meus quatrocento conto,
Que aquele cão deu sumiço.
Como a dô de um panariço,
Que se espreme o carnegão,
O meu coração doeu
E, de novo, apareceu
A minha decepção.

E hoje até mêrmo drumindo,
Vejo, quando tou sonhando,

O Mané José mentindo
E o delegado apoiando.
Ôtras vez, mesmo acordado,
Fico meio amalucado,
Pruque escuto, argum dia,
A voz daquele atrivido
Zuando nos meus uvido:
"Como vai, seu Malaquia?!"

A estrada de minha vida

Trilhei, na infância querida,
Composta de mil primores,
A estrada de minha vida,
Ornamentada de flores.
E que linda estrada aquela!
Sempre havia ao lado dela
Encanto, paz e beleza;
Desde a terra ao grande espaço,
Em tudo eu notava um traço
Do pincel da Natureza.

Viajei de passo lento,
Pisando rosas e relvas,
Ouvindo a cada momento
Gemer o vento nas selvas;
Colibris e borboletas
Dos ramos das violetas
Vinham render-me homenagem,
E do cajueiro frondoso,
O sabiá sonoroso
Saudava a minha passagem.

O sol, quando despontava,
Convertendo a terra em ouro,
Em seus raios eu notava
O mais sublime tesouro;
E de noite, a lua bela

Era qual linda donzela,
De uma beleza sem fim;
A sua luz prateada
Tinha a cor imaculada
Das vestes de um querubim.

Se a noite escura chegava
Envolvida em seus negrores,
Uma santa me embalava,
Cantando trovas de amores.
E quando raiava o dia,
Que do bercinho eu descia,
Chegava aos ouvidos meus,
Pelas brisas matutinas,
O som das harpas divinas
Dos santos anjos de Deus.

E eu seguia o meu caminho,
Sempre alegre e sorridente,
Balbuciando baixinho
Minha canção de inocente.
E enquanto, sem embaraço,
Eu transpunha, passo a passo,
Os tapetes da campina,
No centro da espessa mata,
As águas de uma cascata
Cantavam ao pé da colina.

Nessa viagem de amor
Nada me causava tédio,
Tudo vinha em meu favor
Pelo divino intermédio,
Mas a torpe sedução,
Qual fera na escuridão,
Manhosa, sagaz e astuta,
Atirou sem piedade
Sua seta de maldade
Contra minha alma impoluta.

Desde esse dia maldito,
Tudo tornou-se o contrário,
Foi se tornando esquisito
Meu luzente itinerário.
Segui pela minha estrada
Como a folha arrebatada
Na correnteza de um rio;
Entre a grande natureza,
Tudo quanto era beleza
Apresentou-se sombrio.

O sabiá não cantava
Pelos bosques e colinas,
Nem pela brisa chegava
O som das harpas divinas.
Só me ficou na memória
Aquela quadra de glória
Da minha infância feliz,
Lá onde deixei guardados,
Entre as roseiras dos prados,
Meus brinquedos infantis.

Qual peregrino sem fé
Atrás de um santo socorro,
Um dia cheguei ao pé
Do mais altaneiro morro,
E subi pelos escombros,
Levando sobre meus ombros
Um fardo de paciência,
Sem encontrar obstáculo,
Galguei o alto pináculo
Do monte da decadência.

Na mais horrível peleja,
Vivo hoje em cima do cume,
Onde a brisa não bafeja
E as flores não têm perfume.
A vagar triste e sozinho,
Sem conforto e sem carinho,

Na solidão deste monte,
Não ouço o canto das aves,
Nem os sussurros suaves
Das claras águas da fonte.

No deserto desta crista,
Ninguém consola meus ais,
Fugiram da minha vista
As belezas naturais.
Tudo, tudo me embaraça,
A lua pelo céu passa
Desmaiada e já sem cor,
E as lanternas das estrelas
Procuro e não posso vê-las,
É triste o meu dissabor!

E aqui o que mais me pasma,
Me faz tremer e chorar,
É ver um negro fantasma
Com as mãos a me acenar;
Sempre, sempre me rodeia,
E com voz horrenda e feia
De quando em quando murmura
Baixinho, nos meus ouvidos,
Para descermos unidos
Os degraus da sepultura.

ABC do Nordeste flagelado

A – Ai, como é duro viver
nos Estados do Nordeste
quando o nosso Pai Celeste
não manda a nuvem chover.
É bem triste a gente ver
findar o mês de janeiro
depois findar fevereiro
e março também passar,
sem o inverno começar
no Nordeste brasileiro.

B – Berra o gado impaciente
reclamando o verde pasto,
desfigurado e arrasto
com o olhar de penitente;
o fazendeiro, descrente,
um jeito não pode dar,
o sol ardente a queimar
e o vento forte soprando,
a gente fica pensando
que o mundo vai se acabar.

C – Caminhando pelo espaço,
como os trapos de um lençol,
pras bandas do pôr do sol,
as nuvens vão em fracasso:
aqui e ali um pedaço
vagando... sempre vagando,
quem estiver reparando
faz logo a comparação
de umas pastas de algodão
que o vento vai carregando.

D – De manhã, bem de manhã,
vem da montanha um agouro
de gargalhada e de choro
da feia e triste cauã:
um bando de ribançã
pelo espaço a se perder,
pra de fome não morrer,
vai atrás de outro lugar,
e ali só há de voltar,
um dia, quando chover.

E – Em tudo se vê mudança
quem repara vê até
que o camaleão que é
verde da cor da esperança,
com o flagelo que avança,

muda logo de feição.
O verde camaleão
perde a sua cor bonita
fica de forma esquisita
que causa admiração.

F – Foge o prazer da floresta
o bonito sabiá,
quando flagelo não há
cantando se manifesta.
Durante o inverno faz festa
gorjeando por esporte,
mas não chovendo é sem sorte,
fica sem graça e calado
o cantor mais afamado
dos passarinhos do norte.

G – Geme de dor, se aquebranta
e dali desaparece,
o sabiá só parece
que com a seca se encanta.
Se outro pássaro canta,
o coitado não responde;
ele vai não sei pra onde,
pois quando o inverno não vem
com o desgosto que tem
o pobrezinho se esconde.

H – Horroroso, feio e mau
de lá de dentro das grotas,
manda suas feias notas
o tristonho bacurau.
Canta o João corta-pau
O seu poema funério,
é muito triste o mistério
de uma seca no sertão;
a gente tem impressão
que o mundo é um cemitério.

I – Ilusão, prazer, amor,
a gente sente fugir,
tudo parece carpir
tristeza, saudade e dor.
Nas horas de mais calor,
se escuta pra todo lado
o toque desafinado
da gaita da seriema
acompanhando o cinema
no Nordeste flagelado.

J – Já falei sobre a desgraça
dos animais do Nordeste;
com a seca vem a peste
e a vida fica sem graça.
Quanto mais dia se passa
mais a dor se multiplica;
a mata que já foi rica,
de tristeza geme e chora.
Preciso dizer agora
o povo como é que fica.

L – Lamento desconsolado
o coitado camponês
porque tanto esforço fez,
mas não lucrou seu roçado.
Num banco velho, sentado,
olhando o filho inocente
e a mulher bem paciente,
cozinha lá no fogão
o derradeiro feijão
que ele guardou pra semente.

M – Minha boa companheira,
diz ele, vamos embora,
e depressa, sem demora
vende a sua cartucheira.
Vende a faca, a roçadeira,

machado, foice e facão;
vende a pobre habitação,
galinha, cabra e suíno
e viajam sem destino
em cima de um caminhão.

N – Naquele duro transporte
sai aquela pobre gente,
aguentando paciente
o rigor da triste sorte.
Levando a saudade forte
de seu povo e seu lugar,
sem um nem outro falar,
vão pensando em sua vida,
deixando a terra querida,
para nunca mais voltar.

O – Outro tem opinião
de deixar mãe, deixar pai,
porém para o Sul não vai,
procura outra direção.
Vai bater no Maranhão
onde nunca falta inverno;
outro com grande consterno
deixa o casebre e a mobília
e leva a sua família
pra construção do governo.

P – Porém lá na construção,
o seu viver é grosseiro
trabalhando o dia inteiro
de picareta na mão.
Pra sua manutenção
chegando dia marcado,
em vez do seu ordenado
dentro da repartição,
recebe triste ração,
farinha e feijão furado.

Q – Quem quer ver o sofrimento,
quando há seca no sertão,
procura uma construção
e entra no fornecimento.
Pois, dentro dele o alimento
que o pobre tem a comer,
a barriga pode encher,
porém falta a substância,
e com esta circunstância,
começa o povo a morrer.

R – Raquítica, pálida e doente
fica a pobre criatura
e a boca da sepultura
vai engolindo o inocente.
Meu Jesus! Meu Pai Clemente,
que da humanidade é dono,
desça de seu alto trono,
da sua corte celeste
e venha ver seu Nordeste
como ele está no abandono.

S – Sofre o casado e o solteiro
sofre o velho, sofre o moço,
não tem janta, nem almoço,
não tem roupa nem dinheiro.
Também sofre o fazendeiro
que de rico perde o nome,
o desgosto lhe consome,
vendo o urubu esfomeado,
puxando a pele do gado
que morreu de sede e fome.

T – Tudo sofre e não resiste
este fardo tão pesado,
no Nordeste flagelado
em tudo a tristeza existe.
Mas a tristeza mais triste

que faz tudo entristecer,
é a mãe chorosa, a gemer,
lágrimas dos olhos correndo,
vendo seu filho dizendo:
mamãe, eu quero morrer!

U – Um é ver, outro é contar
quem for reparar de perto
aquele mundo deserto,
dá vontade de chorar.
Ali só fica a teimar
o juazeiro copado,
o resto é tudo pelado
da chapada ao tabuleiro
onde o famoso vaqueiro
cantava tangendo o gado.

V – Vivendo em grande maltrato,
a abelha zumbindo voa,
sem direção, sempre à toa,
por causa do desacato.
À procura de um regato,
de um jardim ou de um pomar
sem um momento parar,
vagando constantemente,
sem encontrar, a inocente,
uma flor para pousar.

X – Xexéu, pássaro que mora
na grande árvore copada,
vendo a floresta arrasada,
bate as asas, vai embora.
Somente o saguim demora,
pulando a fazer careta;
na mata tingida e preta,
tudo é aflição e pranto;
só por milagre de um santo,
se encontra uma borboleta.

Z – Zangado contra o sertão
dardeja o sol inclemente,
cada dia mais ardente
tostando a face do chão.
E, mostrando compaixão
lá do infinito estrelado,
pura, limpa, sem pecado
de noite a lua derrama
um banho de luz no drama
do Nordeste flagelado.

Posso dizer que cantei
aquilo que observei;
tenho certeza que dei
aprovada relação.
Tudo é tristeza e amargura,
indigência e desventura.
– Veja, leitor, quanto é dura
a seca no meu sertão.

O rádio ABC

Vejo que o nosso Nordeste
É mesmo a terra da fome,
Onde o matuto não veste,
Onde o matuto não come.
A agricurtura é sentença
E sem havê assistença
O jeito é se escangaiá.
Parece mesmo um pagode!
Seu dotô, como é que pode
Este Brasi miorá?

Carsando dura apragata
O nosso pobre caboco
Se soca dentro da mata,
Pisando inriba de toco,
Bota um alarme de broca,

Depois nela fogo toca.
Depois da mesma queimá
Ainda lhe dá cansêra,
Porque tem a garranchêra
Que é preciso incoivará.

Ele, naquele vexame,
Logo o terreno incoivara
Mas porém, não tem arame,
Precisa cercá de vara.
Depois da roça cercada,
De ferramenta pesada
Segue no mesmo rojão,
Pois com nada se aquebranta
E na terra seca pranta
O caroço de argodão.

Pranta com munto prazê,
Com munta sastifação,
Proque no rádio ABC
Que comprou de prestação
Todo momento que liga,
Além de munta cantiga,
Escuta uma voz falá,
Uma voz dizendo: "prante,
Que o governo garante".
E o seu desejo é prantá.

Pranta no seco a semente
E depois de tê chuvido
Ele diz munto contente:
Meu argodão tá nascido
E vai a limpa fazê
Mode o mato não crescê
Pois, pra podê dá de conta,
É preciso que se arranje,
Puxando um forte frejoge
Com uma inxada na ponta.

Vendo o prantio na linha,
Sempre de bom a mió,
Agarra demenhãsinha
Até chegá o pôr do só.
A sua manutenção
Meidia é sempre fejão
E de noite muncunzá,
Mas nada de esmorecê,
Uvindo o rádio ABC,
Sempre mandando prantá.

Esta roça tá firmada
Porém, tem a capoêra,
Esta aqui limpa de inxada
E aquela de roçadêra.
O seu argodão do rôço
Tá se tornando um colosso,
A roça tá munto boa,
De fulô toda amarela,
Pode a gente chamá ela
Um bordado de açafroa.

E ele o trabaio fazendo,
Sempre aguentando o ripuxo,
Aqui e ali já tá vendo
Dasabrochando um capuxo,
E o caboco não descansa,
Cheio de fé e esperança
Por vê o argodão abri,
Diz, alegre e munto esperto
Já tá chegando bem perto
Do gunverno garantí!

A roça no mês de agosto
Tá bem arva de argodão,
Tá mesmo de fazê gosto,
Tá mesmo um manapulão;
Quem de longe repará

Sabendo bem compará,
Logo em sua mente toca
Que aquilo é bem parecido
Com um lenço estendido,
Coberto de tapioca.

E o nosso honesto matuto
Sempre da roça pra casa,
Achando que o seu produto
Vai dá lucro e não atrasa.
De noite, perto da mesa,
Com a lamparina acesa,
Todo cheio de inlusão
Destranca o rádio ABC,
Proque deseja sabê
Que preço tem argodão.

Com os seus dedo grocêro
Passa ali hora e mais hora
Mexendo com o pontêro,
Em toda estação demora.
Porém seu rádio ABC
Desta vez não qué sabê
De negoço de argodão,
Derne o Sú inté o Norte
Só tá falando de esporte,
Pelé, Garrincha e Tostão.

Bota o pontêro pra lá
E é sempre uma coisa só,
Puxa o pontêro pra cá
E é o mesmo Futibó
E aquele nosso cabôco
Já quage com ar de lôco
Vai ficando meio brabo
E diz, bastante raivoso:
Este rádio é mentiroso!
Eu só vendendo este diabo!

Cheio de raiva e quisila,
Já de esperança perdida,
Tranca o seu rádio de pila
E fica a pensá na vida,
Dizendo a sua senhora:
É uma grande caipora
Vendê argodão barato!
Perdi todo o meu serviço,
Trabaiei com sacrifico,
Pra botá tudo no mato!

Na vida de agricurtô
Não há pobre que se saia,
Pra todo lado que vou
Tem um bicho de tocaia;
É grande a desiguardade
Do campo para a cidade!
Você repare, muié,
Que grande escuiambação:
Quinze quilo de argodão
Não compra três de café!

E toca lá pra cidade
Quatro carga de argodão,
Mas, porém, mais da metade
Já tá devendo ao patrão.
Com a sobra do dinhêro,
O sobejo dos cruzêro,
Que é bem pequena quantia,
Faz uma fraca merenda,
Depois vai comprá fazenda
Mode vesti a famia.

Depois que de brim barato
Comprá carsa pra José,
Chico Migué, Furtunato
E uma saia pra muié
E seis vestido de chita

Pra Joana, Tereza, Rita,
Josefa, Antônia e Sinhá,
Fica coçando o bigode.
Seu dotô, como é que pode
Este Brasi miorá?

Veja que negoço chato,
O que foi que aconteceu,
Vendeu o argodão barato,
Que tanto trabaio deu!
Aquele bom camponês,
Com as comprinhas que fez,
Nem um centavo sobrou,
Ficou de bôrsa vazia,
Pensando na garantia
Que o rádio tanto falou.

Sem tê no borso um tostão
Vorta o caboco da praça
Pensando em seu argodão
E incabulado, sem graça,
Quando chega na paioça,
Vai derrubá nova roça
Pra ôtra safra fazê,
Bem sisudo, resmungando,
Chingando e desconjurando
Aquele rádio ABC.

Flores murchas

Depois do nosso desejado enlace
Ela dizia, cheia de carinho,
Toda ternura a segredar baixinho:
— Deixa, querido, que eu te beije a face!

Ah! se esta vida nunca mais passasse!
Só vejo rosas, sem um só espinho;
Que bela aurora surge em nosso ninho!
Que lindo sonho no meu peito nasce!

E hoje, a coitada, sem falar de amor,
Em vez daquele natural vigor,
Sofre do tempo o mais cruel carimbo.

E assim vivendo, de mazelas cheia,
Em vez de beijo, sempre me aperreia
Pedindo fumo para o seu cachimbo.

O que é Folclore?

De conservar o folclore
Todos têm obrigação,
Para que nunca descore
A popular tradição
Os homens de grande estudo
Como Mainá e Cascudo
Guardam sempre nos arquivos
Populares tradições,
Cantigas, superstições
E costumes primitivos.

Você, caboclo, que cresce,
Sem instrução nem saber,
Escuta, mas não conhece
Folclore o que quer dizer;
O folclore é um pilão,
É um bodoque, um pião,
Garanto que também é
Uma grosseira cangalha
Aparelhada de palha
De palmeira ou catolé.

Posso lhe afirmar também
Folclore é superstição
O medo que você tem
Do canto do curujão.
Folclore é aquele instrumento

Para o seu divertimento
Que chamamos birimbau,
E também a brincadeira
Ritmada e prazenteira
Chamada Maneiro-pau.

Folclore, meu camarada,
Ouvimos a toda hora,
É estória de alma penada
De lubisome e caipora.
Preste atenção e decore,
Pois, com certeza, folclore
Ainda posso dizer
Que é aquele búzio de osso
Que você põe no pescoço
Do filho pra não morrer.

É o aboio magoado
Do vaqueiro na amplidão,
É o festejo animado
Da debulha de fejão,
Carro de boi e gaiola
E desafio, à viola,
Do cantador popular.
E também a toadinha
Da Ciranda-cirandinha
Vamos todos cirandar.

Eu e você que vivemos
No nosso pobre sertão
Muitas coisas inda temos
Da popular tradição;
Além de outras, o girau
E a carrocinha de pau
Em vez de bonito carro.
Que prazer, satisfação,
A gente comer pirão
Mexido em prato de barro!

E agora, prezado irmão,
Estes versos lhe dedico,
Lhe dei alguma noção
Do nosso folclore rico.
Não posso continuar,
Pois nada pude estudar,
De dentro do tema saio.
O resto lhe dirá tudo
Romão Filgueira Sampaio,
Mainá e Câmara Cascudo.

Sou cabra da peste

Eu sou de uma terra que o povo padece
Mas nunca esmorece, procura vencê,
Da terra adorada, que a bela caboca
De riso na boca zomba no sofrê.

Não nego meu sangue, não nego meu nome,
Olho para fome e pergunto: o que há?
Eu sou brasilêro fio do Nordeste,
Sou cabra da peste, sou do Ceará.

Tem munta beleza minha boa terra,
Derne o vale à serra, da serra ao sertão.
Por ela eu me acabo, dou a própria vida,
É terra querida do meu coração.

Meu berço adorado tem bravo vaquêro
E tem jangadêro que domina o má.
Eu sou brasilêro fio do Nordeste,
Sou cabra da peste, sou do Ceará.

Ceará valente que foi munto franco
Ao guerrêro branco Soare Moreno,
Terra estremecida, terra predileta
Do grande poeta Juvená Galeno.

Sou dos verde mare da cô da esperança,
Que as água balança pra lá e pra cá.
Eu sou brasilêro fio do Nordeste,
Sou cabra da peste, sou do Ceará.
Ninguém me desmente, pois, é com certeza,
Quem qué vê beleza vem ao Cariri,
Minha terra amada pissui mais ainda,
A muié mais linda que tem o Brasí.

Terra da jandaia, berço de Iracema,
Dona do poema de Zé de Alencá.
Eu sou brasilêro fio do Nordeste,
Sou cabra da peste, sou do Ceará.

Vaca Estrela e Boi Fubá

Seu dotô, me dê licença
Pra minha historia eu contá.
Se hoje eu tou na terra estranha
E é bem triste o meu pená,
Mas já fui muito feliz
Vivendo no meu lugá.
Eu tinha cavalo bom,
Gostava de campeá
E todo dia aboiava
Na portêra do currá.
Ê ê ê ê Vaca Estrela,
ô ô ô ô Boi Fubá.

Eu sou fio do Nordeste,
Não nego o meu naturá
Mas uma seca medonha
Me tanjeu de lá pra cá.
Lá eu tinha meu gadinho
Não é bom nem maginá,
Minha bela Vaca Estrela
E o meu lindo Boi Fubá,
Quando era de tardezinha
Eu começava a aboiá.

Ê ê ê ê Vaca Estrela
ô ô ô ô Boi Fubá.

Aquela seca medonha
Fez tudo se trapaiá;
Não nasceu capim no campo
Para o gado sustentá,
O sertão esturricou,
Fez os açude secá,
Morreu minha Vaca Estrela,
Se acabou meu Boi Fubá,
Perdi tudo quanto tinha
Nunca mais pude aboiá.
Ê ê ê ê Vaca Estrela
ô ô ô ô Boi Fubá.

E hoje, nas terra do Sú,
Longe do torrão natá,
Quando vejo em minha frente
Uma boiada passá,
As água corre dos oio,
Começo logo a chorá,
Me lembro da Vaca Estrela,
Me lembro do Boi Fubá;
Com sodade do Nordeste
Dá vontade de aboiá.
Ê ê ê ê Vaca Estrela
ô ô ô ô Boi Fubá.

Obs.: Este poema foi também musicado pelo autor.

Emigrante nordestino no Sul do País

Neste estilo popular,
Nos meus singelos versinhos
O leitor vai encontrar
Em vez de rosas, espinhos.
Na minha constante lida,
Conheço no mar da vida

As temerosas tormentas,
Eu sou poeta da roça,
Tenho a mão calosa e grossa
Do cabo das ferramentas.

Nesta batalha danada,
Correndo pra lá e pra cá,
Tenho a pele bronzeada
Do sol do meu Ceará.
Porém o maior tormento
Que abala este sentimento
Que a Previdência me deu,
É saber que há desgraçados
Por este mundo jogados
Sofrendo mais do que eu.

É saber que há muita gente
Na mais cruel privação
Vagando constantemente
Sem roupa, sem lar, sem pão.
É saber que há inocentes,
Infelizes indigentes,
Que por este mundo vão
Seguindo errado caminho,
Sem ter da mão o carinho,
Nem do pai a proteção.

Leitor, a verdade assino,
É sacrifício de morte
O do pobre nordestino
Desprotegido da sorte.
Como bardo popular,
No meu modo de falar,
Nesta referência séria,
Muito desgostoso fico
Por ver num país tão rico
Campear tanta miséria.

Quando há inverno abundante
No meu Nordeste querido,
Fica o pobre em um instante
Do sofrimento esquecido.
Tudo é graça, paz e riso,
Reina um verde paraíso
Por vale, serra e sertão,
Porém não havendo inverno,
Reina um verdadeiro inferno
De dor e de confusão.

Fica tudo transformado,
Sofre o velho e sofre o novo
Falta pasto para o gado
E alimento para o povo.
Neste drama de tristeza
Parece que a natureza
Trata tudo com rigor.
E nesta situação,
O desumano patrão
Despreza o seu morador.

Com o flagelo horroroso,
Com o grande desacato,
Infiel e impiedoso,
Aquele patrão ingrato,
Como quem declara guerra,
Expulsa de sua terra
Seu morador camponês,
O caboclo flagelado,
Seu inditoso agregado
Que tanto favor lhe fez.

Sem a virtude da chuva.
O povo fica a vagar
Como a formiga saúva
Sem folha para cortar.
E com a dor que consome,

Obrigado pela fome
E a situação misquinha,
Vai um grupo flagelado
Para atacar o mercado
Da cidade mais vizinha.

Cheia de necessidade
Sem rancor e sem malícia
Entra a turma na cidade
E sem temer a polícia
Vai falar com o prefeito.
E se ele não der um jeito,
Agora o jeito que tem
É os coitados famintos
Invadirem os recintos
Da feira e do armazém.

Ante tanta consequência,
Viajam pelas estradas
Tanjidas pela indigência
Famílias abandonadas,
Deixando o céu lindo azul,
Algumas vão para o Sul,
Outras, para o Maranhão,
Cada qual com sua cruz,
Se valendo de Jesus
E do Padre Cícero Romão.

Nestes medonhos consternos
Sem meios para a viagem,
Muitas vezes os governos
Para o Sul dão a passagem
E a faminta legião
Deixando o caro torrão,
Dando suspiros e ais,
O martírio inda mais cresce,
Pois o que fica padece
E o que parte sofre mais.

O carro corre apressado
E lá no Sul faz despejo,
Deixando desabrigado
O flagelado cortejo,
Que a procura de socorro
Uns vão viver pelo morro
Num padecer sem desconte,
Outros pobres infelizes
Se abrigam sob as marquises,
E outros por baixo da ponte.

Rompendo mil impecilhos,
Nisto tudo o que é pior,
É que o pai tem oito filhos
E cada qual é menor.
Aquele homem sem sossego,
Mesmo arranjando um emprego
Nada pode resolver,
Sempre na penúria está
Pois o seu ganho não dá
Para a família manter.

A boa esposa chorosa,
Naquele estranho ambiente,
Recorda muito saudosa
Sua terra e sua gente.
Aquela pobre senhora
Lamenta, suspira e chora
Com a alma dolorida.
Além da necessidade
Padece a roxa saudade
Da sua terra querida.

Para um pequeno barraco,
Já saíram da marquise,
Mas cada qual o mais fraco,
Padecendo a mesma crise
Porque o pequeno salário

Não dá para o necessário
Da sua manutenção,
Estão ficando sem roupa
E sobre sacos de estopa
Todos dormindo no chão.

Naquele ambiente estranho
Continua a emergência,
Rigor de todo tamanho
Sem ninguém dar assistência
Ninguém vê, ninguém assiste
Àquela família triste
Quase sem pão e sem veste,
Que sente no coração
Saudosa recordação
Das cousas do seu Nordeste.

O pobre no seu emprego,
Seguindo penosos trilhos,
Seu prazer é o aconchego
Da sua esposa e dos filhos.
Naquele triste penar
Vai outro emprego arranjar
Na fábrica ou no armazém
Para ver se assim melhora,
Até que a sua senhora
Tem um emprego também.

Se por um lado melhora,
Aumentando mais o pão,
Por outro lado piora
A triste situação.
Pois os garotos ficando
E a vida continuando
Sem os cuidados dos pais,
Naquele pequeno abrigo,
Se expõem ao grande perigo
Da vida dos marginais.

Eles ficando sozinhos
Logo fazem amizade
Em outros bairros vizinhos
Com garotos da cidade,
Infelizes criaturas
Que procuram aventuras
No mais cruel padecer.
Garotos abandonados
Que vagam desesperados
Atraz de sobreviver.

Estes pobres delinquentes,
Os infelizes meninos,
Atraem os inocentes
Flagelados nordestinos
E estes, com as relações,
Vão recebendo instruções,
Com aqueles aprendendo
E assim, mal acompanhados,
Em breve aqueles coitados
Vão algum furto fazendo.

Os pais voltam dos trabalhos
Cansados, mas destemidos
E encontram os seus pirralhos
No barraco recolhidos.
O pai, dizendo gracejo,
Em cada qual dá um beijo
Com amorosos acenos;
Cedo do barraco sai,
Não sabe como é que vai
A vida de seus pequenos.

No dia seguinte os filhos
Fazem a mesma viagem
Nos seus custumeiros trilhos,
Na mesma camaradagem,
Com os mesmos companheiros,

Pequenos aventureiros
Que na maior anarquia
São forçados a viver
E tudo podem fazer
Pelo pão de cada dia.

Sem já ter feito o seu teste,
Em um inditoso dia
Um garoto do Nordeste
Entra numa padaria
E já com água na boca
E necessidade louca,
Se encostando no balcão,
Faz mesmo sem ter coragem
A primeira traquinagem,
Dali carregando um pão.

Saiu bastante apressado
O pobre inexperiente,
Olhando desconfiado
Para traz e para frente,
Mas naquele mesmo instante
Vai apanhado em flagrante
Na porta da padaria,
Indo o pequeno indigente
Logo rigorosamente
Levado à delegacia.

É aquela a vez primeira
Que preso o garoto vai,
Faz a maior berradeira
Grita por mãe e por pai.
Mas outros meninos presos,
Que já não ficam surpresos
Com história de prisão,
Consolam o pequenino,
Instruindo o nordestino
Na marginalização.

E quando aquela criança
Da prisão tem liberdade,
Na mesma vida se lança
Pelas ruas da cidade
E assim vai continuando,
Aliada ao mesmo bando
Forçados pela indigência.
Pra criança abandonada,
Prisão não resolve nada,
O remédio é assistência.

Quem examina descobre
Que é sorte muito infeliz
A do nordestino pobre
Lá pelo Sul do país.
A sua filha querida
Às vezes vai iludida
Pelo monstro sedutor
E divido a ingenuidade,
Finda fazendo a vontade
Do monstro devorador.

Foge da casa dos pais
E vai vagar pelo mundo,
Padecendo muito mais
Nas garras do vagabundo.
O pobre pai, desolado,
Fica desmoralizado,
Com a alma dolorida,
Para o homem nordestino,
O brio é um dom divino
A honra é a própria vida.

Aquele pai fica cheio
De revolta e de rancor,
Mas não pode achar um meio
De encontrar o malfeitor.
Porém, se casualmente

Descobrir tal imprudente,
Lhe dará fatal destino,
Pois foi sempre este o papel
E a justiça mais fiel
Do caboclo nordestino.

Leitor, veja o grande azar
Do nordestino emigrante
Que anda atrás de melhorar
Da sua terra distante.
Nos centros desconhecidos
Depressa vê corrompidos
Os seus filhos inocentes,
Na populosa cidade
De tanta imoralidade
E custumes diferentes.

A sua filha querida
Vai por uma iludição
Padecer prostituída
Na vala da perdição.
E além da grande desgraça
Das privações que ele passa
Que lhe fere e que lhe inflama
Sabe que é preso em flagrante
Por causa insignificante
Seu filho a quem tanto ama.

Para que maior prisão
Do que um pobre sofrer
Privação e humilhação
Sem ter com que se manter?
Para que prisão maior
Do que derramar suor
Em um estado precário,
Na mais penosa atitude,
Minando a própria saúde
Por um pequeno salário?

Será que o açoite e as algemas
E um quarto da detenção
Vão resolver os problemas
Da triste situação?
Não há prisão mais incrível,
Mais feia, mais triste e horrível,
Mais dura e mais humilhante,
Do que a de um desgraçado
Pelo mundo desprezado
E do seu berço distante.

O garoto tem barriga,
Também precisa comer
E a cruel fome lhe obriga
A rapinagem fazer.
Se a ele ninguém ajuda,
O itinerário não muda.
Os miseráveis infantes
Que vivem abandonados,
Terão tristes resultados,
Serão homens assaltantes.

Meu divino Redentor
Que pregou na Palestina
Harmonia, paz e amor
Na vossa santa doutrina:
Pela vossa Mãe querida,
Que é sempre compadecida,
Carinhosa, terna e boa,
Olhai para os pequeninos,
Para os pobres nordestinos
Que vivem no mundo à toa.

Meu Bom Jesus Nazareno,
Pela vossa majestade,
Fazei que cada pequeno,
Que vaga pela cidade,
Tenha boa proteção;

Tenha, em vez de uma prisão,
Aquele horroroso inferno
Que revolta e desconsola,
Bom conforto, boa escola,
Um lapes e um caderno!

Ser feliz

Que tens, rico poderoso,
Que em vez de um supremo gozo
Tu vives tão desgostoso,
Cabisbaixo e triste assim?
Nessa tristeza absorto,
Com o teu coração morto,
Não acharás um conforto
Nos teus tesouros sem fim?

Se aí por esse ambiente,
Ante o cofre reluzente
Tua pobre alma não sente
Prazer e consolação,
Abandona o teu tesouro,
O brilhante, a prata e o ouro,
E vem consolar teu choro
Nas cabanas do sertão.

Vem matar o teu desejo
Aqui, onde o sertanejo,
Fruindo um prazer sobejo,
Não sente o peso da cruz,
E onde a lua cor de prata,
Linda, majestosa e grata,
Estende por sobre a mata
Sua toalha de luz.

Vem consolar os teus prantos,
Ouvir das aves os cantos
E admirar os encantos
Das obras da criação.

Contemplando a natureza
Expulsarás, com certeza,
Esse manto de tristeza
Que vive em teu coração.

Eu sei, por experiência,
Pois desde a minha inocência,
Nesta estrada, a Providência
Dirigiu os passos meus.
A vida vivo gozando,
Sorrindo, alegre e cantando,
Sempre amando e admirando
As maravilhas de Deus.

Nunca descreve a verdade
Quem diz que a felicidade
Vive lá pela cidade,
Entre as galas do salão.
Ela reina soberana
É dentro de uma choupana,
Ao lado de uma serrana
Que sabe mexer pirão.

É ao lado da sertaneja,
Que trabalha, que peleja,
E na vida só deseja
Cumprir o santo dever,
Sempre alegre, a fazer festa,
Boa, carinhosa e honesta,
Forte cabocla modesta,
Que sabe amar e sofrer.

Ela reina na palhoça,
Na mais rude e pobre choça
Do pobre bardo da roça,
Que no terreiro do lar,
À noite todo pachola,
Entre os filhos, que o consola,

Dedilha a sua viola,
Cantando à luz do luar.

Ser feliz é ser ditoso,
Ser nobre é ser venturoso,
Não é ser um poderoso,
Ser rico é ter posição.
A doce felicidade
É filha da soledade,
Nasceu na simplicidade
Sem ouro, sem lar, sem pão.

Chiquita e Mãe Veia

Quando a lua vem descendo
Minha dô vai omentando,
Apois quando eu vejo a lua
Fico triste, me lembrando,
Me lembrando com sodade,
Da beleza e da bondade
De um anjo que Deus me deu.
Uma menina bonita
Que se chamava Chiquita,
E tanto brincou mais eu.

Chiquita era a mais bonita
Das menina desta terra,
Arva cumo aquela lua
Que nasce detrás da serra;
Seu cabelo fino e lôro
Tinha uma mistura de ôro,
Que a gente via briá.
Sua boca, pequinina,
Corada, como a bonina,
E os oio da cô do má.

Quando ela tinha seis ano,
Eu seis ano também tinha.
A minha casa era dela,

E a casa dela era minha.
Quando eu não ia pra lá
Chiquita vinha pra cá:
Era assim que nós vivia,
Como dois pombo inocente,
Ela se rindo e eu contente,
Querendo o que ela queria.

De menhãzinha, bem cedo,
Depois do só apontá,
Mãe Veia chamava nós,
Mode aprendê a rezá.
Quando Mãe Veia chamava,
Nós ia e se ajueiava
Cumo se faz nas igreja.
E Mãe Veia, paciente,
Ia dizendo na frente:
– Bendito e lovado seja
Nosso Deus, nosso Jesus,
Que pra nos livrá das curpa
Morreu pregado na cruz.

Seja lovada tombém
A Virge Nossa Senhora,
Lá no Reino da Gulora,
Por sécro sem fim, amém.

Despois da reza, nós ia
Correndo de braço dado,
E no quintá da cozinha
O meu premêro coidado
Era tirá uma rosa,
Das mais bonita e cherosa
Pra botá no seu cocó.
Naquele tempo feliz,
Nós era, como se diz,
Dois ané num dedo só.

Ela corria atrás d'eu,
E eu atrás dela corria.
A gente nem dava fé
De que tamanho era o dia.
Tudo era gosto e prazê,
Ninguém pensava em morrê,
Uma vidinha teteia,
Nós dois vivia gozando,
Ou no terrêro brincando,
Ou no colo de Mãe Veia.

Tinha no nosso terrêro,
Num pé de jacarandá,
Sobre um gancho de três gaio,
Um ninho de sabiá.
Se eu vê os pinto queria,
No jacarandá subia,
Chiquita ficava em baxo,
Pruque Mãe Veia dizia
Que as muié não se subia
Nos pau, como os home macho.

Mas eu trazia os pintinho
Pra Chiquita vê tombém,
E ela bejava, se rindo,
Chamando eles de meu bem.
Despois, eu arrecebia
E com eles me subia,
Mas porém bem devagá,
Cumo quem pega num ovo.
E botava os pinto novo
No ninho do sabiá.

De noite, a lua trazia
A sua quilaridade,
Querendo tombém tê parte
Na nossa felicidade.
Vinha alumiando a terra

Por detrás daquela serra,
Tão redonda, tão bonita,
Mas eu muntas vez pensava
Que aquela lua invejava
A beleza de Chiquita.

Muntas vez, nós no terrêro,
Tudo sentado no chão.
Mãe Veia contava histora
Iscoroçando argudão.
Falava em Nosso Senhô
Quando neste mundo andou,
Tombém em Nossa Senhora
E nôtas coisa engraçada.
Ah! muié abençoada
Pra sabê contá histora!

Mas aquelas coisa boa
Desapareceu da terra.
Só a lua ainda nasce
Por detrás daquela serra.
Ela é sempre a mesma lua,
Com a mêrma beleza sua
Que Nosso Senhô lhe deu,
Eu tou deferente e triste,
Mãe Veia já não existe,
Chiquita tombém morreu.

A mêrma lua inda tem
A sua luz cô de prata,
E eu só tenho no meu peito
Esta dô que me matrata.
A vida é tão esquesita!
Nem Mãe Veia, nem Chiquita,
Tudo, tudo se acabou!
Pois inté o jacarandá
Do ninho do sabiá,
Veio o vento e derrubou.

O agregado

Quem véve no luxo, somente gozando,
Dinhêro gastando sem mágoa e sem dô,
Não sabe, nem pensa e tombém não conhece
O quanto padece quem mora a favô.

Meu Deus! Como é duro se uvi o lamento,
O grande trumento do triste agregado!
Osente das coisa mais boa da vida,
De rôpa rompida, sem cobre, coitado!

Os fio dizendo: – Papai, tou com fome!
E o pobre desse home a chorá como lôco,
Oiando a famia, tão magra e tão fraca,
Na veia barraca de paia de côco.

Promode armoçá, é preciso premêro
Corrê o dia intêro, sadio ou doente,
Só acha um consolo, na sorte tão crua,
Nos bêjo da sua muié paciente.

Acorda bem cedo e do frio agasaio
Sai para o trabaio, de foice ou de enxada;
Assim padecendo crué abandono
Na roça do dono da casa caiada.

Não crê nas promessa do rico pulento,
No seu sofrimento só pensa em Jesus,
Rogando e pedindo pra tê piedade,
Levando a metade do peso da cruz.

As suas criança, pra quem tudo farta,
Não brinca, não sarta, não tem alegria,
Enquanto pinota na casa caiada
Feliz meninada, robusta e sadia.

Não vai à cidade, só véve loitando,
Limpando ou brocando, socado na mata.

Ninguém lhe conhece, nem sabe seu nome,
Se acanha com os home que bota gruvata.

Se às vez ele fica parado, escutando
Arguém conversando, falando de guerra,
Cochicha uma reza, baixinho, em segredo,
Tremendo com medo dos grandes da terra.

Assim ele véve, do mundo esquecido,
Com fome dispido, a chorá cumo lôco,
Oiando a famia tão magra e tão fraca,
Na veia barraca de paia de côco.

O puxadô de roda

Seu moço, eu peço perdão,
Não tenha raiva de mim,
Mas a civilização
Faz coisa que eu acho ruim;
Os engenhêro mecano,
Francês, inglês, mericano,
Se larga de seus coidado
E faz certos objetos
Pra buli com quem tá quéto
No seu canto, sossegado.

Eu sei que seu moço dêxa
Eu contá minhas razão,
Pois eu tenho munta quêxa
Da tá civilização.
Escute, que eu vou dizê
Promode o senhô sabê,
E tê bem conhecimento
Do bicho que me incomoda:
Eu sou puxadô de roda,
De roda de aviamento.

Sim, senhô, sou puxadô.
Naquele tempo passado,

Por todos agricurtô
Da serra eu fui percurado.
Vivia sem aperreio
Sempre pegando no veio,
Mais o Chico da Ventura;
Nós era vê dois Sansão,
De camisa de argudão
Amarrada na cintura.

Sei que o senhô não conhece
E também não adivinha
O ilugio que merece
Uma casa de farinha;
Pois seu dotô tem vevido
Na capitá, invorvido
Na política danada,
Discuçando na Sembreia,
Não pode tê boa ideia
Do que é uma farinhada.

Pois bem, um aviamento,
Quando pega a trabaiá,
É o mió divertimento
Que se pode maginá,
É a mió distração,
Tudo ali é união,
Prazê, alegria e paz,
Só se conveça em amô,
Pois todos trabaiadô
É sempre moça e rapaz.

Sinto o meu corpo gelá,
Meu coração triste chora
Quando eu pego a me lembrá
Das farinhadas de otrora,
Quando a roda eu sacudia,
Que ela zinia, zinia,
Zinia como um pião,

E tão depressa rodava,
Que a gente não divurgava
Se ela tinha vêio, ou não.

Gritando e dizendo graça,
Cantando e a jogá potoca,
Eu fazia virá massa
Um putici de mandioca;
Não tinha quem me aguentasse,
Desmancha que eu trabaiasse
Corria com bom despacho;
Digo sem acanhamento,
Pra roda de aviamento,
Seu moço, eu sou cabra macho!

Hoje tudo tá mudado,
Tudo que é bom leva fim,
Porém naquele passado
Eu me orguiava de mim!
De todos trabaiadô
Da desmancha, o puxadô,
Com sua força aprovada,
É sempre o mais preferido,
E tombém o mais querido
Do povo da farinhada.

O puxadô não tem móca
É tratado com amô,
Rapadêra de mandioca
É doida por puxadô!
As vez inté eu pensava
Que o meu coração virava
Mandioca e macachêra,
E as raiz era cevada
Por as tarisca amolada
Dos oio das rapadêra.

Seu moço, aquelas serrana,
Com os seus quicé nas mão,

Quando elas bate as pestana,
Ninguém esmorece não!
Fica tudo corajoso,
Inté mêrmo o preguiçoso
Pode crê como trabaia
Munto mais de que o moinho,
Com o oiá e o carinho
Daqueles anjos de saia.

Quem nunca passou na serra
Um tempo de farinhada,
Perdeu a vida na terra,
Do mundo não gozou nada;
Pois ali, as cunzinhêra,
Rapadêra e lavadêra,
É cada quá mais contente,
Dando risada gostosa,
Alegre e dizendo prosa,
Jogando casca na gente.

Nunca mais se desarrancha
De minha arma dolorida
A derradêra desmancha
Que eu trabaiei nesta vida;
Véve no meu pensamento
Nem gozo, nem sofrimento,
Do meu peito não desterra
A lembrança de Maroca,
Rapadêra de mandioca,
A fulô da nossa serra.

Maroca era munto nova,
Mas ah serrana interada!
Ela dava boa prova
De muié ajuizada.
Além de simpate e bela,
Parece que Deus fez ela

Mode sabê trabaiá;
Tinha jeito e tinha dote,
Sozinha dava capote
Pra duas muié rapá.

Além de trabaiadêra,
Tinha o caboge tombém
Dessas moça feiticêra
Que todo mundo qué bem;
Era uma dessas serrana
Que a fidarga praciana
Nos traço não arremeda,
Aquele anjinho composto,
Se era bem feito de rosto,
De corpo dizia – Arreda!

Quem tivesse reparando
Nessa franga de muié,
O corpo se balançando
No compasso do quicé,
Via no lugá dos peito
Dois catombinho bem feito,
Ficando assim parecido
Com dois pombinho fromoso,
Com seus biquinho teimoso
Querendo furá o vestido.

Parecia essa serrana
Uma santinha da igreja,
Não havia praciana,
Praiana nem sertaneja
Pra tê a beleza dela;
Era a mais linda donzela
Desta nossa redondeza,
Pois das casa de farinha
A Maroca era a rainha,
No trabaio e na beleza.

Seu moço, fique ciente
Que as farinhada dagora,
Tudo é triste e deferente
Das farinhada de otrora.
Me lembro, nome por nome,
Das muié, tombém dos home;
Zé Reimundo era o fornêro,
E alegrava o povo todo
Pegado no pau do rodo,
Cantando o Macambirêro.

"– Eu vou contá minha historia,
Ninguém diga que é mentira,
Inda ontem eu vi um veio
Lavradô de macambira.
Macambira é bom, é bom,
Lavradô de macambira".

"– O veio Macambirêro
Vivia quage na tira,
Porém hoje quebra arpaca,
Palitó e gasimira,
Chapéu fino aguaribado,
Sapato de sola e vira".

"A muié do Macambira
Morava em casa de paia,
Só não se botou a tudo
Pruquê não tinha uma saia,
Porém hoje anda trajando
Seu vestido de cambraia".

"A muié do Macambira
Não tinha nem cabeção,
Porém hoje anda enfeitada
De vestido de balão,
Sapato de ringidêra,
Luva de seda na mão".

Esta e mais ôtas cantiga
Cantava o alegre fornêro,
Enquanto a serrana amiga,
Namorada do prensêro,
Se rindo e dizendo graça,
Ia penerando a massa
Arva, cherosa e macia,
Assim, ao noivo ajudando,
Um segredo lhe contando
Que só os dois entendia.

Eu trago tudo guardado
Na minha maginação,
Inté um veio engraçado,
O Guilerme Botijão;
Este não era empregado,
Pois já tava fraquejado,
Era veio munto idoso,
Pra trabaiá não servia,
Mas porém ele sabia
Munta histora de trancoso.

Era alegre sem lundu,
Valia a pena se vê,
Sempre comendo beiju,
Tapioca e manuê,
Dizia, nas suas fala,
Que era da Serra das Bala,
Que fica nos Inhamuns;
Este veio prazentêro
Tinha oitenta e dois janêro
Escanchado no tum-tum.

Mas eita, veio sabido!
Ele sabia de có
Munto caso sucedido
No Crato e tombém no Icó.
Naquele tempo passado

Sentou praça e foi sordado.
Sempre vivia a contá
Que tinha sido valente,
Matou inté munta gente
Na guerra do Paraguá.

Meu peito ainda parpita
Cheio de recordação
Dessas histora bonita
Que contava o Botijão.
Mas hoje, nas farinhada,
Nem histora, nem toada,
Nem mêrmo adivinhação,
Tudo é tristeza e deslêxo,
E eu, seu moço, só me quêxo
Do diabo da invenção.

Seu moço, uma farinhada
Foi durante a minha vida
A coisa mais animada,
Mais boa e mais divertida
Que eu já encontrei na terra;
Mas quando chegou na serra
O danado do motô,
Este estrangêro enxerido,
Fazendo grande alarido,
O meu prazê se acabou.

Hoje a serra tá mudada,
Uma desmancha não presta;
De premêro, a farinhada
Pra mim era a mió festa,
Mas perdi todo o prazê
Quando vi aparecê
Esta horrive novidade
Fazendo um doido baruio,
Cheio de impero e de orgúio,
Fedendo à civilidade.

Era boa a vida minha,
E o tempo, não era mau,
Quando as casa de farinha
Só tinha roda de pau.
Quando os galo miudava,
Os trabaiadô já tava
Cantando suas toada,
Mas o diabo da ingresia
Tirou toda a poesia
Que havia nas farinhada.

Com aquela berradêra,
Foi tudo perdendo a fé,
Arguma das rapadêra
Abandonaro os quicé.
Dêrne o premêro momento
Que entrou nos aviamento
O danado do motô,
A encantadora Maroca
Nunca mais rapou mandioca,
Com pena dos puxadô.

Motô, tu é um castigo!
Bicho feio, sem futuro,
Sou sempre o teu inimigo,
Te dou figa e desconjuro
Do mestre que te inventou,
Mode este teu pôpôpô,
Que aborrece e que incomoda.
Ninguém vê mais os caboco
Que gritava dando soco,
Puxando os veio da roda.

Tu é o pió instrumento
Que já fizero na terra,
Acabou o divertimento
De riba da nossa serra;
Eu morro e não te perdoo,

Safado, eu te amaldiçoo
Com toda a tua zoada,
Em nome das rapadêra,
Lavadêra e cuzinhêra
Das alegre farinhada.

O maió ladrão

Tenho a certeza que o isprito
De Crapistano de Abreu
Cum o de Faria Brito,
Qui tanta coisa aprendeu,
Não vai condená meu dito
E nem teimá contra eu.
Pois falo de cunciença
E sou capaz de botá
As duas mão incruzada
Nas fôia santa e sagrada
E jurá nos Evangeio
Cumo dos ladrão do mundo
O tempo, este vagabundo,
É o mais maió e o mais veio.
Todos me preste atenção,
Se eu tenho razão ou não.

Dêrne quando eu fui gerado
Naquela santa barriga,
Onde passei nove mês
Causando tanta fadiga
A minha mãe adorada,
Tão boa e tão istimada,
O tempo, este infuluído,
Este veiaco fingido,
Já tava a me repará,
Sempre se manifestando,
Me ajeitando e me adulando,
Pra me dá e depois robá.
Eu vou prová desta vez
Tudo o qui o tempo me fez.

Eu nasci tão inocente
Cumo as fulô das campina,
Tão puro inguarmente os anjo
Lá da gulora divina
E assim cumo o jardinêro
Vai zelando no cantêro,
Vai zelando no jardim,
O cravo, a rosa, a sucena,
O bugari e o jasmim
E tantas fulô bonita
Cum seus perfume sem fim
O tempo do mesmo jeito
Ia me fazendo assim,
Tudo o que era de mió
Botava perto de mim,
Me zelando e me agradando
Pra depois fazê motim.
Sempre fazendo cariça
E alimentando a maliça.

E me levava pra frente
Todo cheio de alegria;
Se eu vivia sastifeito,
Sastifeito ele vivia
Me dando hoje um dia novo
E amanhã um novo dia.
E eu inocente seguia
Nas orde do cundutô,
Vendo a rica natureza
Toda cheia de primô,
O só, a lua, as estrela
Cum seu imenso furgô
Sintindo o chêro agradave
Do prefume das fulô.

Vendo os prado cum as rerva,
As mata cum seu verdô
E uvindo o canto sodoso

Da rola fogo-pagou.
Mas, in paga disto tudo,
Tão bom, tão belo e tão puro,
Minha sentença chegou.
Vou contá o meu farso amigo
O que foi que fez cumigo.

Num certo ponto da estrada
Tão bela e tão fulorida,
O tempo, o grande ladrão,
Cum sua feição fingida,
Sem nenhum acanhamento,
De cara lisa e lambida,
Pegou a me mostrá coisa
Pra mim bem desconhecida.

Os home perdendo a honra
Ingorfado na bebida,
Os irmão contra os irmão,
Numa luta desmedida
E muntas casa bonita
Cheia de muié perdida.
Eu fiquei horrorizado,
Senti meu corpo gelado
E a minha arma dilurida.

No meu coração sensive
Começou uma ferida
E vi que o tempo, o safado
Este ladrão afamado
Desta vez tinha robado
O mió de minha vida,
Cum toda sua imprudença,
Robou a minha inocença.

Cum este robo danado
Que o tempo me fez ali,
Tudo o que eu ignorava,

Comecei a descobri.
Vi os mendigo chorando
De fome, a se consumi,
Abandonado da sorte,
De porta in porta a pedi
Sem tê casa pra morá,
Sem tê rôpa pra vesti.

Eu vi os rico orguioso,
Poderoso e presunçoso.
Fingindo cara de nobre
Escravizado e inludido
Cum o ôro, a prata e o cobre,
Numa ganansa danada,
Botando a canga pesada
Sobre o cangote do pobre.

Vi muntos farso patrão
No seu papé de uzuraro
Se escondê e fazê questão
Mode não pagá o salaro;
Na mais nojenta baxeza,
Amotoando riqueza
Cum o suó do operaro.

Vi muntos adevogado
Cum deproma de dotô,
Desonrando os seus ané,
Fazendo crime de horrô,
Fazendo defesa injusta
Cronta a lei do Sarvadô,
Quando mais desgraça eu via,
Mais meu coração sintia.
Mas porém o farso tempo,
Sem ligá estas narquia,
Sem ligá estas misera,
Pra frente me conduzia
E eu vi qui tava socado

Na maió patifaria
De um mundo bem deferente
Daquele mundo inocente,
Onde inocente eu vivia.
Depois da minha inocença,
Cumeçou minha sentença.

Mas porém o cundutô,
O tempo, o grande ladrão,
Me agradou e me consolou,
Cum a sua adulação,
Formou bucha de esperança,
Formou bucha de inlusão,
Cumo bucha de ispingarda
Que a gente faz cum a mão
E vendo que eu era um tolo,
Socou no meu coração.

Eu vinha sendo inganado,
Mas fiquei munto animado
Cum aquela operação
E o tempo sempre dizendo:
– Vai havê fada e condão,
Seu negoço é mais na frente,
Você vai vê se é ou não.
E me levou para frente,
Preso na sua corrente.

Depois desta coisa toda
Que pra mim ele falou,
Pra mais mió me inludi,
Me deu força e deu vigô,
Corage pra trabaiá
Sem temê frio nem calô,
Falou de moça bonita,
Me deu premeça de amô,
Dizendo que eu ia tê
Um palaço incantadô

E eu cum o peito ansioso,
Dando crença ao mintiroso.

Fui andando, fui andando
Nas orde do cundutô,
Cunfiado nas premeça,
Cunfiado nos favô,
Esperei cum paciença,
Porém nada me chegou.
Foi quando eu vi que ele tava
Sendo um grande inganadô,
Pois toda minha alegria,
Todo prazê que eu sentia
Tinha mistura de dô.
Depois que eu descubri tudo,
O tempo descunfiou,
Foi me levando pra frente
Cumo quem leva um doente.

Numa das curva da estrada,
Da estrada da sujeição,
O tempo, mode prová
Qui é mesmo um grande ladrão,
Cumeçou a me tratá
Cum a cara de lião,
Não me dava mais premeça
Nem fazia adulação,
Robou a minha esperança,
Robou a minha inlusão
E cumo se eu fosse um cano,
Fez bucha de disingano,
Socou no meu coração.

Inté meu cabelo preto,
Dando boa imitação
Da cô de pena briosa
Da graúna do sertão,
Ele desmantelou todo,

Fazendo trensformação,
Que hoje im dia quem me vê
Sente logo uma impressão
Que eu trago im minha cabeça
Uma pasta de argodão.
A grande barbaridade
É de causá piedade.

E além desta safadage
Que o tempo ingrato me fez,
Dêrne quando ele me viu
No mundo a premera vez,
Dos segundo, dos minuto,
Das hora dos dia e mês,
Ele ia formando os ano
E sem usá de acanhez,
De toda aquela bagage,
Cum a sua instupidez,
Ia fazendo os pacote
E atrepando im meu cangote.
Cum esta carga pesada
Vou seguindo a minha estrada.

Tempo ingrato, nós já tamo
Quage no fim do caminho,
Neste monte de tristeza,
Sem saúde e sem carinho,
Topando im ponta de pedra,
Pisando inriba do espinho.
Depois de tanto martiro,
Já neste estado misquinho
Responda, meu farso amigo,
O qui vai fazê comigo?

Sim! Tempo ingrato, eu já sei
Quá é a sua intenção,
Cum certeza, você fez
Incumenda de tristeza,

De vela pra minha mão,
Pano pra minha mortaia,
Madêra pro meu caxão!
Mode o inzempro de Jesus
Na sua Morte e Paxão,
Tempo ingrato, eu lhe discurpo.
Eu vou lhe dá o meu perdão,
Mas, porém, eu não lhe nego
E lhe digo com razão:
Você é o maió ladrão
De riba do nosso chão!

EDITORA VOZES
Editorial

CULTURAL
- Administração
- Antropologia
- Biografias
- Comunicação
- Dinâmicas e Jogos
- Ecologia e Meio Ambiente
- Educação e Pedagogia
- Filosofia
- História
- Letras e Literatura
- Obras de referência
- Política
- Psicologia
- Saúde e Nutrição
- Serviço Social e Trabalho
- Sociologia

CATEQUÉTICO PASTORAL
Catequese
- Geral
- Crisma
- Primeira Eucaristia

Pastoral
- Geral
- Sacramental
- Familiar
- Social
- Ensino Religioso Escolar

TEOLÓGICO ESPIRITUAL
- Biografias
- Devocionários
- Espiritualidade e Mística
- Espiritualidade Mariana
- Franciscanismo
- Autoconhecimento
- Liturgia
- Obras de referência
- Sagrada Escritura e Livros Apócrifos

Teologia
- Bíblica
- Histórica
- Prática
- Sistemática

VOZES NOBILIS
Uma linha editorial especial, com importantes autores, alto valor agregado e qualidade superior.

REVISTAS
- Concilium
- Estudos Bíblicos
- Grande Sinal
- REB (Revista Eclesiástica Brasileira)

VOZES DE BOLSO
Obras clássicas de Ciências Humanas em formato de bolso.

PRODUTOS SAZONAIS
- Folhinha do Sagrado Coração de Jesus
- Calendário de mesa do Sagrado Coração de Jesus
- Agenda do Sagrado Coração de Jesus
- Almanaque Santo Antônio
- Agendinha
- Diário Vozes
- Meditações para o dia a dia
- Encontro diário com Deus
- Guia Litúrgico

CADASTRE-SE
www.vozes.com.br

EDITORA VOZES LTDA.
Rua Frei Luís, 100 – Centro – Cep 25689-900 – Petrópolis, RJ
Tel.: (24) 2233-9000 – Fax: (24) 2231-4676 – E-mail: vendas@vozes.com.br

UNIDADES NO BRASIL: Belo Horizonte, MG – Brasília, DF – Campinas, SP – Cuiabá, MT
Curitiba, PR – Fortaleza, CE – Goiânia, GO – Juiz de Fora, MG
Manaus, AM – Petrópolis, RJ – Porto Alegre, RS – Recife, PE – Rio de Janeiro, RJ
Salvador, BA – São Paulo, SP